I0725698

HISTOIRE D'UN HOMME
À QUI L'ON MENTAIT

Édith FLORAL

HISTOIRE D'UN HOMME À QUI L'ON MENTAIT

Reconquista Press

ISBN : 978-1-912853-18-2

« Tous nos désirs déterminés enferment je ne sais quoi qui n'a point de bornes, et une secrète avidité de jouissances éternelles. »
BOSSUET, *Quatrième sermon pour la Circoncision de Notre Seigneur.*

Dans le train rapide qui l'emmenait de Paris vers Bruxelles, Ariane Peteers, petite-fille d'un « advokat-notar » de Bruges à présent retraité, installée depuis quelques années en France, relisait les épreuves de son roman qu'elle hésitait encore à faire paraître.

Il y a toujours d'excellentes raisons pour qu'un homme n'aime pas tel ou tel aspect de lui-même. On est toujours raté par quelque bout, on n'est jamais ce que l'on devrait être quand bien même on est le mieux disposé pour accepter ses limites. Ces défectuosités ont au moins le mérite de lui éviter de se complaire en lui-même ; elles le dispensent de se rendre victime d'une représentation erronée de la réalité induite par la manie consistant à se prendre pour la mesure de toute chose. Et puis, d'une certaine façon, elles le protègent en tant qu'elles l'émancipent de l'irrémissible prétention à être Dieu. Mais il n'est aucune raison qui l'autorise à ne pas s'aimer du tout. D'abord, suspendue à l'amour qu'elle conteste, la haine présuppose l'amour ; celui qui se hait doit en même temps s'aimer pour se haïr, il s'aime pour se haïr et se hait pour s'aimer ; il s'aime pour se soucier de soi afin de discerner en lui-même des raisons de se haïr ; il se hait parce que la haine est encore une manière de se préoccuper de soi-même et d'être focalisé par soi-même au détriment de tout autre sujet d'attention. La haine de soi érigée en manière d'être habituelle est encore une complaisance égotiste, qui habilite le faux humble à se croire autorisé à haïr tout le monde.

Qu'est-il devenu ? Il n'est pas sorti de ma vie. Dans cette affaire, j'ai laissé des plumes qui ne repousseront pas, je le sais bien, sans parvenir à m'en affliger. En le rencontrant, j'étais trop jeune pour me retenir de lâcher les vannes de manière inconditionnelle et irrécupérable ; et j'étais déjà trop vieille pour jouir de cette prodigieuse capacité d'oubli qui fait l'ingratitude souveraine de la jeunesse,

L'orgueilleux repose en lui-même ; à force de se prendre pour fin, il en vient à ne se nourrir que de lui-même, et alors il meurt d'exinanition, à moins de finir empoisonné. C'est là un effet de justice immanente, dont la perspective tangible suffit en général à rendre l'homme un peu moins mauvais. Mais la ruse de la raison pécheresse consiste à faire se reposer le moi en cette identité négative avec lui-même, qui consiste à dire : je suis une nullité, je ne vaux rien, je n'ai aucun talent, je ne suis capable d'aucun bien, je suis congénitalement et irrévocablement déchu. Ce faisant, le moi s'objective son indigence réelle, se met à distance d'elle, se libère d'elle en pensée, s'éprouve différent d'elle et jouit de s'en émanciper, quand bien même une telle émancipation, purement subjective, est illusoire ; il s'éprouve en son identité de sujet comme n'étant pas ce qu'il s'objective par l'acte même de se reconnaître dans son objectivation, jouissant du désagrément que lui cause cette reconnaissance en tant qu'elle atteste sa sincérité sans complaisance et lui livre l'illusion de la bonne foi. C'est que, coïncidant avec ce fond obscur de lui-même à partir duquel il advient à l'existence déterminée, le moi n'est rien, puisqu'il n'est pas ; il y est pourtant, mais sur le mode potentiel qui, indéterminé, se révèle indéfini, mais par là infini ; le moi se plaît ainsi à rêver qu'il est tout, en se complaisant dans le rien qui, par-dessus le marché, le gratifie du beau sentiment de la lucidité héroïque et du courage modeste, et lui cèle la destinée misérable des orgueilleux. La haine de soi n'est que l'expression inversée de l'amour désordonné de soi-même ; elle est la forme que prend le souci tératologique de soi pour se masquer sa hideur qui, advenant à la conscience d'elle-même, se convertirait en haine de sa propre haine, par là en haine de sa propre concupiscence égotiste.

leurs limites la mesure de l'honnête, et de leur bêtise le critère de l'intelligible. L'abstraction donne accès à l'universel, à l'essentiel, au cœur idéel de la réalité mouvante, à ce qu'il y a de réellement réel dans l'être fugace, contradictoire, toujours en train de se contester. Mais cela n'arrange pas mes affaires. Je suis une femme, avec des ovaires exigeants, c'est-à-dire un cœur qui dévore ma raison. Qu'êtes-vous devenu, mon amour impossible ? Et comment ai-je fait pour tomber amoureuse de vous ?

Tout être en acte, y compris la conscience, est gravide de sa puissance à sa propre actualisation, et l'être conscient a le dangereux privilège de le savoir et d'en jouer. Il exerce, de ce fait, le pouvoir de plébisciter cette identité négative avec soi qu'est la réduction intentionnelle du moi à sa puissance à être moi, en laquelle, s'éclipsant, il se fuit en oubliant qu'il le fait : le moi est aussi bien cette puissance — qu'il maîtrise — à être moi, que l'actualisation — qu'il fait advenir comme bon lui semble — d'une telle puissance ; par là, sincère à sa façon dans l'acte de se renier, il s'engage dans la stratégie du mensonge à soi. Aussi l'insurgé contre lui-même peut-il se livrer à sa passion mortifère en se donnant l'illusion de l'humilité lucide. Et la prétention à se glorifier sans mesure subsiste, intacte, dans le professionnel du jeu à être humble, lequel, par cette méprise calculée qui fait la lâcheté des orgueilleux, s'innocente et se persuade d'être sur la voie du salut. L'enfer, sous ce rapport, est rempli d'innocents.

Mon fringant voisin, cadre dynamique aux dents longues — il a probablement mon âge mais, étant homme, il est par rapport à moi en retard d'au moins dix ans de maturité — m'observe avec cet air imbécile d'en avoir deux qui me surprend toujours chez les représentants de la gent masculine ; ils sont plus intelligents que nous, mais cela ne les empêche pas d'être avec nous plus idiots encore que ces femelles qui tombent en pâmoison dès qu'elles aperçoivent un torse velu ; il me courtise avec impudence ; je fais la mijaurée compliquée pour qu'il se lasse. J'aime un vieux, mon pauvre petit, tu perds ton temps avec moi ; j'aurais envie d'avoir pitié de toi, mais vraiment tu m'emmerdes en ce moment. Arrête, je vais être obligée d'être méchante. Tu es un jeune lion, mais tu es insipide malgré tes glandes en surfusion. Oh, cela aussi ça compte, mais sans le reste c'est comme un ordinateur qui marche trop vite et trop bien pour avoir de l'esprit.

Cela dit, la force des faibles consiste à singer la faiblesse des forts, afin de faire croire qu'ils sont forts et d'affaiblir les vrais forts. Les faux humbles, les menteurs-mentis infectés de ressentiment, conservant une sourde conscience de leur mensonge à soi, se projettent, dans la forme de l'inversion accusatoire, dans leur prochain naïf, comme dans un bouc émissaire déchargeant les premiers de leur faute originelle, et chargé, comme menti non menteur, de devenir à leur place ce qu'ils ne veulent pas être. C'est que les premiers entendent bien, les bougres, être forts eux aussi, ravir sa force au fort, osant discerner une injustice dans l'inégale répartition naturelle des talents. Un faible qui est humble n'est pas faible, il s'élève par son humilité au-dessus de ses misères qu'il a sans les être, il atteste qu'il n'est pas ce qu'il a ; parce que les misères sont des manques, il signifie ainsi qu'il n'est pas réductible à elles, et qu'il est capable de ce dont il se trouve par accident manquer. Mais un faible qui n'est pas humble est un vrai faible ; il entend se soustraire à son avoir qui le déçoit, afin de se réduire au néant d'avoir qui est puissance à être tout, pour se rêver tel le tout qu'il convoite d'être ; parce qu'il se fait un mérite du pouvoir de s'annihiler, il se réduit effectivement à rien mais, ce faisant, sa pénurie ontologique lui enjoint de se comporter comme un pillard en quête de sucer leur substance à ceux qu'il envie. « Regardez comme je suis fort en confessant ma faiblesse, faites comme moi, dépouillez-vous, et surtout ne me regardez pas quand j'irai vous ravir ce que vous aurez déposé à mes pieds. »

En voilà encore un qui passera sans transition de la jeunesse attardée à la sénilité libidineuse. C'est le destin de tous les mâles de ma génération. Pour s'être crus hommes trop tôt, ils sont jeunes trop longtemps, incapables d'acquérir quelque consistance ; et ils basculent brusquement dans la vieillesse sans s'en rendre compte. Ceci explique cela : l'homme sur lequel j'ai jeté mon dévolu, homme mûr, vieillit moins vite qu'eux ; les années dont il accumule le poids étaient fécondes, et féconde est cette accumulation même, qui suppose l'énergie d'une jeunesse inentamée, sinon dans l'état des artères qui la servent ; ce dont je me serais bien accommodée.

Ainsi y a-t-il des hommes à qui l'on ment depuis toujours « pour leur bien », assez candides pour l'accepter ; des hommes qui en viennent à considérer cette condition de menti telle une fatalité contre laquelle il serait inique de s'insurger ; ils finissent, sinon par se haïr, à tout le moins par se laisser paralyser, au point d'en devenir insupportables à eux-mêmes, à force de se croire responsables de la malignité d'autrui, et par peur de laisser parler en eux l'orgueil. Un jour vient où, par une pulsation archaïque et animale de vitalité vengeresse, ils aspirent à se ressaisir, à se conquérir non sans violence, à se réapproprier eux-mêmes, et tout le monde pousse des cris d'orfraie en les traitant de déments affligés d'une susceptibilité maladive. C'est alors que l'indignation refoulée fuse en leur cœur avec l'invincibilité d'un désir libérateur qui, en dernier ressort, leur fait commettre des actes démesurés, ainsi irréparables. Les habiles sont des médiocres qui, tourmentés par la prétention, incapables d'accepter leur condition, pallient leur indigence par l'intrigue, la patiente mise en œuvre de toutes les formes de la médisance, la dérision, l'insinuation, la flagornerie, le fiel — qui rend ingénieux — de l'envie. Les habiles se haïssent entre eux parce que, se haïssant eux-mêmes, ils haïssent tout le monde. Mais ils embrassent la stratégie de l'entente entre rivaux du même genre contre l'ennemi commun qui, doté de vrais mérites mais non habile, se laisse tomber dans leurs pièges afin de servir de matière sacrificielle au règlement précaire des différends qui opposent entre eux les méchants, les ratés, les jaloux, les nuques raides et pourtant faibles. Quand les victimes s'en rendent compte, leur candeur trop longtemps abusée se mue en férocité. « Quelle mouche a piqué ce "brave homme", déclarent volontiers les réalistes quand il se réveille après des années de mutisme ? Il était bien utile, ce bon gros, il méritait sa condition puisqu'il y consentait, ce timide qui n'osait répondre ; l'ordre de la vie sociale, qui consiste depuis toujours en une somme d'iniquités contraires qui s'équilibrent, se chargera, raisonnablement, de le remettre à sa place. Le monde est mauvais, mais il est le réel ; à ce titre il est la Loi ; il ne faut jamais se révolter contre sa condition, surtout quand elle est injuste. »

De tels hommes à qui l'on aura toujours menti ne laisseront même pas, dans la mémoire de leurs semblables, le souvenir de personnes abusées, victimes de la conspiration des habiles, mais celui d'emmerdeurs impénitents, d'empêcheurs de mentir en rond, et de fous furieux dangereux. C'est là une chose éminemment douloureuse, strictement insupportable ; et c'est pourtant la condition des moins mauvais.

Les réjouissances du corps, ça compte en effet, mais nous avons besoin d'épaisseur, de mystère, de profondeur, même au prix de poches sous les yeux, de varices et de virilité chancelante. Notre chair et ses pouvoirs d'ensorcellement sont notre manière de convoiter l'esprit qui s'annonce dans la voix chaude, le regard, la silhouette, les attitudes et le profil des hommes. Tout est charnel en nous, vous le savez bien, vous qui nous réduisez trop souvent à notre chair. Mais toute notre chair est aspiration à l'esprit dont vous jouissez insolemment dans sa condition libre à l'égard de la chair. Vous ne savez pas le prix d'un tel privilège, vous dont l'esprit oublieux déserte votre chair et la laisse aller à elle-même dans l'ignoble. Le presque damoiseau pénible me laisse enfin en paix, il a compris, je lui fais peur, je suis une femme qui pense, une emmerdeuse et une femme à histoires qui te refroidit. S'il savait… Je suis perdue d'amour comme une adolescente, il n'y a pas d'assagissement dans ce domaine, et pourtant je vis cet état, qui est un devenir imperceptible, lestée de maturité, tel le mouvement que définit une fonction mathématique croissante proche d'atteindre un point dans lequel elle se convertit en une autre fonction. C'est peut-être parce qu'il l'a compris qu'il consent à me foutre la paix.

Il y a des hommes chats et des hommes chiens. Le chat est gracieux, rusé, faible, il n'habite pas chez son maître ; c'est son maître qui habite chez lui. Il est dissimulateur, individualiste, cruel ; rapide mais léger, séducteur mais sans force. Il serait médisant et calomniateur, implacablement rancunier et menteur s'il pouvait penser et parler. Le chien est pataud et sans grâce, bêtement fidèle et puissant, aisément abusé, sans détour, volontiers sale et grossier, encombrant et doux. L'homme chat est levantin et juif, noiraud et vif, charmeur et vicieux, vénal et flagorneur ; l'homme chien est placide, pusillanime, naïf, loyal indécrottable et sans mystère. Le chat fait le beau, l'intéressant, il aime les caresses et il est vaniteux ; mais cette vanité, qu'il sait ridicule et qui le rend vulnérable, il parvient à la dissimuler sous des dehors d'indépendance hautaine ayant la forme de l'orgueil ; masquer sa vanité sous les traits du tragique de l'orgueil, c'est bien la seule manière dont le mensonge rend hommage à la vérité. Le chien fait le pitre et ne sait pas masquer sa vanité qui ne cèle rien d'autre qu'un besoin d'affection. Les femmes aiment les hommes chats qui se jouent d'elles, et qui, pour singer l'amour sincère afin de prévenir l'exaspération et le désespoir, savent sporadiquement adopter les comportements des hommes chiens. Les braves gens les rassurent et les protègent, mais ils les déçoivent et suscitent leur mépris ; les salauds les font souffrir et les fascinent.

Je retourne un temps chez mon grand-père, par amour. Non par amour de mon grand-père — encore que je l'aime bien —, mais parce que ce dernier est parvenu à séduire mon amour au point de le libérer de ses démons. Après avoir libéré de lui-même cet homme mûr qui m'échappe, puisse mon aïeul me libérer de mon amour en l'aidant à se sublimer.

Amédée Simplice, homme chien, ne trouvait rien en lui qui pût lui renvoyer l'image d'un homme d'exception, mais il se savait doté de dons suffisants pour inspirer la jalousie. Il brillait même par son caractère effacé. Jadis naïvement présomptueux, vite enivré par ses petites réussites, plus vaniteux qu'orgueilleux, raisonneur comme tous les petits garçons un temps adulés, il avait dans son enfance, son adolescence et sa jeunesse connu assez de déboires, d'humiliations et de défaites pour prendre une mesure somme toute assez réaliste de ses limites et de ses ridicules ; ses succès, légitimes, l'avaient dispensé de céder à cette *despectio sui* en laquelle se retranchent les ratés envenimés par l'amour démesuré d'eux-mêmes. N'appartenant pas à l'élite intellectuelle, encore moins à l'élite sociale, il avait néanmoins assez de raisons de nourrir une tranquille estime de soi pour être capable, sinon toujours d'aimer charitablement son prochain, à tout le moins de s'efforcer à lui vouer, quand il le méritait, une estime sincère.

Juriste de formation, il était employé comme cadre au service du personnel de la Compagnie française de Raffinage (filiale de la Compagnie française des Pétroles) dont la société mère est installée à la Défense. Ce qu'il pensait être son grand mérite était d'avoir compris assez vite qu'il n'était pas voué à une vocation remarquable, et il s'était accommodé avec une sincère résignation de son destin médiocre. Il habitait dans la commune des Lilas, à l'est de Paris, dans cette banlieue populaire relativement préservée de l'invasion maghrébine, mais tenue — ceci expliquant peut-être cela — par une communauté juive puissante qui possédait là maints commerces tapageurs. C'est un endroit qui, comme îlot de calme précaire dans l'enfer suburbain, ménage des poches inattendues de charme désuet et de ce silence qui, si près de Paris, relève du grand luxe, malgré la proximité de la hideur archétypale de Bagnolet, de Romainville, de Montreuil et de La Courneuve. À côté de l'ancien Fort de Romainville aujourd'hui défiguré par un immense champignon de béton abritant les Services secrets de la fille indigne de l'Église, se dresse une tour construite dans les années soixante-dix, régulièrement restaurée, d'allure presque coquette dans cet océan de laideur, revendue aux particuliers par les anciens services des HLM ; la sélection sociale — inavouable selon les critères de l'antiracisme endémique, mais nécessaire selon l'instinct de survie des Occidentaux — opérée par le syndic des copropriétaires, avait fini par conférer à ce lieu un caractère de propreté et d'entretien soigné qui le gratifiait presque du standing d'un immeuble respirant l'aisance. C'est là qu'habitait Amédée, au quatorzième étage, d'où il jouissait d'une vue imprenable sur Paris. De ses balcons, et à l'œil nu, on pouvait apercevoir la tour Eiffel, la butte du Sacré-Cœur, l'Arc de Triomphe, l'obélisque de la place de la Concorde, le dôme de l'Académie française, les gratte-ciel de la Défense quand il n'y avait pas de nuages et, en se penchant vers la gauche, le Rocher de Vincennes quand il faisait vraiment beau. Amédée fit une bonne affaire en se rendant acquéreur de son appartement — aujourd'hui évalué à six cent mille euros — dans les années quatre-vingt-dix, alors qu'il n'y était que locataire impécunieux, au presque début de sa carrière professionnelle. Il avait eu la chance, deux ans plus tard, d'acheter un appartement mitoyen du sien, et il avait su assez judicieusement aménager l'ensemble en un seul lieu de vie somme toute fort plaisant : cent quatre-vingts mètres carrés à dix minutes à pied du métro, à moins de trente minutes de la station Châtelet. Il traversait tout Paris chaque jour par le métropolitain et le RER afin de se rendre sur son lieu de travail. Quand il rentrait chez lui, assez tard parfois, il aimait à flâner dans les ruelles montantes, au-delà de la station de la Mairie des Lilas, où subsistent encore quelques maisons coquettes pourvues de jardins privés, et encore occupées par des Français d'origine au moins indo-européenne sinon toujours française. Si la France non parisienne n'était pas gâtée par les vices de la capitale et envahie par la même engeance étrangère que celle que subit Paris, on pourrait presque dire que certains recoins, aussi inattendus que bien dissimulés, de la commune des Lilas, ont conservé quelque chose de délicieusement provincial. En dehors de certains commerçants demeurés aimables, il fréquentait encore régulièrement, mais sans s'y épuiser désormais, une obscure salle de lutte gréco-romaine sise au-dessous de la salle des fêtes, à côté de la mairie. Il était resté attaché comme à un témoin de sa jeunesse fanée à la pratique d'un tel sport si peu prisé aujourd'hui, heureux de retrouver cette atmosphère prolétarienne dont sa petite ascension sociale l'avait péniblement détaché. Cette fidélité à son milieu d'origine comme à ses années d'adolescence le charmait non seulement par le plaisir intrinsèque à un tel type d'effort, mais encore parce qu'elle lui permettait de mesurer le chemin parcouru. Et puis cette activité conjuguant la force et la vitesse, la pugnacité et la technicité, les « coups de lutte » brutaux et l'endurance patiente, lui plaisait, tout simplement, peut-être parce qu'elle le libérait — ne faisant se confronter les hommes que dans la réduction d'eux-mêmes à des corps en mouvement — de son malaise permanent.

Timoré sans la conscience de cet orgueil rentré qui fait souvent l'étoffe des timides, et dont il ne se savait pas affligé, pusillanime même à cause de cette image d'homme de second ordre qu'on lui renvoyait depuis toujours de lui-même et à laquelle il avait adhéré en désespoir de cause mais non sans grande turbulence intérieure, il était serviable, patient, sans grande passion, fors le souci presque pathologique de ne jamais se faire remarquer, doublé d'une attention excessive au regard d'autrui.

Il ne s'agissait pas, pour lui, de dissimuler un effroyable vice, qui n'existait pas. La première raison de ce souci aurait pu être cette espèce d'amour-propre qui tient lieu de fierté chez les gens résignés, mais il ne s'agissait pas exactement de cela. Sa femme, pragmatique et intéressée comme peuvent l'être toutes les femmes, avait très tôt compris qu'il serait ce qu'il est convenu de nommer un bon époux : fidèle, ne jouant ni ne buvant, rassurant, d'humeur égale ; apte à remplir les conditions matérielles et affectives d'un foyer réussi, mais incapable de susciter un amour autre que de raison. Ils étaient mariés depuis plus de vingt-cinq ans, avaient amassé quelques économies, et il commençait à songer à organiser sa retraite alors que les plus grands de leurs quatre enfants avaient déjà quitté le foyer pour se perdre dans le monde.

Il faut dire qu'Amédée avait une particularité cependant, et c'est là la vraie raison — fondée sur ce qu'il croyait être de la prudence — de son goût prononcé pour l'apparence du conformisme : sous des dehors d'homme de son temps, il nourrissait des certitudes monarchistes et réactionnaires qu'il avait tenté de transmettre à sa progéniture, croyant naïvement qu'une famille unie suffirait — pour autant qu'elle se développât sans ostentation — à servir de rempart solide contre l'agression du monde décadent. Ce qu'il n'eut évidemment pas l'heur de voir se réaliser ; il y a belle lurette que les parents assistaient seuls, sans leurs enfants, aux offices catholiques traditionalistes de l'avenue des Ternes à Paris. Il leur arrivait certes de fréquenter encore la Mecque traditionaliste de Saint-Nicolas-du-Chardonnet à Maubert-Mutualité, mais sa femme Gisèle avait accoutumé de se faire inviter par son mari chaque dimanche dans la brasserie La Lorraine, place des Ternes, où l'on servait, en plus de langoustines grillées, des salades de haricots verts frais parsemés de brisures de truffe noire, dont elle raffolait. L'une de ses filles vivait en concubinage avec un artiste raté, ainsi aigri, et cette aigreur se communiquait à sa concubine sous deux rapports : d'une part cette dernière embrassait la cause de celui qu'elle croyait aimer ; d'autre part elle se reprochait amèrement, sans vouloir en convenir, son mauvais choix. Son fils aîné, enseignant, était socialiste et passait son temps à voyager en tentant désespérément de se libérer de la tunique de Nessus d'une éducation vécue comme répressive, mais il se contentait de projeter dans l'espace qu'il parcourait de manière compulsive une fuite de soi dont il ne voulait pas prendre conscience. Amédée en concevait une amertume certaine mais discrète, comptant, avec une naïveté butée, sur les futures déconvenues de sa progéniture pour la voir lui manifester cette piété filiale dont il était douloureusement privé. Leurs deux derniers enfants poursuivaient, avec une grande nonchalance, de vagues études d'informatique et de psychologie à l'université, et semblaient prendre le chemin des aînés.

II

Amédée n'avait jamais trompé sa femme, et se réjouissait souvent de cet amour conjugal plus fondé sur la volonté que sur le sentiment amoureux et la complicité charnelle. Mais les appétits sentimentaux, en lui, manifestaient sporadiquement leurs besoins pourtant réfrénés sans héroïque effort. Il lui arrivait dans le métropolitain de laisser son regard errer un peu trop longtemps sur la silhouette d'une femme lasse, et d'être ému par son visage. C'est surtout sur son lieu de travail que le désir de la séduction, sans le tarauder vraiment, faisait valoir ses exigences, avec des collègues divorcées, des secrétaires ou des stagiaires qui, pour le moins, n'étaient pas nécessairement farouches. Au printemps 20.., une vente avait été organisée par le comité d'entreprise dans les locaux de la CFP, au cours de laquelle quelques écrivains supposés prometteurs étaient invités à procéder à une séance de dédicaces. Yolande, une de ses collègues, était une femme forte en gueule et en poids. Elle l'était aussi en effluves presque écœurants d'un parfum capiteux supposé accuser son côté « femme fatale » coulée dans la figure convenue de la femelle moderne émancipée, libre et volontaire. Elle l'invita à l'accompagner pour visiter les stands ; épouse malheureuse d'un alcoolique au chômage, Yolande s'était forgé une personnalité agressive autant pour pallier le déficit de protection conjugale qui l'affligeait sans qu'elle acceptât de le reconnaître, que pour canaliser les pulsions libidinales qui la tourmentaient sans qu'elle consentît à en prendre conscience, et dont elle tentait — vainement — de calmer les exigences en se remplissant compulsivement, plusieurs fois par jour, de sucreries diverses.

Il y fit la connaissance d'une certaine Sabine Caporal à laquelle Yolande le présenta. Sabine était une femme mûre mais encore appétissante, célibataire malgré elle — lui apprit-elle plus tard —, auteur d'une série de courtes réflexions à prétentions littéraires sur les films d'auteur qui l'avaient séduite, et dont la rédaction était selon ses dires tel l'exutoire d'une vie laborieuse et éminemment décevante de professeur de Lettres modernes en collège et en lycée. Elle était parvenue à se faire publier par une petite maison d'édition à courte espérance de vie. Sa sœur travaillait à la Compagnie française des Pétroles et lui avait obtenu l'autorisation de prendre place parmi les écrivains sollicités, bien qu'elle n'eût aucune notoriété. Délaissant Yolande qui en prit discrètement ombrage, Sabine et Amédée prirent un café ensemble le jour même, échangèrent leurs numéros de portable et se quittèrent dans une atmosphère de confidences réciproques annonciatrice de tentations futures.

Les choses sont ainsi faites qu'on doit toujours lutter pour avancer, et qu'on est sommé d'avancer si l'on entend ne pas reculer. La normalité est toujours le résultat d'une victoire opérée sur un océan furieux de propensions aux chutes, de sorte qu'il n'est pas de vie simplement normale qui ne soit le fruit d'une forme d'héroïsme, au point que c'est l'héroïsme qui est la vraie condition normale de l'homme. Amédée l'avait compris depuis toujours d'une certaine façon, et l'avait accepté ; mais c'est à la vertu de constance — identifiée à un état de crispation permanente — dans la répression des désirs, qu'il limitait la pratique de cet héroïsme, et cela ne suffisait ni à le rendre heureux, ni même à le maintenir dans la voie de la santé morale et psychologique. S'il avait su en prendre conscience plus jeune, sa vie eût été totalement différente.

Assez à l'aise pécuniairement depuis que ses deux premiers enfants volaient de leurs propres ailes, enrichi d'une petite consistance sociale et plus sûr de lui qu'à vingt-cinq ans, Amédée revivait en quelque sorte, à trente ans de distance, son existence de jeune homme qu'il n'avait pas su peupler de ces folies qu'il est opportun d'accomplir adolescent, à peine d'être submergé par le désir d'y céder à un âge auquel elles ne sont plus supportables. C'est lui qui prit l'initiative de rappeler Sabine. Il faut dire qu'Amédée avait quelques raisons avouables de le faire ; écrivain à ses heures, il s'était forgé, sous pseudonyme, une réputation discrète, auprès de ce qui reste d'amateurs de littérature, d'auteur — peu prolifique mais original dans son classicisme — de nouvelles et de romans soignés, sobres, précis, où perçait le talent d'un homme qui aurait pu, sinon en vivre, à tout le moins survivre par lui, et accéder à une petite notoriété s'il avait su se vendre et satisfaire aux réquisits des poncifs politico-moraux de son temps décadent. Il avait renoué, passé la cinquantaine, et peut-être sous la pression d'une nostalgie le tirant de la médiocrité de sa vie familiale dont il savait le bilan sombre, avec ce goût pour les mots, qui l'avait chatouillé dans sa jeunesse, et auquel, après une crise qui enterra ses illusions et décida de sa vie résignée de contribuable modèle, il avait renoncé, le jugeant peu compatible avec le sérieux de son rôle de père et d'époux. Aussi Amédée avait-il des raisons honnêtes, mêlées à d'autres qui l'étaient moins mais trop timides pour naître, de se risquer à chevaucher le dragon de la tentation. Il se savait n'être qu'un amateur, mais ce violon d'Ingres lui avait procuré assez de délectations pour qu'il en fût venu à envisager de s'y consacrer, pendant sa retraite professionnelle qui se profilait, avec la constance besogneuse d'un professionnel. Quand un amateur qui se sait tel rencontre un amateur, il aspire à discerner dans l'autre les raisons de son amateurisme et les marques de son professionnalisme latent, afin de se perfectionner. Il est aussi en quête des raisons qui le poussent à écrire, afin de reconnaître les siennes en elles, ainsi dans le but de les y découvrir, pour supputer leur degré de fécondité. C'était là la raison avouable de sa complaisance à l'égard de Sabine. Même l'exercice périlleux de l'éveil de la tentation adultère trouvait sa justification dans la littérature : l'alchimie nauséabonde de la créativité se nourrit de tout, même les débutants savent cela. Et puis, par delà toute stratégie d'auteur, écrire, ils le savaient tous les deux, leur donnait le sentiment de s'ennoblir, à tout le moins d'ennoblir leur vie prosaïque, en lui donnant un sens. La vie familiale de l'un était complètement décevante et ratée, celle de l'autre était inexistante. Même une vie de famille à peu près réussie ne suffit pas, au fond, à légitimer une existence ; si c'était le cas, on vivrait pour transmettre la vie qui par là serait en attente de sa vraie raison d'être, tout comme le fait de passer sa vie à la gagner ne suffit pas à en rédimer la gratuité, ainsi l'absurdité. Leurs activités professionnelles les rendaient certes utiles à la société, mais enfin, quand la société est à ce point moralement pervertie qu'elle se réduit à l'instrument de l'hédonisme privé, se consacrer à elle ne peut combler les aspirations d'une vie humaine. Au lieu de le mobiliser au service d'un bien commun dont tout le monde ignore même la nature, la société en chasse l'individu non encore complètement déshumanisé, en violant sa disposition naturelle à se consacrer au bien d'un tout dont il se veut la partie et l'héritier. Écrire est une manière démiurgique d'inventer un monde, de fuir la réalité qui ne veut pas de vous, et en même temps un stratagème pour la rejoindre en s'efforçant à agir sur elle par le souhait d'influencer d'hypothétiques lecteurs. On lance un appel au secours à ses semblables en s'efforçant à fuir la réalité dont ils font pourtant partie et qu'ils contribuent à forger. Autant dire que, contradictoire, le désir d'écrire est une énigme. Pourtant, il est, comme tout désir, riche de ce qu'il produit, de sorte que percer ce mystère revient ou bien à accéder aux secrets de la fécondité littéraire, ou bien à révéler une fois pour toutes l'indépassable inanité de la fonction d'écrivain. On se doute bien que personne, fût-il écrivain de métier, n'y parvient et n'y parviendra jamais ici-bas, mais tout le monde, même les apprentis écrivains, s'obstine à s'y essayer.

Ils contractèrent l'habitude de se retrouver une fois par semaine, en fin d'après-midi, dans un très vieux café plein de charme rue de l'École de Médecine dans le 5e, l'un des rares établissements parisiens où l'on sert encore des cafés viennois. Grand, blond, massif, puissant dans sa réserve, il avait, avec sa voix douce et grave pleine de retenue, charmé Sabine en quête d'un admirateur qui pût se muer au besoin en protecteur. Trop faible pour fuir d'emblée les occasions dangereuses, il était assez fort pour ne pas céder aux tentations, et au reste la conscience assez aiguë de son manque de séduction amoureuse l'aidait à ne les point provoquer, par peur des rebuffades et du ridicule qui s'en serait ensuivi, mais aussi par ce double souci de ne pas compromettre son salut et ce qu'il croyait encore être son confort familial : une trahison conjugale, pensait-il, remettrait en cause cet équilibre sentimental médiocre mais confortable en lequel il subsistait et apprenait à vieillir. Il reste qu'il prenait plaisir à sentir le désir naître en lui, et il se nourrissait stérilement de la vision des possibles que ce désir faisait naître. Sabine lui parlait d'elle, ne lui parlait au fond que d'elle, le seul sujet qui l'intéressât vraiment. Elle lui décrivit sa petite vie morose, l'animosité de ses collègues avec lesquels elle était toujours en castille, l'insolence de ses élèves, les difficultés de ses fins de mois, ses aspirations à l'« écriture », la lâcheté de ses hommes de cœur ; elle en vint, prenant l'air extatique d'une grande âme inspirée, à lui révéler tel un précieux secret son irréalisable rêve d'acheter un pied-à-terre dans le Périgord noir. Elle avait déjà grand-peine à rembourser les traites d'un minuscule studio sans isolation acheté près de la Bastille, dans lequel elle suait sang et eau pendant les mois d'été, et dont l'exiguïté lui pesait tant qu'elle sentait se tarir cette veine littéraire dont elle se flattait. Amédée avait eu le tort de lui décrire sa situation, à savoir celle d'un homme plutôt à l'aise grâce à des économies, qui songeait à investir quelque part afin de se ménager les conditions d'une retraite convenable. Ému par les larmes savamment distillées de Sabine, il s'était laissé aller à lui déclarer qu'il l'aurait volontiers dépannée en lui offrant cette thébaïde propice à la créativité s'il en avait eu les moyens.

Quelques temps après, il hérita d'une somme coquette lors du décès de ses parents, et il ne sut pas n'en pas parler à Sabine. Lors d'un échange épistolaire par courriel, qu'il croyait aussi anodin que les précédents, Sabine lui envoya, sans commentaire, les photographies d'une petite maison mise en vente par une agence immobilière au prix de 80 000 euros, ce qui certes n'était pas excessif et aurait pu entrer dans les moyens d'Amédée. Il comprit les intentions vénales de cette fausse amie et fit mine, lors de leur rencontre hebdomadaire, de n'avoir rien reçu. Cette prise de conscience l'invita à plus de loyauté vis-à-vis d'elle, ainsi à plus de franchise, en tant qu'il s'était émancipé des charmes vénéneux de cette atmosphère équivoque installée par sa faute entre elle et lui, mais entretenue par elle. Il sut lui dire les travers de ses tics d'écriture en mal d'effets, mais aussi et surtout son conformisme intéressé : elle ne pouvait pas commenter un film sans faire appel à la symbolique d'Auschwitz, à l'horreur des chambres à gaz, au mal absolu de la « Bête immonde » ; Amédée sut éprouver de plus en plus d'agacement à l'égard de ces complaisances et parvint à le lui dire avec assez de fermeté. Madame prit la mouche, lui dit sa déception de n'être pas comprise ; ils se quittèrent un peu froidement mais de manière assez courtoise pour qu'il n'y vît pas une déclaration de rupture. Puis les semaines passèrent sans qu'elle le rappelât. Force lui fut de comprendre qu'il ne l'intéressait aucunement par sa conversation, ses observations et ses conseils, et qu'il n'avait jamais retenu son attention à ce titre. Il l'oublia vite.

III

Quelques mois plus tard, incapable de celer en la dominant sa joie mauvaise, Yolande se mit à le regarder ostensiblement, sans raison apparente, d'un air tantôt narquois tantôt grave et indigné. Manifestement, son âme malade sécrétait un fiel empoisonné dont elle attendait qu'il fût à point pour le lui jeter au visage. Un matin, elle entra sans frapper dans son bureau en affichant une mine triomphante.

« Dites donc, espèce de face de carême, je ne savais pas que vous couviez, sous vos dehors d'homme respectable, un vieux satyre, qui plus est un micheton lamentable. Sabine mon amie m'a tout raconté. Vous lui tourniez autour en étant si bien accroché que vous en êtes venu à lui faire miroiter un cadeau immobilier généreux pour gagner sa confiance et lui ravir ses charmes. C'est du propre ! Heureusement qu'elle a coupé les ponts avec vous, elle ne savait comment se dépêtrer de cette situation. Vous avez profité de sa faiblesse, vous avez joué sur sa solitude et son délaissement ; ce n'est pas à moi que vous vous seriez attaqué, gros balourd obsédé ; je vous aurais envoyé vertement dans les cordes, vous n'auriez eu aucune chance et vous le saviez. Je sais à quoi m'en tenir avec vous désormais. Vous êtes bien tous les mêmes ; tiens, vous me faites rigoler, les catholiques pratiquants : faux-culs, libidineux, refoulés, donneurs de leçons, tout comme les curés pédophiles. »

Afin de ne pas entretenir une discorde porteuse de mauvaise ambiance capable de compromettre la sérénité relative de ses relations professionnelles, Amédée ne répondit pas et la laissa pérorer, mais ce ne fut pas sans mal. On l'a compris : Amédée était un scrupuleux de l'espèce la plus mortifiée.

Le drame des personnes très moyennement intelligentes, telle Yolande, consiste dans ce qu'elles ont assez d'intelligence pour savoir qu'elles en ont peu, mais déjà trop pour se dispenser d'avoir des prétentions ; cette peu enviable conjonction de lucidité et de confusion passionnelle les rend amères, agressives et méchantes, par là injustes au point d'appeler des coups mérités. Amédée, que sa psychologie choisie d'homme modeste rendait pusillanime, fit confiance à son esprit de l'escalier pour trouver la force de se réfugier dans le mutisme, non sans cependant sentir le pincement cruel de l'injustice intolérable. On se dit volontiers, par amour-propre mais aussi pour s'aider à ne pas réagir quand il ne sied pas de le faire : « l'injure vient de trop bas pour m'affecter » ; et pourtant, quoi que l'on dise et se persuade de penser, l'injure fait mal quand elle est porteuse de manière tangible de l'intention de blesser. C'est que tout humain est un moi ; si le « moi » est ce qu'il y a de plus commun tout en se révélant tel ce que chacun a de plus précieux et de plus intime — songeons au « moi : moi, dis-je, et c'est assez » de Médée à Nérine — c'est bien qu'il a quelque chose d'infini, comme l'être en général qui se dit de ce que toutes choses ont de plus commun et de ce que chaque chose possède en propre. Quelque avili qu'il soit dans et par son agir, quelque limité qu'il se révèle dans ses médiocres facultés, l'insulteur demeure, en tant que moi, l'égal de tous les moi, en tant qu'il est insondable. Et c'est cette égalité qui fait que l'injure ne vient jamais de « trop bas » pour ne pas nous affecter.

Il y a aussi que l'on tient à tort pour innocents les idiots, comme si la bêtise, par un effet de compensation de la nature supposée indulgente, pouvait les empêcher d'être méchants. C'est au reste par un raisonnement analogue — effet pervers d'un reste d'esprit égalitaire mal digéré — qu'on impute à la malchance de leur faiblesse l'esprit revendicateur des faibles, des abandonnés de la nature, des laids et des ratés. En vérité, il n'est pas nécessaire d'être exceptionnellement intelligent pour être très orgueilleux, comme si l'enfer n'était promis qu'aux gens doués, voire n'était réservé qu'à des génies déchus ; mais les pauvres en esprit ne sont pas les pauvres d'esprit. Tenir les crétins pour innocents de leur méchanceté, c'est là une vision erronée des choses qu'Amédée crut sottement généreux d'embrasser. Contraint par une compréhension réductrice de sa propre morale, Amédée, provoqué par la baleine après l'avoir été par tant d'autres, s'accrocha à l'idée que les insolences, les mensonges, les iniquités subies en général, n'appelleraient pas d'eux-mêmes, ici-bas, leurs sanctions vindicatives, et qu'il serait peu chrétien de soutenir qu'il appartient aux offensés de rétablir l'ordre. L'idée que l'humilité et la magnanimité seraient exclusives du souci d'écarter les offenses et de s'en libérer en les faisant payer relève des stratégies du diable pieux, mais c'est là un constat qu'Amédée mit beaucoup de temps à dresser. Quand on encaisse les coups sans broncher, par souci de sacrifice et désir de résoudre les différends par la bonté, on laisse inconsciemment fonctionner en soi-même, imperturbable, incapable d'oubli, le compteur de l'indignation excédée, jusqu'à un point de non-retour qui le fait s'échauffer, pour finir par présenter une addition effarante en exigeant d'être payé au centuple et par n'importe qui. On oublie trop souvent que la vengeance est une vertu morale qui tient le juste milieu entre la pusillanimité et la cruauté ; comme milieu entre deux extrêmes quantitatifs, elle est elle-même un extrême qualitatif, non pas la composition ou « synthèse » de deux vices, mais ce bien originaire dont l'adultération le fait se décomposer en eux.

La grasse Yolande avait un gros retard d'affection. Elle eût volontiers consenti à céder à Amédée, sans vénalité, et même avec une reconnaissance qu'elle ne se fût pas avouée, s'il avait seulement daigné, au terme d'une cour réduite à son expression minimale — pour ainsi dire pour la forme —, la prendre comme un dogue en rut peut couvrir une chienne. Mais il n'en avait pas envie, elle le savait et lui en voulait sans pouvoir le lui imputer à crime et sans savoir qu'elle le savait, ce qui lui permettait d'agir comme si elle ne le savait pas, ayant décidé de ne pas savoir ce qu'elle savait, afin de parer sa rancœur de raisons avouables. Il aurait pu être très cruel avec elle, mais tant sa pusillanimité acquise que le sens de ses intérêts à long terme lui firent préférer le choix de botter en touche. Et puis, de la part de Yolande, une telle perfidie était tellement grossière, faisait tant l'aveu de la misère qui l'inspirait, que le sentiment de réaction vindicative qu'elle suscita fut comme apaisé par un sentiment presque concomitant de pitié amusée. Il n'est pas tenu communément pour « gentil » de trouver des raisons de mépriser son prochain, mais c'est là un expédient assez efficace permettant de se dispenser de le haïr, au point qu'un certain art du mépris participe à sa manière du devoir de charité, pour autant que l'on ne méprise que ce qui est méprisable, et qu'on ne réduise pas celui que l'on méprise à ce qu'il y a de méprisable en lui.

Quant à la Sabine, le premier sentiment d'Amédée, après ce coup bas, fut la stupeur. La duplicité féminine a quelque chose d'insondable, de si énorme qu'elle suscite, avant même l'indignation, l'étonnement porteur de curiosité spéculative. Il lui plut de se remémorer, avant que de céder à la colère, ces quelques moments presque joyeux et francs, sans arrière-pensées, au cours desquels ils avaient ri de bon cœur à l'évocation d'un plumitif aigri et ridiculement prétentieux qui crut faire œuvre d'esprit avec sa plume empoisonnée de critique dépourvu, comme tous les individus de cette engeance, du souffle des auteurs. L'oiseau avait évoqué ce style académique faisant penser aux pages d'Anatole France dont s'inspiraient jadis les vieux instituteurs pour élaborer leurs dictées, et qu'Amédée adoptait volontiers, de surcroît sans vergogne, dans la rédaction de ses nouvelles ; le censeur autoproclamé, ne retenant rien d'autre, avait avec acharnement fusillé ses timides productions. Les journalistes ont pour vocation d'informer le plus exactement possible, sans commentaires superflus ; de s'effacer devant l'actualité dont ils devraient se vouloir les vecteurs de transmission ; de mettre en valeur ceux qu'ils reçoivent pour leur faire présenter leur travail. Mais cela ne suffit pas aux esprits stériles que tourmente la démangeaison d'écrire. Il y a de ces gens assez bas, c'est-à-dire assez incapables d'admiration, qui, placés devant une personne aux talents évidents, ne peuvent s'empêcher, tout en murmurant à contrecœur un compliment de circonstance dont ils ne sauraient se dispenser sans dévoiler leur envieuse nature, d'évoquer quelque autre personne de leur connaissance qui fait mieux que la première : « C'est bien, mais je connais Untel qui fait mieux et qui vous est supérieur », soit : « Il en faut plus pour m'impressionner » ; entendons : « Je ne supporte d'être dépassé que par ce qui a déjà confessé des limites, de sorte que sa supériorité par rapport à moi est toute relative, au fond contingente, accidentelle et négligeable. » Et c'est là un travers propre aux pisse-copie alimentaires se targuant de réfléchir sur l'actualité au lieu de se contenter de la révéler, qui en viennent à faire de l'actualité un prétexte à parler d'eux-mêmes, à montrer qu'ils ont eux aussi du talent. Tout critique relève plus ou moins de cette espèce ; à défaut de produire, il distribue des notes, et n'attribue de bonnes notes qu'à ceux dont il pense qu'il eût pu faire aussi bien qu'eux si, d'aventure, il s'était abaissé à produire lui aussi. Sabine et Amédée s'étaient bien amusés en le brocardant, en imitant ses tics d'écriture et sa voix d'insolent complexé vainement dissimulé sous les dehors travaillés d'un vieux sage bourru. Ce même après-midi, était installée non loin d'eux une forte dame attifée telles les bourgeoises de la Belle Époque, dans le visage fardé et boursouflé de laquelle étaient percés deux petits yeux cruels, alternativement avides et méfiants, évoquant les vertus triomphalistes du capitalisme catholique issu de l'ère louis-philipparde. Elle portait sur ses cuisses volumineuses un ignoble roquet onéreux, s'empiffrant, d'un air inspiré, de gâteux à la crème qu'elle portait à sa bouche molle avec une petite main malsaine couleur rose bonbon, en relevant l'auriculaire pour souligner sa distinction de classe déjà annoncée par le port d'un grotesque chapeau emplumé. Son ventre distendu évoquait presque invinciblement le travail intestinal de flatulences mal retenues dont le cabot, opportunément, était supposé endosser la responsabilité. Faussement polis et complices du pieux mensonge, Sabine et Amédée la saluaient d'un geste de tête discret saturé de considération respectueuse, non sans échanger entre eux des regards pleins de rieuse commisération. Même entretenu par les ridicules d'autrui, le rire, s'il sait se dispenser d'être grinçant, a cette vertu somme toute honorable de purger l'âme de sa méchanceté, avant que cette dernière n'en vienne à prendre la forme de l'intention de blesser de manière disproportionnée.

Sabine était presque jolie ce jour-là, naturelle, détendue, débarrassée du souci de paraître, désintéressée, toute à sa joie de s'oublier enfin ; son regard habituellement sombre était décrassé par ses rires. Comment cette femme capable de spontanéité et d'aveux touchants pouvait-elle être aussi cette femelle acariâtre et calomniatrice ? Amédée avait été victime des manœuvres d'une garce ordinaire à la bouche amère ayant accoutumé de se venger de la honte que lui inspiraient ses sentiments bas et ses propres turpitudes en faisant porter sur l'innocent spectateur de ces dernières la responsabilité de ses comportements honteux de courtisane au petit pied et d'arriviste sans souffle. Sur fond d'ordure manifestée en hommerie commune pointe en tout humain, de temps à autre, un éclair de l'angélique bipède sans plume qu'il aurait pu être, et cette expérience interdit à regret de condamner définitivement, même à vue d'homme, les rejetons de la race adamique.

Il reste que ce minuscule événement l'aida à comprendre ce qu'il savait déjà depuis presque toujours, mais qu'il était parvenu à oublier à force de jouer lâchement avec sa naïveté, à savoir qu'il était un homme auquel on aimait mentir, parce qu'on le tenait pour doté d'une bonté stupide facile à manœuvrer. Il ne savait pas que ce qui eût pu être interprété telle une amorce de guérison et de renaissance risquerait d'être le départ d'une chute sans lendemain rédempteur.

Quand, par le jeu des circonstances, Amédée aura l'occasion de se remémorer les marques de sa propension à la bassesse dont aucun homme n'est innocent, il se souviendra aussi de ce mouvement d'espérance lové dans l'étonnement douloureux qui s'était emparé de lui à l'évocation de Sabine la salope, et il fera l'expérience de ce que ses contemporains mués en censeurs n'auront pas pour lui cette retenue dans l'opprobre qu'il avait éprouvée au sujet de sa traîtresse. S'il est vrai que le propre du héros tragique est de faire s'accomplir son horrible destin par l'effort même de s'y soustraire, on peut dire qu'Amédée, anti-héros ou héros de l'ordinaire, aura incarné la vocation tragique du chrétien trop chrétien pour se laisser aller à sa nature blessée, mais pas assez chrétien pour être un saint.

IV

La vie de bureau reprit ensuite pour Amédée comme à l'accoutumée. Son ancienneté dans la maison et ses compétences en droit du travail le rendaient difficilement éjectable quelque manœuvre de déstabilisation dont il pût devenir la victime, et il jouissait d'une réputation de sérieux capable de dissuader, par la confiance que lui accordaient ses supérieurs, les velléités de lui semer les chausse-trapes qu'auraient pu nourrir les personnes à lui hostiles. Quelques jours plus tard, la vaniteuse indiscrétion d'un collègue, supérieur de Yolande, lui apprit que la Sabine s'était donnée à lui, évidemment par un calcul aussi sordide qu'il était erroné. Amédée savait que Yolande nourrissait à l'égard de son patron des sentiments troubles depuis des années, et, soulevé par un mélange aussi soudain qu'inattendu d'audace et de méchanceté soutenue par un sentiment d'indignation vengeresse, il s'arrangea pour faire savoir à la baleine refoulée la bonne fortune de son supérieur vaniteux, non sans l'inviter à procéder à un rapprochement entre lui-même et son collègue : tous deux avaient été victimes des manœuvres d'une catin dont l'orgueil la rendait experte en inversions accusatoires. Il n'en fallut pas plus pour dessiller Yolande qui, confuse, rompit avec Sabine et cessa toute allusion blessante.

L'incident ridicule qui vient d'être décrit aurait pu n'avoir aucune conséquence s'il n'avait éveillé en Amédée un sentiment d'indignation dont l'éclosion, accompagnée d'une souffrance exquise, lui fit comprendre qu'elle couvait en lui depuis fort longtemps. Ce qui l'invita à s'interroger sur le degré de loyauté de ses proches : ne serait-il pas fait de la pâte dont on pétrit les crédules, ceux dont la niaise innocence appelle tous les brocards en même temps qu'elle les désarme contre toutes les iniquités ? Aussi loin qu'il lui en souvînt, Amédée avait été ce qu'il est convenu de nommer quelqu'un d'arrangeant. Il n'exigeait jamais d'avoir le dernier mot dans une conversation, dans un conflit avec les commerçants, avec sa femme, ses enfants, ses voisins ; à l'armée avec ses compagnons de chambrée et ses adjudants, à l'université avec ses condisciples. Le sens du devoir et une pulsion compensatrice de fierté lui enjoignaient d'être extrêmement ferme dans ses conflits juridiques tissant le cours de sa vie professionnelle. C'est au reste cela même qui le rendait efficace et professionnellement estimé nonobstant sa faiblesse de caractère. Et l'impératif moral et religieux scandait le choix et le déroulement de ses comportements privés. Il ne manquait, à vrai dire, ni de détermination ni de courage, mais une voix intérieure lui intimait en permanence de ne pas rechercher les victoires, en acceptant celles qui lui étaient offertes, à tout le moins celles qu'il n'avait pas recherchées avec hargne.

On n'est jamais la victime régulière des menteurs que pour autant que l'on consent à un tel rôle, comme au reste à presque tous les autres. Amédée avait un problème plus profond qu'il n'avait jamais résolu, et même qu'il ne s'était jamais vraiment posé, de sorte qu'il en ignorait jusqu'aux données. Il s'agit du problème de la conjugaison entre devoir d'humilité prescrit par la morale religieuse, et exigence vitale de fierté — ainsi de cette estime de soi mesurée par la magnanimité — prescrite tant par la morale naturelle que par un besoin psychologique et social incoercible.

Le devoir d'humilité, vécu sur le mode du refoulement des aspirations au respect d'autrui et à la reconnaissance, le pressait, tel un réflexe, de s'effacer devant ses semblables, de leur faire confiance sans arrière-pensée, de ne chercher chicane à personne, de laisser à la Providence le soin de conjurer ou de résoudre les différends qui éclatent toujours dans les relations privées. Ce problème lié à l'impératif d'humilité exprimait le conflit vécu entre souci de satisfaire ses pulsions d'ambition d'une part, et d'autre part invitation chrétienne au détachement vis-à-vis des gloires mondaines. Il est clair que, pour le chrétien, il n'y a dans l'absolu aucune opposition entre les deux exigences qui seront pour lui, en droit, vécues comme coextensives, dès lors qu'il saura opposer la fierté à l'orgueil. Mais dans les faits, dans l'expérience vécue de ce processus sempiternel d'attraction et de répulsion, de complémentarité et de conflit qui tisse la vie sociale, les choses sont beaucoup moins claires. Le scrupule moralisant ne saisit-il pas spontanément, dans les bouffées de fierté, l'annonce insidieuse d'une poussée de lave orgueilleuse ? Et l'exercice de la suspicion à l'égard de ses semblables qui peuvent dissimuler la présence de menteurs n'est-il pas déjà l'effet d'un manque de charité, corollaire obligé de l'humilité ?

Amédée était ainsi un « menti » par vocation. Cet homme rentré toujours impeccablement mis, en conflit secret avec lui-même, était méprisé par sa femme qui le trompait et par ses enfants qui le moquaient et violaient sans vergogne ses commandements de père supposé rigide et abusif. Ils avaient depuis toujours mis en place les conditions d'éclosion d'une atmosphère de mensonge systématique autour de lui. Avec la complicité de ses rejetons, sa femme s'organisait des après-midi amoureux avec des amants de passage, dans des hôtels de luxe quand il s'agissait d'hommes mûrs et policés au portefeuille bien garni, dans des galetas pour aventuriers interlopes à la mentalité de gigolo-barbillon quand elle avait affaire à des petites frappes aux reins vigoureux. Elle ridiculisait son époux en racontant ses bonnes fortunes à ses amies excitées comme des puces, qui en retour toisaient Amédée d'un air narquois teinté de commisération. Il n'attribua longtemps ces attitudes qu'à sa propre gaucherie. Et ce qui lui restait de velléité d'autorité sur ses enfants était si mal vécu par eux qu'ils en étaient venus à se forger de lui une image de père répressif et sot, incapable de les comprendre, de sorte qu'ils ne nourrissaient à son égard aucune reconnaissance, aucune estime, aucune piété filiale, et évidemment aucune complicité. Et c'est encore à sa propre gaucherie, à son manque de générosité, aux soucis professionnels envahissants dont il croyait ne pas être capable de s'abstraire, qu'il imputait cette pénible situation qu'il pressentait encore seulement.

Son malaise se compliquait par le fait qu'il éprouvait une espèce de secrète complaisance quiétiste dans le « *mea culpa* permanent », complice d'une inclination à la lâcheté : se renier de manière systématique, c'est s'échapper de soi, se soustraire à ses propres misères, s'innocenter, se mettre à distance de ses propres devoirs ; c'est aussi, sous couvert de fidélité à l'impératif d'humilité, se dispenser d'affronter l'épreuve du conflit, la pénibilité de la lutte, la redoutable angoisse de l'échec et de la défaite.

Pour le moins, les choses n'étaient pas claires dans son cœur. Néanmoins, l'épisode en soi minuscule de ses démêlés avec Sabine et Yolande parvint à réveiller en lui cet appétit de la lutte, ce goût salvateur pour l'exercice du conflit, cette délectation de l'irascible en tant qu'irascible, ainsi cet appétit enivrant d'affronter le mal en tant même que redoutable et hostile. L'irascible devient invincible par là qu'il réussit à dominer la force inverse, celle du concupiscible ; le concupiscible est l'appétit du bien en tant que délectable mais, par là, il est porteur d'une chute de tension annonciatrice de sa propre éclipse. Le mouvement de fuite devant le mal est certes négatif, mais il relève du concupiscible lui-même, il est fuite du mal, mais entendue comme solution résiduelle quand la recherche du bien se révèle impossible, ou difficile. Toute autre est la négativité de l'irascible, qui n'est nullement un mouvement contraire à la positivité du concupiscible, mais son double inversé ; il lui est contraire, mais ordonné à l'acte positif du concupiscible, induit et finalisé par lui, ainsi soutenu par lui auquel il emprunte son pouvoir de délectation : on ne lutte qu'en vue d'un bien. Autre chose est de fuir le mal pour éviter un défaut de bien et de délectation, autre chose est d'affronter le mal pour acquérir un surcroît de délectation. L'acte du concupiscible se renie, s'anticipe et se médiatise dans le mouvement de l'irascible qui, en retour, tout à la fois se consomme dans le premier qui l'achève, c'est-à-dire qui le supprime et le régénère. L'évitement d'une privation de bien ne contracte, paradoxalement, la vertu positive de recherche du bien, que par l'acte positif de recherche d'un certain mal, lequel relève d'une négativité en tant qu'il s'oppose par définition à la recherche du bien.

Tout se passe en effet comme si le concupiscible se reniait — mais en s'y confiant — dans et à l'irascible, pour se libérer, en ce en quoi il s'aliène, de cet instinct de fuite qui le fait s'éloigner de son bien convoité, par là qui le contraint de se trahir ; sous ce rapport, l'irascible, dont la passion la plus accomplie est la colère, est non seulement ce en quoi le concupiscible se libère d'un aspect négatif de lui-même (la tendance à la fuite), mais ce qu'il libère et convertit, par là qu'il le libère, en puissance positive belliqueuse instituée à son service. Si le reniement du concupiscible en irascible est la stratégie de récupération par le concupiscible de sa puissance d'acquisition du bien auquel il est par nature ordonné mais qu'il n'a pas la force de conquérir, c'est que le concupiscible s'affirme dans sa négation. Autant dire qu'il s'aliène dans ce dont le propre est de ramener à lui, et qu'il a la forme d'une espèce de réflexion, d'une négation de négation qui l'enrichit, lui donne de se posséder et de se faire subsister en se possédant. Amédée était encore loin de comprendre cela, mais cette logique s'exerçait inconsciemment en lui, qui lui faisait appréhender, par le fait de la vivre, que le désir de jouir n'est pas sans celui de lutter, que l'appétit de ce qui est bon — ainsi du repos dans la possession du bien — n'est pas sans le frémissement jubilatoire d'une tendance à la glorification du conflit et de la guerre qui le consomme.

Amédée se mit à sortir plus volontiers de sa réserve dans ses relations avec ses collègues, osant par exemple aborder des sujets de préoccupation moins strictement professionnels. En même temps qu'il devenait plus détendu avec eux, il manifestait cette capacité, nouvelle pour lui, d'être de temps à autre, quand cela se révélait nécessaire, tantôt jovial tantôt abrupt, voire agressif, querelleur même parfois, tandis qu'une forme toute nouvelle de joie pénétrait dans son âme surprise. Il crut même un temps avoir gagné en autorité naturelle, fut mieux considéré, plus estimé en tant même que craint, laissant ainsi se déployer en lui une ambition professionnelle longtemps contenue. Mais il n'était pas encore conscient du mécanisme psychologique présidant à la genèse d'un tel phénomène qu'il continuait trop souvent encore à interpréter tel un relâchement moral, une concession faite à l'orgueil, un manque d'humilité et de résignation. En dépit de ce scrupule incapacitant, il ne put s'empêcher d'ouvrir les yeux sur sa situation familiale. Il fut désormais sensible à maints détails, soupçonna rapidement l'existence des frasques de son épouse qui — tant pour brouiller les cartes que pour se donner le plaisir de l'offenser — les revendiqua en lui riant au nez ; il entrevit aussi les dissimulations de ceux de ses enfants qui étaient encore à sa charge ; il pressentit la réputation dégradante que tous lui avaient faite auprès de leurs relations communes. Et il décida de remettre de l'ordre dans son foyer et dans sa vie sociale, n'excluant aucune solution, pas même le recours à la violence. Il restait cependant encore paralysé par la crainte du péché. Cette pulsion d'indignation avide de réparation ne serait-elle pas une susurration du diable pieux ? Après tout, le comportement de ses enfants n'était que l'expression d'une fidélité aux critères de l'honnête homme de ce début de troisième millénaire dans les sociétés occidentales permissives en passe de se convertir, par absorption de toutes les autres, en société mondiale irréversible. Et sa femme, voulait-il se dire, ne pouvait pas ne pas avoir des circonstances atténuantes ; on ne devient pas, se laissait-il encore penser, si mauvais, si agressivement amer, par le seul poids de sa responsabilité propre ; et puis, de tels soupçons sont-ils effectivement fondés ? Il serait ignoble de l'accuser injustement. Elle est capable, par amertume et méchanceté impuissante, de revendiquer des fautes qu'elle n'a pas commises.

Amédée décida alors de s'ouvrir de son trouble à un prêtre de sa communauté traditionaliste, qui faisait aussi office, en même temps que de desservant, de directeur spirituel et de confesseur. La soutane avait pour lui, depuis son enfance, quelque chose de sacré.

Croisant ses doigts boudinés sur un ventre à chair flasque, l'ecclésiastique, d'un air de circonstance sévère et compassé, l'écouta en faisant de temps à autre, avec sa bouche molle, des petits « oh ! » qui ressemblaient à des rots, et des bruits mouillés de lèvres supposés signifier sa contention intellectuelle, mais qui évoquaient le chuintement des petits pets mal retenus et malodorants. Puis il lui déclara, sur un ton inspiré :

« *"Ira enim viri justitiam Dei non operatur"*, nous apprend saint Jacques dans son épître : la colère de l'homme n'est pas l'instrument de la justice de Dieu. Considérez la colère en toutes circonstances comme un mal, elle ne peut que vous inspirer de mauvaises actions ; laissez Dieu vous rendre justice ; se faire justice soi-même est oser se substituer à Dieu.

— Mais enfin, mon Père, cela ne revient-il pas, bien souvent, à innocenter les insolents, à les conforter dans le mal, à cautionner leur méchanceté ? Il faut rendre le bien pour le mal ; mais rétablir la justice par la force, la réplique proportionnée, n'est-ce pas justement répondre à l'offense qui fait mal par le bien qui fait l'ordre ? Et puis, que voulez-vous, à force de tout supporter on finit par crever d'indignation, on est étouffé par la vengeance qui veut sortir, on se convertit en loque, on s'aime soi-même de moins en moins, et on finit par n'être même plus capable d'aimer son prochain.

— Ah malheureux ! C'est là raisonner en païen ! Croyez bien, mon fils, que je compatis à vos souffrances, mais vous avez su être résigné jusqu'à présent, et c'est ce que Dieu veut. Soyez doux et soumis, ne vous insurgez pas, ne prenez pas d'initiatives sous le coup d'une exacerbation de l'irascible ; telle est votre croix : subir l'indignité, l'incompréhension, le ridicule même ; en vous offensant, les méchants accumulent des chardons sur leur tête, soyez-en bien certain, apprenez par compensation à vous en réjouir ; que cette perspective soit pour vous un réconfort. Vous vous devez à vos enfants et à votre femme, quelque indignes et ingrats qu'ils puissent être ; l'unité de votre famille passe avant tout. Que se passerait-il si vous les quittiez ? Ils iraient à vau-l'eau, vous les livreriez égoïstement au monde, ils se perdraient et vous les perdriez sans retour ; ils ont besoin de vous, de votre exemple et de votre soutien ; vous avez le devoir de les sauver par la patience et la douceur. Vous seriez très coupable de les abandonner à eux-mêmes, sous le prétexte que votre amour-propre a été secoué. Dans le même ordre d'idée, n'essayez pas de ces solutions intempestives qui font plus de mal que de bien, qui dissimulent sous couvert de fermeté un instinct de réparation brutale contraire à la charité. Ils vous reviendront peut-être ; sachez pardonner, ne regardez pas leurs péchés, ne retenez pas leurs injustices, ils ne savent pas ce qu'ils font ; vous seul, par l'exemple de votre patiente abnégation, pouvez les ramener à Dieu ; votre devoir est de ne pas demander justice ici-bas. Et puis, que vaut la justice des hommes ? Notre Maître a demandé de pardonner, de porter sa croix sans broncher. *Vous manquez, cher homme, d'esprit surnaturel.* Et puis, interrogez-vous sur vous-même. Êtes-vous parfait ? N'êtes-vous pas en partie responsable, peut-être, de leurs dérives ? Ne les avez-vous pas parfois déçus ? Ne l'oubliez jamais : la nature humaine est profon-

dément blessée, en vous autant qu'en eux, et cette dilacéra-
tion produit ses effets, par vous sur eux. Croyez-moi, confiez-vous à la prière et n'agissez pas inconsidérément, soyez
patient et bienveillant, souvenez-vous des paraboles de la
femme adultère et de l'enfant prodigue. Extirpez de vous-
même ce diabolique esprit de vengeance. Ne jugez pas et
vous ne serez pas jugé. »

Et c'est dans état d'indicible perplexité, en lequel pointait
une colère salvatrice qui n'osait pas se déclarer, qu'il quitta
l'ecclésiastique melliflue au ton comminatoire.

V

Gisèle Simplice, la femme d'Amédée, n'était pas vraiment
acariâtre, mais dédaigneuse et lointaine. Toujours pressée,
agacée, excédée, occupée par mille choses dont elle s'arran-
geait toujours pour qu'il n'en eût qu'une vague idée. Lui qui
pensait avoir été toujours un bon mari et un bon père, respectueux, dévoué, généreux et disponible, n'en voulait pas à sa
moitié de l'avoir épousé par calcul. Toutes les femmes, en
vertu même de leur condition de futures mères, sont comme
biologiquement conditionnées par le sens d'un tel calcul : se
donner les conditions d'organisation d'un nid sécurisant pour
y pondre leurs œufs et les faire éclore. Toute femme est intéressée, et ce n'est pas là l'effet d'un instinct égoïste, mais
l'œuvre de la nature qui les rend avisées, et l'envers obligé de
ce calcul est, normalement, le sens du dévouement et de l'oubli
de soi au service de sa maisonnée. Mais précisément, sa femme
ne brillait pas par de telles vertus. Elle entendait jouer à la
grande sœur avec ses fils. Elle se refusait le plus souvent à lui,
prenait un visage de martyre pour remplir son devoir conjugal,
de sorte que son mari n'était pas, pour le moins, comblé dans
ce domaine. Le devoir de respecter sa femme sous le prétexte
qu'il était homme, plus vigoureux qu'elle, prenait en lui la
forme d'un impératif castrateur, sans que sa libido en fût pour

autant apaisée. Il ne lui venait pas à l'esprit qu'elle eût peut-être aimé qu'il la brusquât.

Ébahi, désaxé, Amédée eut l'idée, une fin d'après-midi, de reprendre contact avec un ancien condisciple de l'enseignement primaire et secondaire, qui à maints égards avait évolué autrement que lui. Il redécouvrit, à plus de vingt ans de distance, Édouard Lacassagne, pareil à lui-même, ivre de santé, aussi joyeusement méchant que jadis, par là aussi capable de gentillesse spontanée que moins comprimé par le souci épuisant d'éviter d'être méchant. Il le reçut dans son cabinet d'avocat du boulevard Richard Lenoir, non loin de la Bastille, l'accueillant en congédiant sa secrétaire avec laquelle, bien entendu, il couchait.

« Tu es cocu, mon pote, il faut appeler les choses par leur nom. Tu es cocu dans les faits mais aussi par vocation ; tu aimes les coups et tu aimes être berné. Tu trimballes ta carrure et tes gros bras comme un fardeau dont ta petite âme voudrait bien se délester ; tu ne mérites pas ta force. Finis-en avec tes scrupules de chrétien, de pédéraste, de sous-homme, de raté, d'impuissant ravagé par les scrupules ; si tu ne fais rien, tu seras bientôt desséché tout debout par une haine rentrée dont tu ne sais pas quoi faire parce que tu n'oses la diriger contre autrui, et qu'elle se retourne contre toi. Il faut savoir céder à ses haines pour se dispenser d'en être la victime. Regarde-toi, tu t'épuises depuis toujours à lutter contre toi-même, tu péris de refuser de vivre. Tu crois que je m'embarrasse avec les questions qui te minent ? Elles n'ont pas de réponse, et la seule manière d'y répondre est de les ignorer. Tu crois que ça ne me réussirait pas d'être un pécheur ? J'en suis un, selon ta grille de lecture de l'existence, et ça ne m'empêche pas de dormir ; c'est même grâce à cela que j'y parviens. La vie est courte. Qu'as-tu fait de la tienne ? M'enfin, mon vieux, on te chie dessus et tu en redemandes. On se fout ouvertement de ta gueule et tu veux ne rien voir ni rien entendre. Tu te fais sganarelliser depuis toujours et tu restes impavide, ou plutôt passif ; ils auraient tort de se gêner. Comprends bien que les gens ne sont pas bons. Ils ont la nature des hyènes, qui fondent sur leur proie aussitôt qu'elle arrête de montrer les crocs. Pour aimer son prochain, comme tu veux t'y employer, il faut commencer par le rendre un peu aimable, et la seule façon d'y procéder consiste à prévenir, par la suscitation d'un soupçon régulier de crainte — un soupçon qui peut souvent devenir une forte dose — leur tendance à se comporter comme des fumiers en te prenant pour une merde. »

Édouard ne s'était jamais départi de son assurance extravagante, cultivait depuis toujours un grand talent de la repartie qui impressionnait Amédée affligé, quant à lui, de cette lenteur d'esprit propre à ceux qui ont besoin d'être agressés pour trouver la force de mordre, mais dont la trop brutale montée d'adrénaline paralyse les fonctions cérébrales. Édouard investissait sa confiance dans la force de ses désirs qui, doublés de capital de foi en eux qui les honorait, faisaient en sorte de ne jamais le décevoir. Il impressionnait jadis ses maîtres par son aplomb précoce, ses défis, son humour ravageur, sa manière de conjuguer l'agressivité et l'humeur joyeuse, son aptitude à retomber toujours sur ses pattes. Les tentatives de l'humilier pour le remettre en place coulaient sur lui sans l'affecter comme l'eau sur les plumes d'un canard. Il parvenait toujours à faire plier la réalité à ses intérêts par le seul poids de la certitude qu'il suffit de désirer fortement quelque chose sans aucune arrière-pensée, sans laisser s'introduire le frein du doute, pour le posséder, parce qu'il avait compris que désirer fortement est déjà posséder, en ce sens que ce qui est désiré cède toujours, désarmé, à ce qui l'honore en le convoitant. Sous ce rapport, il était évidemment irrésistible dans sa conquête des femmes, bien qu'il ne fût pas beau. Partout où il passait, il fallait qu'il fût le centre des attentions de tous et des conversations qui font se former les groupes. Une autorité naturelle l'habitait, ce don qu'ont certains hommes de laisser se dire en et par eux ce qui sera spontanément perçu par tous telle l'expression — dont les premiers ne sont que les messagers — de ce qu'exige le Kairos, le dieu du moment favorable.

Pour ce qui est de ses frasques, il considérait au fond que le Dieu rémunérateur et vengeur de la religion de son enfance ferait une exception pour lui ; que Dieu est patient et avait secrètement besoin de lui pour accomplir Ses desseins, de sorte qu'il lui paraissait naturel que Dieu fût indulgent, puisqu'il Lui rendait des services.

« Tu as les convictions affichées des chrétiens pisse-froid, tous ces membres des associations "Laissez-les vivre", "Familles d'abord". Vous êtes la progéniture du colonel de La Loque, raidis dans votre impuissance, incapables d'agir. Chez vous, à défaut de vibrer aux premières notes de *Maréchal nous voilà !*, ils se pâment d'admiration jouissive quand ils entendent les péroraisons inspirées de Philippe de Villiers. Tu es un mou, une gélatine qui se prend pour de l'acier sous le prétexte qu'elle a bien durci. Malgré ton attachement à l'ordre moral des refoulés et des faux-culs qui sautent leurs bonniches dans les chambres de bonne de leurs appartements honorables, issus du vivier paternaliste de la Banque Worms, tu as bien l'âme d'un libéral. Un libéral, c'est un type qui, pour se cramponner à son aisance et à son honorabilité, se persuade qu'il avance et se sauve quand il se contente de retarder sa chute ; c'est comme un mec qui a l'impression de gagner une grande victoire quand il obtient la permission de plier son pantalon avant de se faire enculer. Et tu vas raconter tes misères à un curé ! Non mais tu crois vraiment qu'il est compétent pour t'éclairer ? Les curés, je les connais, on a tous les deux été élevés dans le même pensionnat. C'est tout pédé rentré, envie, ressentiment de pauvres cloches qui se sont rabattues sur la soutane pour s'inventer une personnalité et s'octroyer un pouvoir qu'ils auraient été bien incapables de conquérir s'ils avaient été livrés dans la fosse aux lions de la vie réelle. Ils n'ont pas leur pareil pour foutre le bordel dans les familles, s'occuper de ce qui ne les regarde pas, couper les couilles des gens actifs au nom du Sacré-Cœur. Rends-toi à l'évidence, tes gosses sont des petits cons décadents et des ratés. Ce n'est pas en te racontant des histoires sur leur compte que tu les tireras vers le haut. Il est trop tard pour leur donner des coups de pied dans le cul, mais tu peux leur dévoiler leurs quatre vérités. C'est toujours aux mêmes qu'on demande de céder. Moi, je cède le moins possible, même quand j'ai tort, et cela me réussit plutôt bien. Envoie ta grosse loche de sacristie satisfaite sur les roses, arrête de lui donner tes quatre sous, crie plus fort qu'elle ; ils se mettent à plat ventre dès qu'on leur fait les gros yeux. Cette engeance ne comprend que les coups ; c'est toujours par l'intimidation qu'on se fait respecter. Oignez vilain, il vous poindra ; poignez vilain... tu connais la suite. Il y a des lois élémentaires de la vie, et rien ni personne n'y peut rien.

Et puis franchement tu n'y comprends rien aux femmes. Elles font ostensiblement l'apologie des hommes "gentils", mais elles n'aiment que les brutes et les salauds. Mets deux grandes beignes à la tienne sans discussion, fais-lui savoir que tu couches avec ta secrétaire, et fais-le effectivement sans vergogne ; l'autre sera toute chose et viendra te manger dans la main. Et si le Dieu de ta religion est moins con que ce que lui font dire Ses ministres, Il te donnera raison. Si tu te fais cocufier, c'est peut-être ta faute en dernier ressort. Allez viens, on va s'en jeter un rue d'Assas, comme au bon vieux temps. Ensuite on ira bouffer au Relais Louis XIII rue des Grands-Augustins ; c'est là que Louis XIII fut proclamé roi ; c'est là que j'ai commencé à bosser, comme commis débarrasseur, après avoir envoyé bouler tout le monde, père et mère, professeurs et curés ; comme tu le vois, cela ne m'a pas porté malheur. C'est là que j'ai appris à aimer le luxe, de sorte que, même si j'ai trouvé mieux depuis, j'aime bien y retourner pour me ressourcer. Ils ont un carré d'agneau et un mijoté de rognons à la crème dont tu me diras des nouvelles. »

Au terme d'un repas qui n'était pas de carême, après avoir conté maintes anecdotes truculentes, Édouard, ému par le Côte-Rôtie 1991 dont il avait ingurgité à lui seul une bonne bouteille, reprit sur un ton plus grave, parce que désabusé, son monologue.

« Considère le triste exemple de ma salope de fille. Tu te souviens de ce que j'étais au collège, je ne me laissais emmerder par personne. Chez mes vieux mesquins, j'avais le sentiment de devenir enragé, alors je les ai plaqués sans crier gare, j'ai devancé l'appel, je me suis endurci à l'armée, j'ai fait les quatre cents coups, j'ai commencé très bas, je me suis élevé pour être ce que je suis aujourd'hui. J'ai choisi une femme effacée qui ne m'empêche pas de respirer ; et puis on a fait ma fille. Elle a toujours conjugué les travers de la gourde et de la menteuse qui fait ses coups en douce. Elle me déçoit avec sa tronche chiffonnée, elle n'a rien dans le citron et elle a des prétentions. Quand on est moche et con, on ferme sa gueule, on s'adapte, c'est la loi du monde. Personne ne pourra rien y changer et ça doit rester comme ça ; il y a les chanceux et les autres, la nature est capricieuse et inégalitaire, il y a les bons et les ratés. Elle a toujours été jalouse. Une fille attend d'être reconnue par un mec et d'abord par son père, son premier mec. Il aurait fallu que je m'extasie, que je m'efface pour lui faire toute la place. Alors elle a décidé de mijoter une insurrection de première en se rapprochant de mes vieux qui l'avaient mauvaise contre moi, elle a sympathisé avec tous mes ennemis, et tu sais combien j'en ai... Ça ne l'a pas rendue meilleure ni plus brillante pour autant, elle a même renchéri dans la médisance et la calomnie ; des gens se sont émus, on me prend aujourd'hui pour un monstre. Je suis comme coincé entre deux générations de médiocres. Eh bien ! Je ne me suis pas laissé étouffer. Je les emmerde tous en amont et en aval. Ma fille a tous mes vices, l'intelligence et la vitalité en moins. Elle aurait été une garce inspirée, je l'aurais comprise, mais ce n'est même pas cela ; c'est une emmerdeuse incapable d'étonner par ses talents, alors elle sème la zizanie et salit ses rivaux ; elle m'a fait le coup du chantage au suicide en prenant bien soin, évidemment, de se rater ; elle avait tout prévu pour nous inquiéter assez sans toutefois passer l'arme à gauche. Tous ces cons à l'âme tendre qui la plaignent aujourd'hui n'y ont vu que du feu. Ils ont cru qu'elle était désespérée, sans force, délaissée, abandonnée, en état de déréliction plaintive. En vérité, elle a voulu instaurer une situation dramatique supposée suspendre l'exécution de toutes les ripostes et mesures de rétorsion que je m'apprêtais à prendre à son endroit, mesures qui eussent été tenues, vu la situation "exceptionnelle et tragique", pour inconvenantes par les bien-pensants. Eh bien, sais-tu ce que j'ai fait ? J'ai fait publiquement savoir que si elle ne consentait pas à plier sa nuque raide en me demandant pardon pour toutes ses vacheries, médisances, calomnies et chantages, elle pourrait essayer une nouvelle tentative de suicide, et que ce serait bien là la seule chose qu'elle eût été jamais capable dans sa vie de réaliser au bout de deux essais seulement. Tout le monde a été scandalisé, m'a pris pour un ignoble cynique, m'accusant de la pousser dans la tombe. Bien entendu, elle n'a jamais remis ça, elle tient trop à la vie, et elle y tient parce qu'elle a besoin de vivre pour se livrer à son occupation favorite : faire chier la terre entière avec ses simagrées de prétentieuse ordinaire. *Me ne frego* : je m'en fous, je m'en fous de la mort, mais aussi — ce qui est plus difficile — de l'honorabilité sociale ; je n'ai pas peur de la honte à laquelle on entend m'acculer. Tu comprends ? Je ne joue pas le jeu des bons sentiments. Dans nos sociétés gangrenées, il n'est rien resté des principes moraux qui réglaient la vie de famille ; on ne sait plus ce que c'est que le droit d'aînesse ou la piété filiale. Mais alors pourquoi faudrait-il sacraliser les enfants, absolutiser le devoir de l'amour paternel ? C'est encore un effet de l'ignominie rousseauiste, une projection sur la jeunesse de l'idée de l'homme naturellement bon. Et cette idée, je me torche avec, même si cela me vaut d'être tenu pour un géniteur sans entrailles, un père indigne, un salaud. Je préfère être tenu pour un salaud par l'immense majorité, à savoir le clan des cons, plutôt que d'être pris pour un con par la minorité des gens lucides. J'ai envoyé *Fils de personne*, de Montherlant, à la tête de grenouille malade qui me tient lieu d'héritière biologique ; elle est tellement ignorante qu'elle n'a peut-être même pas compris l'allusion.

— Mais enfin, c'est tout de même ta fille, la chair de ta chair, lui fit remarquer Amédée horrifié, ou plutôt surpris de ne l'être pas plus que cela. Rien ne peut effacer l'amour d'un père. Tu ne vas quand même pas régler tes comptes avec elle comme avec un vulgaire ennemi ! On ne peut pas être l'ennemi de ses enfants, cela va contre la voix de la nature.

— Et pourquoi pas ? La voix élémentaire de la nature, c'est la lutte et la survie. Quand les petits se mettent à prétendre à dévorer le mâle, c'est lui qui les brise. Il se sacrifie naturellement pour eux quand ils sont vulnérables et dans le besoin, pas quand ils violentent la nature en rêvant du meurtre du père. Je vais te dire : ma fille est au fond une jalouse, elle m'en veut de lui faire de l'ombre en étant plus doué qu'elle ; c'est quand même effarant ! Il faudrait au nom de la nature se mutiler pour éviter à ses gosses d'avoir des complexes ! Mais c'est là ne pas leur rendre service : il est dans le vœu de la nature qu'ils conquièrent leur droit d'exister en apprenant à dépasser ceux qui les rendent envieux. Me mutiler, ce serait les dispenser de lutter, les maintenir dans leur état de larve. La condition d'héritier est certes moins gratifiante que celle d'ancêtre, mais je n'y puis rien, c'est comme ça, et en plus c'est une condition honorable, même si elle est sans relief. À défaut d'enrichir le patrimoine, au moins les héritiers peuvent-ils s'efforcer à le transmettre. Mais quand on pète plus haut que son cul, on veut ou bien dépasser l'ancêtre, ou bien être soi-même un ancêtre, personne ne veut plus être héritier, sauf pour l'oseille qui là, curieusement, ne suscite aucune aversion. »

Ces paroles résonnaient dans le cœur d'Amédée qui, sans cesser de penser à ses enfants, songeait à lui-même et à César Birotteau : il était, lui, un héritier, et il avait tenté de transmettre, en acceptant sa condition. Et sa résignation dans la fonction de simple continuateur au profit des héritiers n'avait guère été couronnée de succès. Pourquoi cela ? Pourquoi la vertu rend-elle idiot, à tout le moins gauche, stérile et atrophié ? Qu'ai-je été incapable de comprendre pour que mes efforts secrètement héroïques d'humilité aient fait de moi un niais, un escogriffe épais qu'on peut traiter comme un bon chien en lui racontant des histoires, et qui les gobe avec un air coupable, par-dessus le marché ?

« Je suis père, reprit Édouard, et père d'une fille, avec toutes les indulgences que peut avoir un père à l'égard de sa fille qui d'ailleurs le comprend très vite et qui en abuse, comme toutes les femmes, mais ça, j'aime bien, c'est la règle du jeu. Cela ne m'empêche pas d'être lucide. Pourquoi faudrait-il devenir complètement abruti et vulnérable devant ses enfants ? S'il fallait attendre qu'un chef fût parfait pour consentir à lui obéir, personne n'aurait jamais obéi à personne depuis le péché d'Ève, aucun gosse n'aurait jamais obéi à ses vieux. On consent à obéir dans les démocraties parce que les chefs sont supposés être l'expression de la volonté générale, les délégués sans autorité et les exécutants sans autonomie de la volonté populaire ; on a des raisons de penser qu'on n'obéit, dans ce cas, à personne. Mais on ne saurait inventer une paternité qui serait choisie par les enfants, déléguée de la volonté de ces derniers ; alors on supporte de mauvais gré cette fatalité, cette dépendance indissociable d'un pouvoir parental sans contrepartie, et en retour, à titre de compensation, on exige au moins que les pères soient parfaits. Il en résulte que si les gosses se mettent à dérailler, ce sera immanquablement imputable à l'impéritie indigne des géniteurs. C'est comme ce qu'ils appellent "pédagogie" chez les États-Uniens : "si l'élève n'a pas compris, c'est que le professeur a mal enseigné" ; non mais tu te rends compte ? Voilà où on en est là-bas ; ils sont encore plus cons que nous. L'homme serait bon et parfait à la naissance, et sa dignité serait infinie, donc il pourrait tout exiger, tout se soumettre, et il ne devrait rien à personne. Et c'est bien comme ça que les choses se pensent et se passent, mon pauvre Amédée. Tes mises en retrait compulsives, ta mentalité coincée d'"âme vaillante" bientôt sénile, ta psychologie de bon élève de l'Action catholique, ta haine de la force et de l'arbitraire, ta loi d'amour et toute la suite, sont au moins objectivement complices de l'esprit démocratique. »

VI

« Mes gosses aussi, répondit Amédée, ne m'aiment pas, mais moi ça m'abat et m'effraie, au lieu de me mettre en rage comme tu le fais ; ils ne communiquent avec moi que pour me signifier combien je les agace et même les excède. Cela ne m'empêche pas d'essayer de les estimer. Peut-être ne leur a-t-on pas donné assez d'amour, suffisamment d'attention et de bons exemples, assez d'encouragements, assez d'incitations à la vertu et au dépassement de soi. Nous devons comprendre combien notre pouvoir est grand sur eux, ils nous sont livrés par la Providence totalement désarmés, littéralement informes, ils deviennent ce que nous en faisons ; il est indigne d'un père de se cacher ses responsabilités. Je ne dis pas que tout échec de ses descendants lui est imputable, mais il est d'un homme normal de commencer au moins par se poser cette question, et de la creuser, autant que possible, sans dérobade.

— Tu parles ! Que ne faut-il entendre comme conneries de cet acabit pour se savoir en vie ! J'ai aimé ma fille, je l'ai choyée, je l'ai veillée, torchée, supportée dans ses crises, conseillée, j'ai voulu être complice de ses caprices quand ils ne portaient pas à conséquence, j'ai supporté ses injustices, ses insolences, ses exigences, j'ai pris avec elle des gants comme je n'en ai jamais pris avec ma femme, encore moins avec mes maîtresses. Peine perdue ! J'ai trimé pendant des années, avant de décoller, en me privant pour son bien-être. J'ai dépensé des fortunes pour lui offrir des voyages à l'étranger afin de l'aider à assimiler les langues vivantes, je lui ai payé des leçons de cheval, de danse, de maintien, de piano, de violon ; des cours de rattrapage dans presque

toutes les matières ; elle a eu droit à ces écoles privées onéreuses comme les putains de luxe, qui récupèrent les
cancres friqués dont les lycées ne veulent plus. J'ai essayé
de l'éveiller à la grandeur de l'idéal monarchiste, dans le
mépris de la Gueuse et des basses œuvres, en flattant sa
tripe élitiste, et cette crétine en est devenue socialiste, rejoi-
gnant le camp bêlant des médiocres, la piétaille des ratés.
Elle n'a même pas été capable de donner dans l'extrême
gauche violente ; ça aurait quand même eu plus de gueule.
Peau de balle, cette petite conne m'a fait ça à moi, monarchiste flamboyant. On ne devient jamais que ce qu'on peut
devenir, elle peut très peu, c'est tout, et elle veut encore
moins du peu qu'elle peut, précisément parce qu'elle a des
prétentions délirantes ; accepter de faire au mieux avec ce
qu'on a, c'est confesser ses limites, alors elle ne fait rien,
elle fait tout mal. J'ai des devoirs, mais elle en a aussi. Pourquoi devrais-je aimer, estimer, respecter cette connasse
méprisable ?

— Tu avais pourtant la larme à l'œil, tout à l'heure en
parlant d'elle.

— Quand ? À propos de quoi ?

— Quand, homme jeune encore, tu l'accompagnais au
parc Monceau pour lui faire prendre l'air. Ta femme avait
l'habitude de lui dire quand elle était fatiguée : "veux-tu
que je te porte, ma chérie ?" ; elle tenait debout sur ses
petites jambes de fillette d'à peine trois ans, courant maladroitement après des pigeons, et puis, sur son ton le plus
implorant, avec une grâce irrésistible, elle se tournait vers
toi en disant : "tu la *potes* ma chérie ?" Là tu craquais, tu te
sentais père. Pourquoi les choses ont-elles changé ensuite ?
Il ne tenait qu'à toi de faire éclore en elle ce qu'elle avait de
meilleur.

— En effet. J'ai investi affectivement en elle plus que je
ne voulais le croire et beaucoup plus qu'elle ne le saura
jamais ; c'est peut-être ce qui explique ma fureur de père
dénaturé. J'avais à choisir entre mourir de chagrin et laisser
monter mon indignation, inspirée tant par ma déception

que par un sentiment de justice face à cette ingratitude ; j'ai choisi la deuxième solution, et je ne le regrette pas. Elle est perdue pour moi, je n'en guérirai jamais, mais j'apprendrai à vivre avec.

— J'aurais bien aimé moi aussi être aimé de mes enfants et mériter leur confiance. Les choses se sont déroulées autrement et, à vrai dire, je suis incapable de distinguer entre ce qui relève d'eux et ce qui relève de mes manquements, mais c'est une bien triste situation.

— Tu as quand même une circonstance atténuante, répondit Édouard d'une voix désormais plus douce, presque attendrie : ta femme, qui leur a monté la tête, est une traînée, même si c'est un peu à cause de toi qu'elle l'est devenue.

— Et tu as, toi, répondit Amédée quelque peu ému par cette marque si peu prévisible de bienveillance, la circonstance atténuante de la malfaisance de tes géniteurs qui ont actualisé en leur petite-fille ce qu'elle avait de pire.

— Oui, c'est vrai. Mais enfin, quant à nous deux, ils auraient pu, nos rejetons, nous offrir, s'ils avaient un tout petit peu de fierté, de sens de l'honneur et de loyauté, ce que nous souffrons de n'avoir pas : à défaut de motifs de fierté, au moins leur affection, leur confiance et leur estime ; ils l'auraient pu s'ils l'avaient voulu, s'ils avaient eu le courage et la lucidité de le vouloir ; leur liberté est essentielle et irréductible aux circonstances. C'est vrai que mes vieux m'ont mis des bâtons dans les roues, je suis victime de la coalition des envieux et des médiocres. Sans compter que les enfants, c'est comme la réalisation hypostasiée de l'unité des époux. Quand les enfants s'insurgent, c'est la famille entière qui est ébranlée, c'est l'unité du couple qui se fendille parce qu'il ne se reconnaît plus dans son fruit. Ma femme a toujours supporté mes infidélités, ces dernières ne seraient pas parvenues à nous rendre étrangers l'un à l'autre ; mais quand notre fruit conjugal se met de la partie, c'est une autre affaire.

— Voilà au moins un point sur lequel nous sommes d'accord. »

Ils en étaient aux cognacs. Amédée se détendait, appuyé sur ses coudes, la tête rentrée dans les épaules, tandis que son compagnon d'infortune, affalé en arrière sur son siège, malmenait compulsivement un reliquat de mie de pain dont il ne parvenait pas à faire une boule régulière.

« Tu sais, poursuivit Édouard qui entendait tirer de ce dialogue passionnel une maxime générale à portée morale, je crois que la réaction la plus primitive de l'homme à l'égard de son semblable, quel qu'il soit, c'est l'amour au sens le plus vague, la sympathie si l'on veut, qui se précise parfois en amitié : je me reconnais dans l'autre, j'apprends à me connaître en lui, je me réjouis qu'il soit autre que moi à l'intérieur de notre identité principielle, je lui veux du bien et en même temps je me reconnais dans le regard qu'il porte sur moi, et il en est de même pour lui à mon égard. Mais l'amour est toujours manque, et c'est pourquoi, jusque dans les élans les plus désintéressés, on aspire à se vouloir corrélativement quelque bien : aimer, c'est s'aimer en même temps, tout comme savoir est toujours se savoir, puisque savoir est savoir qu'on sait. Mais se vouloir du bien en voulant du bien à l'autre, s'aimer en l'aimant, cela suppose… Comment dire cela ? Cela suppose que soit dégagée pour les deux consciences l'idée d'un bien commun aux deux, c'est-à-dire d'une fin qui leur est commune ; comme le disait l'autre sans mièvrerie, aimer n'est pas se contempler dans le blanc des yeux mais regarder dans la même direction ; or cette fin commune n'est presque jamais donnée quand l'affection est naissante, et c'est pourquoi on se révèle incapable de tendre vers soi-même en tendant vers l'autre dans un même acte ; les deux mouvements sont successifs, mais par là ils sont opposés : on aime, on s'arrache à soi-même pour s'unir à l'autre ; puis on s'aime mais on se détache de lui pour cela, on s'arrache à lui pour se retrouver, on hait la dépendance à laquelle contraint l'amour, et sous ce rapport on nourrit une animosité à l'égard de l'autre, précisément parce qu'il est objet d'amour ; et puis ensuite, peut-être, on en vient à surmonter son aversion pour redécouvrir l'autre dans une perspective plus profonde, avec le dévoilement d'une fin commune. Ce qui me paraît évident, c'est que l'amitié, la sympathie, l'amour ont toujours la forme d'une aversion surmontée. On n'est ami qu'avec celui dont on pourrait être l'ennemi. Au reste, on s'aperçoit du bien-fondé de mon propos à l'occasion des ruptures : on hait l'autre avec l'énergie par laquelle on l'aimait, parce que, en se défaisant, l'amour libère la haine qu'il maintenait en ses flancs telle une virtualité captive après avoir été domptée. Et c'est vrai même pour l'amour paternel et l'amour filial.

— L'amour paternel n'est pas l'amour filial, les deux relations ne sont pas de même nature, il est dans l'ordre que nous aimions nos enfants plus qu'ils ne nous aiment, et que nous sachions les aimer sans réciprocité, répondit Amédée.

— Je te l'accorde, mais ça n'empêche pas les deux formes d'amour d'avoir chacune la configuration d'une victoire opérée sur son propre contraire. Un rejeton crucifie son ingratitude et sa haine de se savoir dépendant, pour remplir ses devoirs filiaux ; un géniteur crucifie son égoïsme et consent à l'idée de la mort du fait même d'engendrer : il engendre, donc il est voué à disparaître. J'ai su quant à moi surmonter mon égoïsme pour donner la vie et éduquer ma gamine, dépasser les répulsions que m'inspirait son tropisme vers la vulgarité, la petitesse, l'esprit revendicateur des faibles qui n'ont pas les moyens de prendre ce qu'ils aiment, mais qui n'ont pas la sagesse d'y renoncer. Elle aurait pu faire un effort en direction de ce que vous appelez l'humilité, ce qui lui aurait permis d'être moins malheureuse, de donner un peu d'affection à son père, et de ne pas me mettre dans une situation impossible avec ses calomnies qu'il me faut bien dénoncer si je tiens à rester en vie. Si elle le pouvait, elle me ferait coffrer par les argousins, encadrée par ses psys, ses curés de gauche, ses petits trous du cul d'"enseignants", ses éducateurs sociaux et toute cette clique d'immondes fumiers parasitaires. Sans compter qu'elle s'est donné pour mission désormais de briser notre union conjugale. Ma femme est plus intelligente qu'elle et elle m'estime, malgré mes infidélités à répétition, mais enfin, c'est sa fille, elle aurait l'impression de l'abandonner en refusant de l'entendre. J'ai décidé de sauver ma peau, coûte que coûte, même si notre fille doit en sortir brisée à jamais. »

VII

Ainsi conversaient Édouard et Amédée, en prolongeant leur soirée au Lagavulin dans un bar de luxe du 7e arrondissement où l'avocat avait ses entrées, après leur dîner rue des Grands-Augustins.

Quand la fille d'Édouard était née, alors que la maman n'avait pas encore été épousée, maints amis étaient passés à la clinique pour la féliciter, elle et Édouard qu'ils se permirent de tancer quelque peu en l'invitant à la marier au plus vite. Il crut bon de leur rétorquer d'un air insolent et fat : « Non mes amis ; désolé, mais je n'épouse pas les filles-mères. » En fait il l'épousa plus tard, par reconnaissance eu égard à son abnégation patiente, par un sincère mouvement d'amitié aussi, enfin par ce souci d'honorabilité auquel il était encore sensible du fait de la fragilité de sa carrière naissante ; par souci de sa fille enfin. Plus tard, il s'est plu à lancer à la cantonade, surtout devant les constipés de la basoche flanqués de leur haridelle : « Je me suis aperçu que je vieillissais en constatant que je ne couchais plus qu'avec des femmes de mon âge. » La faiblesse d'Édouard est sa vanité, cette tendance à tuer père et mère pour ne pas laisser passer l'occasion de placer un cinglant mot d'esprit. Mais c'est son souci d'être son personnage — qu'il joue parce qu'il l'admire et se réduit à lui en se faisant séduire par lui — qui l'y invite en premier lieu, non d'abord la réaction admirative de son entourage. Tout homme se construit un personnage qu'il finit par être à force de le jouer, pour s'apercevoir qu'il fallait bien qu'il le fût au départ pour avoir eu envie de le jouer et y être parvenu avec une telle obstination : la prétention à se choisir par-delà toute nature est encore un effet, en forme de ruse, de la causalité de sa nature.

Il arrivait parfois à Amédée, quand il priait, d'être saisi par l'idée incongrue, aussi soudaine que désespérante, que peut-être ses prières ne servaient à rien. Quel temps perdu, que d'efforts vains ! Et si tout cela reposait sur un immense mensonge : ce n'est pas l'être absolu qui est le fond — en tant qu'il est leur fondement — des êtres dégradés qui peuplent l'univers à ce titre révélateur, en énigmes, d'un arrière-monde parfait auquel les âmes seraient promises ; c'est bien plutôt le néant qui fait le fond sur lequel se détachent, sans lui être suspendus, des êtres finis qui se débattent en vain. En ces moments, il avait du mal à s'extirper de la tentation puissante du repos dans le gouffre du désespoir, et il n'y parvenait que pour rejoindre une position spirituelle rassurante et en même temps décevante, de sorte que la tentation réapparaissait de manière chronique. Dans le même ordre d'idée, il se demandait plus souvent qu'à son tour, et de manière plus réfléchie, si ses efforts de père n'avaient pas été vains. Tant de labeurs, de privations, de contrariétés dépensés en vue de rendre meilleurs des rejetons que le destin avait au principe condamnés à la condition de ratés. Dieu est muet, se disait-il, Dieu me laisse tomber comme une chaussette sale. Et si la vie de Dieu et de l'Église se réduisait au souffle des espoirs insensés par lesquels nous requérons, dérisoirement, leur existence ? Amédée ne pouvait s'empêcher de se complaire douloureusement dans le constat du contraste entre sa famille défaite et celles de maints de ses coreligionnaires plus heureux et pourtant moins méritants que lui : Untel a des enfants brillants qui savent reprendre le flambeau de la lutte contre-révolutionnaire, se payant le luxe d'exceller dans les écoles de la République et d'y gagner des places professionnelles enviables, sans être contaminés par les mensonges qu'elles ne peuvent s'empêcher de diffuser en les liant intimement au savoir objectif dont elles sont les gardiennes. Un autre a donné trois enfants à l'Église, et ces vocations sont solides. Il est vrai que ce milieu lui donnait aussi des exemples de ratages familiaux plus accomplis encore que le sien. Tel séminariste prometteur, encore vaillant lors de la collation du sous-diaconat, s'était effondré moins de trois mois après son ordination en jetant son froc aux orties pour courir l'amour charnel avec une femme divorcée de dix ans son aînée. Tel père de famille, auteur d'hagiographies édifiantes, avait quitté sa maisonnée pour se mettre en ménage avec un garçon boucher. Soit. Mais on peut toujours trouver pire que soi, cela n'efface pas la naturelle tendance à aspirer au meilleur. Mais aspirer au meilleur quand le médiocre vous semble dévolu par les circonstances, n'est-ce pas refuser la croix ? L'humilité, alors, serait-elle contre nature ? Mais en retour faut-il en venir à penser que tout ce qui est naturel serait une insurrection contre le devoir d'humilité ? Les enfants en général, laissait-il dire en lui, adviennent à la maturité moyennant une étroite dépendance à l'égard de leurs géniteurs qui, les ayant vus grandir, les connaissent mieux qu'ils ne se connaissent eux-mêmes, et avant eux, tombant dans le fréquent travers pourtant la plupart du temps dénué de malice, qui consiste à clouer leurs petits à ce qu'ils ont eu le privilège — ou le déplaisir — de croire comprendre d'eux. Il en résulte que tout enfant est congénitalement en situation de conflit à l'égard de ses père et mère, en attente fébrile de recouvrer la possession de sa personnalité qu'il éprouve, aussitôt découverte, comme un trésor qui lui aurait été ravi indûment ; pourtant, sans cette dépendance sous le regard des vieux, l'enfant n'accéderait jamais à la conscience de lui-même, de sorte que son instinct de reconnaissance affectueuse est d'emblée flanqué d'un sentiment d'injustice, et que son sentiment d'injustice est comme freiné par ce même instinct de reconnaissance ; une telle ambiguïté, loin d'apaiser le ressentiment, l'exacerbe. Comme les choses sont mal faites ! On voudrait faire un enfer de la condition humaine que l'on ne s'y prendrait pas autrement. Les enfants n'ont ni choisi d'exister ni choisi leur foyer, se plaisait-il — selon une inclination masochiste — à penser. Peut-être au fond n'y a-t-il pas de bon ou de mauvais foyer, en ce sens que du fait même d'être un foyer, avant que d'être en état de se faire bon ou mauvais, il est déjà mauvais.

Les enfants ne pardonnent pas à leurs parents cette dépendance à eux imposée par la nature, qui leur fit dévoiler leurs imperfections, leurs misères, leurs ridicules, leurs naïvetés, leurs limites et parfois leur bassesse. Ils n'ont pas trop d'une existence entière pour leur pardonner cette pourtant incontournable humiliation d'avoir été mis à nu et jugés, placés dans un état de sujétion supposé appeler, par un surcroît de scandale, une reconnaissance éternelle. Cela dit, l'acceptation de ce qu'il est convenu d'appeler l'ordre des choses n'est possible que par celle, au moins implicite, de l'existence d'un Dieu provident rémunérateur et vengeur, qui sait tout, qui voit tout, dont la créature dépend absolument toujours et en tout, laquelle ne supporte une telle dépendance qu'en vertu de la seule perfection et toute-puissance du Terme auquel elle est reliée. Mais des parents humains, avec leurs misères, leurs petitesses, leurs faiblesses, leurs propres reliquats d'enfance toujours mal digérés, comment consentir seulement au fait de leur existence ? Le Père du Christ, « *ex quo omnis paternitas in caelis et in terra nominatur* », enseigne l'Apôtre... Si c'est bien du fait de la seule perfection du Modèle qu'une telle paternité est déjà difficilement supportable, il est inévitable qu'elle ne puisse l'être dans ses formes dérivées. On peut dire en retour, pensait Amédée en se morigénant silencieusement pour les audaces blasphématoires qu'il laissait émerger en lui tels des monstres hideux de bas-fonds jamais explorés, que toute insurrection, fût-elle inchoative, à l'égard de ce paradigme de la condition d'obligé qu'est le statut de rejeton, est comme une implicite déclaration de guerre faite à Dieu.

« J'en sais trop pour aimer, j'en sais trop pour haïr,
Et je suis excédé d'être une créature », écrivait le poète.

Pour se faire aimer de ses enfants, Amédée s'efforçait à se mettre à leur place au point d'en venir, comme malgré lui, à se rendre complice de leurs révoltes, lui que la condition de créature, à sa connaissance, n'avait jamais scandalisé. Ce faisant, il compromettait d'autant la confiance, la reconnaissance, l'estime et l'affection qu'il attendait d'eux, parce qu'il révélait une faiblesse qu'ils ne lui pardonnaient pas ; on n'est aimé qu'en se rendant aimable, et un chef n'est aimable qu'en étant vraiment chef, jusque dans sa vocation d'opérateur de ces contraintes par lesquelles il pourrait redouter de se faire haïr. Amédée se disait aussi qu'un homme a toujours la ressource de s'abstraire de sa condition de père, n'étant pas réductible au statut de géniteur. Il avait une carrière à mener, des projets à réaliser, des défis à relever, des désirs à combler, et ces aspirations excédaient de beaucoup les qualités requises par l'exercice de la paternité, lequel ne faisait se déployer qu'un empan restreint de ses qualités d'homme en attente de leur actualisation. Mais une mère ? Les hommes, hantés par le souci de justifier leur existence, produisent des livres, font des révolutions, bâtissent des empires, dévoilent les secrets de la nature et découvrent des continents, inventent des œuvres d'art et des visions du monde. Mobilisée par ses enfants à tous les instants et pendant les années les plus riches de ses potentialités créatives, une femme, dont la condition sociale — quoi qu'elle en ait — est celle de son époux, ne se justifie que par sa progéniture. Une femme a beau se savoir à l'origine des hommes que seront les fruits de ses entrailles, n'est-elle pas biologiquement ordonnée à sacrifier en elle toutes les aventurières de la pensée et de l'action qu'elle aurait pu être, au rebours de la condition d'homme naturellement moins focalisée par le service d'autrui ? Mais s'il en est ainsi, face à leur échec familial dont il était peut-être aussi responsable qu'elle, Gisèle n'a-t-elle pas maintes circonstances atténuantes relativement à son comportement honteux de femme infidèle ?

Gisèle sentait les scrupules agitant Amédée qui les croyait nobles et généreux, et cette intuition lui faisait mépriser son mari. En étant perpétuellement en retrait par rapport à lui-même, incapable de ne pas pressentir l'imminence du péché dans tous ses élans spontanés, Amédée les asphyxiait, ce qui le rendait étranger à tout le monde et en porte-à-faux par rapport à lui-même. Et il avait d'autant plus de mal à se libérer d'un tel habitus psychologiquement mortifère qu'il le croyait inspiré par une intention de charité humble.

Ces conversations à fleurets mouchetés, doublées de soliloques silencieux presque concomitants, se prolongèrent longtemps encore dans la nuit, jusqu'à ce que les deux anciens condisciples, redevenus pour un temps complices, en vinssent à se séparer sur l'esplanade des Invalides, gênés par le crachin qui assombrissait leurs gabardines. Édouard s'apprêtait, afin de héler un taxi, à s'éloigner de son compagnon déjà installé dans un véhicule ; il se pencha vers Amédée et, la main posée sur le rebord de la vitre abaissée, il lui déclara, en guise d'au revoir :

« Arrête de te gratter l'âme avec tes ongles sales en croyant la purifier. Tu l'envenimes. Tu devrais lire Alfred Adler. Tout se passe comme si, fasciné par l'échec, tu salopais systématiquement, au moins dans certains domaines, les conditions de ta réussite, afin de te dispenser de lutter pour l'obtenir ; tu te rends malade pour te donner des raisons de refuser le combat. Nécessairement, là où il y a lutte, il y a risque de défaite, ainsi danger d'humiliation. Tu es peut-être un orgueilleux, tout simplement, sous tes dehors de chien battu ; tu préfères renoncer aux biens qui te sont chers plutôt que d'affronter l'épreuve de les conquérir, parce qu'une défaite serait la preuve de ton insuffisance ; et tu te badigeonnes de renoncement pour masquer cet orgueil honteux ; il est honteux non parce qu'il est orgueil, mais parce qu'il dégénère en couardise. Les vrais gagnants, ce sont ceux chez qui la convoitise à l'égard des biens absents l'emporte de beaucoup sur la crainte de l'humiliation. Les vainqueurs tiennent leur force de ce qu'ils n'ont pas peur de l'humiliation de l'échec. Sous ce rapport, les vrais forts sont les humbles si tu y tiens, mais surtout : les vrais humbles sont les forts, les méchants, les violents, les avides. Et les professionnels de l'humilité choisissent d'être humbles par orgueil, pour se donner des raisons de se soustraire aux risques d'humiliations. Je crois que je suis ton ami, parce que je ne te mens pas. *Castra moveo, ut edormiscam hanc crapulam, quam potavi !*, salut mon pote… »

VIII

En dépit des vapeurs du whisky, Amédée ne cessa de remâ-cher les paroles d'Édouard pendant tout le trajet de son retour vers Les Lilas. Lui qui était grand et massif, plutôt athlétique — au rebours d'Édouard, plus petit et nerveux quoique gras-souillet sans complexes, qui n'avait jamais éprouvé le besoin de se donner une carrure de lutteur de foire pour acquérir confiance en soi —, se souvenait de ces conflits jadis subis au cours desquels il avait préféré battre en retraite et digérer une humi-liation plutôt que d'affronter un offenseur dont il se fût proba-blement rendu vainqueur, mais dont la chance même faible de l'emporter sur lui constituait une perspective horrifiante qui le paralysait. Peut-être au fond sa pusillanimité à l'égard de sa femme et de ses enfants relevait-elle du même mécanisme incapacitant. « Seuls les humbles sont les vrais forts », tel était le message de la vertu et de la religion. « Seuls les forts sont les vrais humbles », tel était le message du courage réaliste et de la vie qui ne se refuse pas à palpiter. Mais comment aspirer à la force pour se disposer à l'humilité, si la convoitise pour la force est nourrie par l'orgueil ? Amédée se trouvait confronté à un paradoxe qui pour lui semblait fort s'identifier à une contradic-tion indépassable, à savoir cette exigence surprenante selon laquelle il convient de risquer la tentation de l'orgueil pour accéder à l'oubli de soi. Mais ce risque même est-il prudent, à moins de tenir pour exact qu'il est toujours imprudent d'être trop prudent ? Et si la prudence exige une mesure dont la trans-gression la fait basculer dans son contraire, ne faut-il pas, *in concreto*, déjà jouir de cette prudence pour s'habiliter à en déterminer la mesure adéquate ? Dans le sillage de cette logique tordue, il entrevoyait sans le thématiser, sur le mode d'un « sentir » désagréable, que son souci d'humilité était lui-même gangrené : toute humilité est renoncement à ses vices, à ces excroissances cancérigènes de l'âme qui sont autant de manques en forme de privations ; mais quand l'humilité se cor-rompt en devenant le refuge — auquel elle ressemble étrange-ment pourtant — de la crainte de déchoir et du risque assumé, alors tout renoncement en vient à tenter de se faire passer pour de l'humilité, au point que ne finit par contracter l'étiquette de l'action vertueuse que ce qui s'offre à la volonté comme désagréable et pénible. Il y a l'épaisseur d'une feuille de papier à cigarette — qui suffit, en théorie, à les opposer radicalement — entre l'humilité et le masochisme.

Au terme de cette soirée agitée et de cette nuit courte, après plusieurs jours de flottement, Amédée décida de se désengluer de ses scrupules non innocents, en tentant de substituer, à la crainte de l'échec vêtue en crainte du péché, la convoitise de la victoire et l'acceptation confiante de ses passions. Il n'ignorait pas, ce décidant, qu'il prenait le risque de violenter les injonctions de ses confesseurs, voire de mettre sa foi en péril, et ce fut un risque qu'il eut — pour la gloire de Dieu et le salut de son âme — le courage d'embrasser.

On n'est jamais l'homme à qui tout le monde ment que parce que l'on accepte d'être berné ; il n'y a pas de « bonne poire » innocente. C'est là cette vérité, douloureuse pour lui, qu'il avait décidé de ne plus fuir. Dans son enfance, il était nommé « Dagobert » par son frère cadet, ses deux sœurs, leurs amis communs que ce frère montait systématiquement contre son aîné, en référence aux héros du *Club des cinq* d'Enid Blyton, publié dans la Bibliothèque rose ; « Dagobert » était le chien de Claudine, ce petit garçon manqué qui dirigeait la bande et se faisait nommer Claude ; présenté comme affectueux et intelligent, Dagobert n'en était pas moins un chien, avec toutes les misères du chien : en attente d'affection, vorace, dépourvu de ce qui, dans le comportement des animaux, pourrait ressembler à l'esprit de calcul et aux arrière-pensées, telle une « brave bête » qu'on traite toujours en inférieur, que l'on cajole avec condescendance, qu'on prend de haut et que l'on gronde quand il se fait trop indépendant. Ce « Dagobert » était, aux yeux des enfants qui parlaient d'Amédée, doté des caractères du « Rantanplan » de Lucky Luke, « le chien le plus bête de l'Ouest ». Au reste, c'est ainsi qu'Amédée fut nommé plus tard par ses propres enfants, avec la complicité de sa femme. À proprement parler, on ne le prenait pas pour l'idiot qu'il n'était pas et se savait ne pas être ; on savait ses mérites intellectuels ; on dénonçait par ce sobriquet méchant une manière idiote ou inféconde d'être intelligent, inadapté au monde des personnes, à l'aise seulement dans le monde des choses, des faits et des idées impersonnelles ; on le tenait pour un homme intelligent, mais sans esprit ; non pas un crétin, mais un homme qui n'était pas « malin ». Amédée avait toujours, sur ce point, cédé à sa propension au fatalisme : « c'est ainsi, je suis le bon gros, se disait-il, les plus futés m'impressionnent, me roulent sans vergogne, me moquent sans gentillesse et me font comprendre que si je décidais de me mettre en colère pour les rosser, je me couvrirais de ridicule au point de confirmer la pertinence de leurs brocards » ; alors il se calmait, presque confus, soucieux d'être estimé par ses petits bourreaux qui, sitôt passée la vague — dangereuse pour leurs abatis — d'indignation colérique, reprenaient de plus belle leurs agaceries, leurs taquineries cruelles, lui reprochant, quand il regimbait, de n'avoir aucun humour.

Il y a quelque chose de profondément inique dans ce fait, si apprécié de l'esprit français, que ce ne sont pas les meilleurs qui gagnent, mais les astucieux, les plus souples, les retors, les ingénieux, les menteurs, les dissimulateurs, les plus prompts à la duplicité, les plus vénaux aussi. En classe, alors qu'il assimilait ses leçons à grand-peine, on copiait sur lui et l'on finissait par obtenir de meilleures notes que les siennes ; on parvenait à l'émouvoir et on le poignardait dans le dos ; et les éducateurs catholiques ne cessaient de réfréner, au nom de la charité chrétienne, ses velléités de riposte violente et d'insurrection ravageuse. « Tu dois donner une part de ton goûter à ton condisciple, tu vois bien qu'il n'en a pas », et l'autre s'empressait de lui dérober son pain après avoir utilisé l'argent destiné au sien pour jouer au billard américain ou acheter des illustrés. Amédée n'était pas laid, mais il n'était pas beau ; il était surtout totalement dépourvu de cette laideur intéressante que les femmes préfèrent toujours aux beautés communes ; il était sans grâce. De telles avanies eussent pu susciter la mentalité révolutionnaire et implacable du « pauvre Bitos » d'Anouilh, cette quintessence du ressentiment et de l'envie capable de tuer la moitié de la terre pour une blessure d'amour-propre. Elles favorisèrent plutôt une propension rentrée, vécue sur le mode du rêve, à embrasser des projets politiques radicaux ; ils eussent pu être de gauche, ils furent de droite, à cause d'un scrupule à l'égard de la vérité ; son ressentiment aurait pu être égalitaire, il fut élitiste. Quand vint l'âge des amours, il tenait la chandelle pour les autres et s'en allait le cœur déchiré, conscient de ce qu'il n'avait aucun charme, tombant stupidement amoureux de la première grisette venue. Les moins cruels lui mentaient alors sans esprit de moquerie, pour apaiser ses souffrances ; « mais non, tu n'es pas laid, tu n'es pas idiot, tu n'es pas naïf, tu auras ta chance un jour ». Les filles les moins malintentionnées lui expliquaient qu'il n'avait rien pour déplaire, mais qu'il manquait de « mystère ». Il ne savait pas, en effet, jouer de ce flou artistement cultivé par les faiseurs et par lequel ils donnent l'impression qu'un monde d'une richesse infinie se tient caché derrière leurs regards savamment inspirés, leur visage et leurs poses énigmatiques dissimulant leur vie et leur manière d'être ordinaires, mais aussi leurs désirs triviaux. Amédée offrait alors au grand jour, avec beaucoup d'efforts, ce qu'il croyait avoir de meilleur, mais précisément, dévoilant tout, il se rendait incapable de suggérer la perspective du puits sans fond qu'est une personne, faite à l'image de Dieu, et il se dépossédait de tout pouvoir de séduction. Amédée nourrissait spontanément, de ce fait, par rancœur à l'égard des finesses de la mentalité latino-sémitique, des sympathies pour l'esprit germanique, efficace, profond et lourd, puissant, lent à se mettre en branle, mais converti en rouleau compresseur quand il s'est décidé pour quelque chose. Il voulait, jeune homme, être gentil avec les femmes et n'en séduisait aucune pour cette raison même, ne comprenant pas qu'une gentillesse systématique est un aveu de faiblesse et de dépendance, opérant alors comme un répulsif ; il n'avait aucune fantaisie, aucun naturel, restait crispé sur lui-même.

Et ce temps, se disait Amédée après cette tournée des grands-ducs éprouvante pour son amour-propre, a vocation à être révolu. Il avait compris que, quelque injuste que fût la méchanceté de son prochain, elle se trouvait comme justifiée par le fait qu'il était responsable très coupable des déceptions qu'il inspirait. Il dépendait trop du regard des autres, évitait systématiquement les conflits dont il redoutait leur pouvoir de susciter cette haine qu'il croyait exclusive de la bienveillance qu'il attendait trop des femmes et des hommes, lui qui désirait si passionnément d'être aimé et estimé.

Mais pourquoi le désirait-il tant, sans pudeur, en abandonnant toute fierté ? Il décida de croire, non sans savoir qu'une telle croyance n'était qu'en partie fondée, que c'était parce qu'il avait préféré inconsciemment cette dépendance honteuse au risque de l'échec dont est toujours gravide une situation conflictuelle ; son désir éperdu d'être aimé était comme gâté, au point de lui servir de paravent, par le souci de se soustraire à tout échec attestant ses limites qu'il connaissait mais ne voulait pas éprouver — échec rendu possible par le consentement aux conflits ; le refus de déplaire prenait la forme pathologique du désir de plaire, afin de maintenir dans l'ignorance sa crainte de subir une défaite. Il avait enfin entrevu qu'on n'est jamais victime des salauds — le mot étant pris au sens trivial de « méchante personne » — que parce qu'un salaud — un homme de mauvaise foi — se love toujours dans la condition de victime. On n'est un « menti » que parce qu'on se ment.

À cette propension — vécue sur le mode de la fatalité — au mensonge à soi, il n'est pas d'autre cause que celle du mystère de la liberté. On ne peut remonter au-delà dans la série des responsabilités. Mais il existe une sorte d'action réciproque entre mensonge à soi et une certaine forme dévoyée d'invitation à l'humilité ; la crainte d'être orgueilleux, non soutenue par une puissante fierté sise dans un tempérament vigoureux faisant confiance à ses forces immanentes, produit cette tendance au renoncement qui fait éviter les conflits au prix de toute dignité, qui fait abandonner l'estime de soi, qui génère la dépendance à l'égard du jugement des autres ; mais en retour c'est l'inculcation de cette conception dévoyée de l'humilité qui entretient, pour la satisfaction de la volonté de puissance des clercs, un tel habitus de la fuite et de la soumission, une telle tendance à la dépendance à l'égard du jugement des autres, par là au mensonge à soi et à l'orgueil qui l'inspire. Être humble sans les vices de la faiblesse, c'est oser se réjouir d'être, de manière inamissible, avec fierté, ce que l'on sait en même temps avoir reçu. Et c'est là une chose qu'Amédée mettrait encore un certain temps à comprendre.

IX

Gisèle était une femme mûre fort occupée, écartelée entre les obligations de sa vie de famille, ses séances de sport, ses sorties culturelles et ses occupations honteuses. Elle avait pendant des années, par un reste d'aspiration adolescente à la pureté morale, épousé les préoccupations religieuses de son époux, aussi longtemps qu'il lui fallut subir des grossesses. Après quelques déboires sentimentaux, elle l'avait épousé de guerre lasse, en partie, dans l'affolement, par peur d'embrasser le destin de vieille fille, en partie et surtout par ce souci non éclairé de plébisciter l'esprit de résignation auquel ses parents et ses maîtres ne cessaient de l'exhorter : « Le grand amour ne sera pas pour moi, tel est le prix à payer pour faire mon salut. Amédée n'a rien d'exaltant mais il est solide, il présente bien, il est perfectible, il progressera socialement, je finirai par m'habituer à lui, il est comme une bouée de sauvetage ; un possible médiocre vaut mieux qu'un impossible exaltant. » Elle avait tenu bon pendant des années, observant de loin le devenir souvent brillant, parfois tragique mais jamais morne, de ses anciens prétendants qu'elle n'avait pas su retenir, et elle s'effrayait de la progression prosaïque de la vie de son foyer. Son mari économe ne la surprenait pas, l'excédait à force d'être irréprochable, décevait ses aspirations à l'infini aussi vagues qu'incarnées qui tiennent lieu chez les femmes d'angoisse métaphysique. Elle fut une presque bonne mère jusqu'à l'adolescence de ses deux derniers enfants. Elle n'avait cessé d'espérer que son mari finît par être, sur le tard, ce prince charmant qu'il n'avait pas su être au début. Et puis un beau jour, alors que ses deux premiers enfants avaient commencé à voler de leurs propres ailes, alors que les charmes et les vices de l'adulte commençaient à pointer dans le comportement des deux derniers, elle avait craqué. Dieu était muet pour elle, elle désespéra des vertus de la prière. Son esprit se mit à battre la campagne, et elle comprit vite qu'elle n'aurait aucun intérêt à tenter de refaire sa vie en abandonnant Amédée, car elle se faisait de moins en moins jeune et aimait ses enfants qu'elle ne voulait pas perdre. Un ressentiment sourd se mit à naître dans son âme déçue dirigé contre son mari affligeant de bonne volonté poisseuse et d'innocence insipide. Elle décida de conserver les acquis, chèrement gagnés au cours d'une vie sans relief, d'aisance pécuniaire et d'honorabilité relatives ; elle continua de fréquenter les offices dominicaux, mais sa volonté en devint absente.

Un matin de printemps, alors qu'elle était seule chez elle, elle sollicita les services d'un plombier qui s'acquitta de sa tâche anodine assez vite, tout en acceptant le café qu'elle lui proposait sur la table de sa cuisine. Parce qu'elle s'était couchée tard, elle était encore en robe de chambre. L'homme, de type méditerranéen, était robuste et sec, de taille moyenne et nerveux, dégageait une odeur de sueur saine et d'eau de Cologne épicée d'un soupçon de relent de cambouis ; il se dégageait de lui une impression d'animalité souple dont elle sut tout de suite qu'elle aurait du mal à lui résister. Cela dit, avant même que le désir ne se mît à éclore, elle avait déjà été comme saisie par ce vertige enivrant de la perspective de la possibilité de pouvoir, qu'on ne surmonte qu'en le prévenant par un acte volontaire de tension vers des biens meilleurs ; or elle était depuis longtemps déjà incapable du bien, sans se vouloir pourtant orientée vers le mal. Mais c'était déjà là une disposition au mal, à laquelle on cède sans s'en rendre compte et pourtant de manière responsable, parce que cette disposition n'est pas lourde de mauvaise conscience : ne pas vouloir le bien sous la pression de l'acédie, cela se vit aussi, comme puissance des volitions contraires, par là comme une absence de volonté actuelle du mal, tel un acte innocent pourtant pénétré des séductions du mal ; elle jouissait, dans cet état, de se sentir glisser, avec une douce violence, telle une chose frénétiquement tourmentée par l'appétit d'être malaxée, vers la conclusion délectable, tout en pouvant se dire qu'elle était innocente de cette chute, ne l'ayant pas décidée de manière réfléchie. Quand l'ouvrier posa fermement ses mains rugueuses sur ses hanches, puis caressa sous son vêtement sa peau qui sentait la nuit, se déclencha en elle un désir plus puissant encore que ceux qui l'assaillaient quand elle était jeune fille, un tressaillement électrique irrépressible suscitant dans son bas-ventre les turbulences les plus délicieusement douloureuses. Collés l'un à l'autre, titubant, elle les dirigea fébrilement vers le lit conjugal encore défait, et, dans le désordre des draps chiffonnés, les explosions de jouissance qu'il lui fit subir, dont elle avait tant perdu le souvenir qu'elle les croyait absolument nouvelles, furent vécues par elle comme une révélation. À défaut d'avoir un sens, la vie savait ménager de divines surprises qui la rendaient supportable, pourvu qu'on sût ne pas les laisser passer. Ainsi commença sa condition de femme adultère, qui ne lui inspirait aucun remords, tout au plus de sporadiques inquiétudes. Elle conserva la mémoire de cette première chute comme d'un rayon de soleil salvateur et foudroyant, un peu comme de la première prise d'une drogue dure, mais sans les conséquences biologiquement et psychologiquement destructrices de cette dernière : on ne cesse ensuite de rechercher les effets de la première ivresse, et on les retrouve, ce qui relance indéfiniment le processus, dans une série sans fin de montées du désir à l'extrême, de petites morts, de chutes de tension et de régénérations du désir, qui en viennent à donner l'illusion de la montée vers l'infini en acte. En revanche, la compagnie d'Amédée à la peau laiteuse, très grand et encombrant, avec ses étreintes molles et régulières, presque hygiéniques, son moralisme et ses scrupules lui devinrent proprement vomitifs.

Excédés par les exigences coercitives de leur père, les deux derniers enfants, inquisiteurs et calculateurs comme tous les petits d'homme que les éprouvantes leçons de la vie n'ont pas encore eu le temps de rendre moins mauvais, furent très vite sensibles au changement d'état du cœur de leur mère, l'aidèrent à accoucher de l'esprit de révolte et de revanche cynique, développèrent avec elle une complicité dont ils tiraient avantage pour mener leurs petites affaires, et qu'elle vécut telle la caution de son choix d'embrasser sa nouvelle condition : elle n'était pas, se disait-elle, femme infidèle telle une vulgaire Emma, elle était victime de l'autoritarisme mou d'un homme terriblement commun et mesquinement directif, incapable de satisfaire les aspirations élevées qui l'habitaient, elle qui lui avait fait l'honneur insigne de se donner à lui ; elle n'avait pas perdu la foi, elle ne renonçait même pas à la pratique religieuse, mais, pensait-elle complaisamment, puisque Dieu était muet, il fallait bien qu'elle survécût, et elle trouvait appui où elle le pouvait ; si Dieu avait besoin d'elle, Il viendrait la chercher ; et puis certainement Dieu la comprenait-Il.

Bien sûr, le plombier ne revint jamais. Mais il avait laissé dans la chair de Gisèle la brûlante trace mnémique du plaisir insatiable, reconnu comme tel parce que la satisfaction qui résulte de son actuation sait dépasser les souffrances attachées à son insatisfaction. Par la suite, c'est de manière plus réfléchie, par là plus intéressée, qu'elle réitéra son expérience luxurieuse.

Si révolte il y eut chez elle, ce fut celle consistant à refuser de lutter, comme on jette par colère un jeu d'adresse à terre à cause de l'exaspération qu'induit le devoir d'en respecter la règle : excédé d'être mis en demeure de lutter (toute activité ludique est une manière non sanglante de faire la guerre), on cède au désir de lutter déréglé du fait qu'il est orienté contre lui-même, et peut-être est-ce là le secret misérable des personnes pathologiquement colériques.

Éloignons-nous un instant de Gisèle afin de revenir à elle après un détour qui nous fera mieux comprendre la signification de ses comportements.

Les scolastiques nommaient « irascible » cette tendance naturelle, ainsi foncièrement bonne, qui relève de l'appétit sensible, et qui consiste dans l'appétit qu'on éprouve à l'égard d'un bien ardu, difficile à atteindre. Ce que l'on nomme « colère » est ce mouvement de l'irascible à l'égard du mal présent, cet obstacle qui s'interpose et rend le bien ardu. L'audace est ce mouvement du même irascible à l'égard du mal tenu pour vincible mais absent. La colère est en dernier ressort finalisée par l'obtention du bien, laquelle est compromise par la présence de l'obstacle qui s'interposait entre le bien et la personne. Mais cette lutte qui suscite la colère est elle-même porteuse d'une délectation spécifique ; Homère dit bien que la colère est douce comme le miel. Telle est donc, considérée en son intégrité, ainsi naturelle et non peccamineuse, la colère : elle est ce frémissement joyeux qui s'empare de l'homme quand il est confronté à un obstacle qu'il convoite de vaincre ; la lutte, le désir de victoire, a quelque chose de légitimement délectable, et une certaine invitation « chrétienne » à imiter Celui qui fut « doux et humble de cœur » en est venue à oblitérer, pour le plus grand avantage des ennemis du christianisme, la dignité et la nécessité de l'usage de la colère dans l'exercice de la pugnacité requise par la défense de la gloire de Dieu. Par la colère, on se détourne momentanément du bien compromis par ce qui empêche de l'atteindre, pour se laisser focaliser par la lutte contre l'obstacle en se nourrissant de la jouissance de le vaincre, au point qu'on en vient presque à oublier la jouissance escomptée du bien aimable pour lui substituer celle — presque plus enivrante — de l'exercice de la lutte, de sorte que non seulement le bien dont la lutte est l'instrument peut en venir à être oublié, mais encore il peut en venir à servir de prétexte à se livrer à la délectation de la lutte ; dans ce cas, une telle délectation devient déréglée, détournée de son office naturel, par là hypertrophiée. De légitimement colérique, on en devient coléreux. L'appétit de lutte contre le mal présuppose l'existence de l'appétit du bien, ou « concupiscible ». Que l'homme se détourne du bien pour affronter le mal qui empêche d'atteindre le bien, cela ne peut s'expliquer par le concupiscible en tant que tel, lequel rend raison seulement du désir du bien et de la fuite devant le mal. Et la capacité de se détourner de l'appétibilité du bien convoité, cela relève d'une faculté qui semble plus digne que le désir du bien, dans la mesure où elle ressemble à la volonté, qui est maîtresse de son acte en tant qu'elle est libre : « Vouloir vraiment, disait Renouvier, c'est vouloir ce qu'on ne veut pas. » Indubitablement, il y a un paradoxe dans le fait de l'irascible : il est ordonné à l'acte du concupiscible, et il l'excède en dignité parce qu'il semble participer de la liberté. Là peut-être gît la raison profonde des dérèglements de l'irascible : le moyen se substitue à la fin parce qu'il participe d'une faculté plus noble que celle qui est convoquée pour le service de cette fin. En retour la volonté, reconnaissant en l'irascible une similitude et comme une anticipation d'elle-même, peut se laisser aller à se complaire de manière narcissique en lui, à se reposer en lui, à lui faire exécuter ces actes discrètement héroïques consistant à vouloir ce que l'on n'aime pas : l'excès de colère est, sous ce rapport, l'effet d'une langueur de la volonté. Mais en retour, le légitime usage, par la volonté, de l'irascible en lequel elle se médiatise, en devient compromis : on se met, de manière déraisonnable, en colère du fait même de l'obligation en laquelle on se trouve de devoir convoquer la colère pour consentir à la lutte contre l'obstacle douloureux. Et sous ce rapport la colère révèle une faiblesse et un manque de caractère, un déficit de la volonté. Que la loi de la vie soit celle d'un consentement à la lutte — l'homme libre, donné à lui-même, est congénitalement en demeure de se rassembler lui-même en permanence, de conjurer cette tendance naturellement entropique à se défaire, à être « hors de soi » — a quelque chose d'épuisant qui laisse s'insinuer en elle, de manière progressive, le désir défaitiste de remettre en cause le bien-fondé de cette loi. Une telle remise en cause convoque la colère, mais précisément contre le devoir de se mettre en colère.

La colère est un sentiment très précieux et très naturel, et il est fâcheux que sa dénaturation peccamineuse porte le même nom que lui. C'est un devoir de se mettre en colère quand s'interpose entre le moi et le bien un obstacle qui fait fuir le désir de possession du bien ; force est de rendre désirable l'obstacle en tant qu'obstacle, comme destiné à être affronté pour être détruit, et telle est la colère, bienveillante gardienne du désir du bien. Mais certains obstacles n'ont pas vocation à être écartés, qui, telles des digues, retiennent le désir dans le but de se détourner d'un bien médiocre pour aspirer à un bien excellent ; c'est pourquoi la colère a vocation à être maîtrisée. Et ceux qui ne savent pas la retenir quand elle doit s'effacer sont aussi ceux qui ne savent pas la convoquer quand elle devrait s'imposer. Or retenir le mouvement de la colère quand elle naît inopportunément, c'est là précisément la perspective d'un obstacle qui, comme tel, dans sa vocation à être vaincu, suscite la colère, mais il la convoque contre elle-même et lui enjoint de s'éclipser. Si cet habitus du magistère de la colère sur elle-même répugne à être contracté, alors, quand se dessine le moment opportun de la mettre en branle, ce même habitus fait défaut, qui devrait en l'occurrence sommer la colère de se déclarer. Le coléreux puise dans sa colère ce qu'il est incapable de tirer de sa volonté qui par là s'atrophie au point de se rendre incapable de convoquer la colère.

Or c'est là précisément ce qui survint dans la psychologie de Gisèle Simplice. Emportée par un désir de jouir aveuglant qui se la subordonnait, la volonté de Gisèle en devenait passive, de sorte que cette femme trouvait une compensation à son aboulie inchoative dans une libération tératologique de sa colère qui, de ce fait, se manifestait à tout bout de champ, à la moindre contrariété.

Au début, elle ne mentit à son mari que pour préserver l'équilibre de son foyer, auquel elle tenait encore, mais le plaisir qu'elle prenait à ses frasques était si aiguisé que tout retard dans leur accomplissement, toute complication lui en devenaient insupportables. Les frustrations du désir se révélaient d'autant plus douloureuses qu'il était plus satisfait. Elle se persuadait de la pertinence de ses trahisons en se sentant plus heureuse, de sorte qu'elle en venait à les justifier au nom de la

bonne humeur qui en résultait et qui — voulait-elle le penser — rejaillirait sur sa maisonnée et favoriserait l'exercice de
son devoir d'état. Mais elle s'éloignait de plus en plus de son
mari qui lui devenait de plus en plus insupportable. Elle
restructurait l'image qu'elle s'était faite de lui et recomposait
le souvenir de leur histoire commune en fonction de ses
besoins nouveaux.

X

Gisèle vécut ses premières aventures extraconjugales
comme autant de coupures opérées dans le tissu du temps qui
passe imperturbablement sans demander l'avis de personne,
mais qu'on a l'illusion de maîtriser en tant qu'on le mesure. En
le comptant, on a l'impression d'égrener un chapelet, lequel se
maîtrise, peut être négligé, voire oublié dans un tiroir. Quand
on use d'un chronomètre pour mesurer la durée d'une reprise
au cours d'un combat de lutte ou de boxe par exemple, on peut
décider d'arrêter momentanément le combat à l'occasion
d'une blessure, en interrompant le mouvement de l'aiguille ; le
combat reprend quand on fait repartir le mouvement de la trot-
teuse. On en vient ainsi, en s'efforçant à mesurer le temps, à
croire qu'on l'interrompt en décidant d'interrompre le cours de
ce qui le mesure ; ce qui, pour le malheur des humains, n'empêche pas le temps de passer en se riant des ruses par lesquelles
on feint de déjouer son invincibilité : comme le fait observer le
philosophe à propos du poète, c'est encore pendant un certain
temps que le temps suspend son vol. Gisèle vivait ainsi ses
escapades comme des mises entre parenthèses de la réalité et
des devoirs qui s'y attachent, en lesquelles elle pensait se reposer de la souffrance ordinaire d'exister, telle une halte où l'on
reprend souffle. Mais un mécanisme psychologique à portée
métaphysique se déclenche toujours dans ces occasions au
cours desquelles on se ment. Est réel, sous un certain rapport,
ce qui résiste et qui fait souffrir, mais tout autant la souffrance
est manque, à ce titre déficit de réalité, de sorte qu'on est enclin
à tenir pour réellement réel ce qui fait plaisir : on ne se réfugie

jamais, en vérité — et en dépit du charme de l'expression consacrée — dans le rêve ; on s'efforce plutôt à tenir pour un mauvais rêve le réel que l'on fuit pour accéder à ce qui plaît, c'est-à-dire pour ce que l'on entend considérer comme étant la vraie réalité. Gisèle en vint donc, à force de se réfugier dans ses collapsus d'exigence morale qu'elle voulait tenir pour autant de moments d'irréalité afin de les rendre innocents, à tout le moins anodins, à tenir pour un cauchemar sa vraie vie de mère et d'épouse en conférant le sceau de la vraie réalité à ses fuites furtives qui la faisaient jouir. En cela, les stratagèmes destinés à justifier ses incartades supposées faciliter l'exercice de son devoir d'état produisaient un effet opposé à celui escompté : sa vie réelle lui devenait de plus en plus onéreuse, elle en venait à haïr Amédée, son cœur était disponible pour n'importe quel autre homme un tant soit peu habile et non effarouché par la perspective de complications sociales à n'en plus finir.

Elle avait pourtant eu l'occasion de s'apercevoir combien les hommes peuvent aussi être lâches, futiles, fragiles, fascinés autant qu'elle par la possibilité de se décharger, ponctuellement, du fardeau de leur vocation à faire leur salut. Demeurée appétissante comme un fruit non encore blet, il lui suffisait de jouer du regard pour les accrocher, de feindre de les congédier pour les ferrer, de donner libre cours à la manifestation de son désir pour les faire chuter. Aussi aurait-il suffi qu'un homme lui résistât un tant soit peu pour susciter son admiration, et ainsi enclencher le mécanisme de sa dépendance affective. Gisèle le savait : il y a en toute femme en tant que femme — même si telle femme n'est pas plus réductible à sa féminité que tel homme à sa virilité — une espèce de dangereuse corde tendue, éminemment sensible, entre son cœur qui trop souvent en vient à lui tenir lieu d'esprit, et ses ovaires qui spiritualisent ses entrailles sans les libérer de leur condition charnelle. Par cette corde, un ébranlement du cœur se communique à la chair, de sorte qu'il n'est guère d'amitié qui chez elle ne tende à se convertir en amour ; en retour, une excitation de la chair se communique au cœur, de sorte que tout soubresaut biologique acquiert la gravité d'un sentiment qui engage toute l'âme. Or Gisèle parvint, avec la lucidité d'un homme, à prendre conscience du jeu de cette action réciproque et, précisément, elle en joua, convoquant pour ce faire cette propension quasi naturelle à la duplicité qu'un tel jeu d'action réciproque induit dans la condition de femme. Quand la triviale chimie de la chair la tracassait, elle rapportait aux élans du cœur la cause de ses tourments, conférant ainsi dignité à ses pulsions animales non maîtrisées : la femme tombe amoureuse afin de se donner des raisons de coucher, au lieu que l'homme couche pour éviter de tomber amoureux. En revanche, quand les pièges du cœur la menaçaient, elle rapportait à la mécanique glandulaire, pour désamorcer les premiers et se libérer de leur inquiétante puissance d'investissement, les mirages du sentiment.

Mais les choses sont ainsi faites qu'on finit toujours par être la dupe de sa propre duplicité. Chez l'homme, à propos de l'usage peccamineux d'un tel lien entre le corps et l'âme, le cynisme dans la satisfaction des appétits brutaux l'emporte en général sur la mièvrerie du cœur ; chez la femme, c'est le contraire. Si la victorieuse mise à l'épreuve de son pouvoir de séduction trop longtemps délaissé valut à Gisèle un regain de jeunesse insouciante et joyeuse, qui la rendit au début plus agréable à ses proches par son humeur primesautière, elle devint affairée et inquiète, tantôt lointaine et amorphe, tantôt agressive, exaspérée, acariâtre, surtout après qu'elle eut aperçu le danger du désir mortel de tomber stupidement amoureuse. La réticence des femmes, leur propension — vécue comme un réflexe — à répondre par la négative aux avances des hommes auxquels elles ont pourtant signifié qu'elles étaient fort sensibles à leurs hommages, relèvent autant — sinon plus — de la crainte de se lier d'amour, ainsi de s'emprisonner dans une citadelle, que de la stratégie consistant à feindre la fuite pour se faire plus fortement désirer. Il en est de l'amour féminin comme il en est de la passion de colère : cette dernière ne se reconnaît pas de passion contraire qui pourrait lui être opposée, fors le processus, obtenu par l'attente et le fruit du temps, consistant à arrêter de se mettre en colère ; de même l'amour féminin est incapable de s'opposer une autre passion pour le tempérer ou l'annihiler, et la femme est condamnée à attendre qu'il consente à se consumer de lui-même. C'est pourquoi la peur de se livrer est inviscérée dans le désir d'être prise, et la puissance d'une telle peur mesure adéquatement le degré de dépendance en lequel se trouve la femme après qu'elle a cédé. Gisèle, malgré ses ruses d'homme, était contrariée par le constat de la fragilité de son cœur.

Force vacillante, force qui se retient congénitalement de glisser vers le bas, c'est là ce qu'il est convenu de nommer, en son acception profane, la grâce définitionnelle de la féminité. Mais il y a, dira-t-on, de la grâce, de la retenue, de la discrétion, de la délicatesse chez les hommes aussi, et l'on est comme contraint de parler de grâce féminine pour définir cette grâce par laquelle on s'efforçait à définir la féminité qui, ainsi, semble bien être *sui generis*, par là indéfinissable en termes conceptuels univoques. Si pourtant l'espèce de grâce dite féminine est cette force, ou retenue, en tant qu'elle est la force vacillante qui se ressaisit en permanence, on peut bien dire que le constitutif formel de la féminité consiste précisément en cela : force naissante aussitôt menacée, qui toujours se ressaisit mais n'y parvient que pour s'essouffler, sans jamais réussir à s'emparer d'elle-même et à se conforter en elle-même ; mais tout autant elle est faiblesse native d'une étonnante vigueur, flammèche proche de l'extinction que rien ne parvient à éteindre.

Songeuse, repue, délicieusement lasse, Gisèle se complaisait, après une aventure, dans l'analyse du sentiment ambivalent d'excitation et d'effroi éprouvé par les femmes à l'égard de cette nerveuse petite volonté ophidienne dressée au centre du corps masculin, qui attire malgré elles leur regard en l'arrachant à l'envoûtement des yeux de leurs vainqueurs. Symbole d'une arme de mise à mort qui réduit les femmes à des corps défaits, elle rappelle aux femmes, par ses assauts perforateurs, qu'elles sont réduites à une matière informe, à une terre meuble reposant en son informité, en attente de la forme qui les féconde et se fait le fruit infiniment précieux qu'elles ont le privilège de mener à sa maturité. La féminité, énigme pour les femmes incapables d'avoir ce qu'elles sont, impuissantes à se mettre à distance d'elles-mêmes, c'est peut-être cela : disposer de cette aptitude à vivre l'acte de mourir, à se défaire sans cesser de se posséder, à se conquérir en se donnant, à consentir à la défaite d'elles-mêmes, au néant sans renoncer à l'être. Mais se maintenir vivant dans la mort même, c'est le comble de la force, de la force tellement forte qu'elle se fait victorieuse d'elle-même en consentant à la faiblesse afin de se faire l'esclave d'elle-même, au point que, si la force, qui dit l'affirmation de soi et la combativité, est l'apanage de la virilité, la féminité est l'incarnation — qui la rend inconsciente — du secret de la force virile. Elle est l'objectivation immanente du moment crucial de la virilité ; en ce sens, la femme est bien la gloire de l'homme, comme l'enseigne l'Apôtre dans sa Première épître aux Corinthiens. Oublieux du chemin qu'emprunte sa force pour se constituer, l'homme s'ignore en ignorant la femme, laquelle le séduit par ce qu'il croit, en elle, être son étrangeté ; en revanche, la femme connaît sa propre force, qui la ravit, en se reconnaissant en l'homme qui la domine. Mais elle entend conserver son identité de femme nonobstant le dévoilement de son essence, elle tient à préserver sa faiblesse qui fait sa différence, alors que c'est en se différenciant du moment de sa faiblesse — qu'il entend méconnaître par là qu'il n'est lui-même qu'à la nier souverainement — que l'homme conquiert son identité d'homme. La matière dit l'être en puissance qui fait se réaliser l'identité des contraires, d'où l'inévitable propension chez toutes les femmes à la duplicité, au recours au non-dit, à l'implicite. D'où aussi, chez elles, cette aspiration à l'infini et au mystère qui dit l'indéfini. D'où enfin cette tendance à l'idéalisation, qui leur enjoint de convertir en héros l'homme trop souvent médiocre dont elles ont pu s'éprendre. Au passage, c'est grâce à cette exigence d'idéalisation qu'il est donné aux hommes, par l'irremplaçable office des femmes, de s'élever au-dessus d'eux-mêmes, de vaincre l'animal brutal et pesant auquel chacun d'entre eux se réduirait si le regard des femmes, en peine d'admirer leur élu, ne les fouettait. C'est pourquoi les grandes œuvres produites par l'humanité, dont accouchent les hommes, sont le fruit des femmes autant que des hommes, aussi longtemps que les femmes restent femmes. La femme accouche du petit d'homme et l'élève, mais elle accouche aussi de la maturité des hommes adultes, de sorte que la pathologie féministe, par quoi la femme prétend s'émanciper de sa faiblesse constitutive, est aussi sa défaite : elle perd, avec sa faiblesse, tout ce qui faisait sa force, sans pourtant gagner en force parce que les hommes, en toutes choses — fors cette aptitude à convertir la faiblesse consentie en force —, seront toujours naturellement plus forts que les femmes.

XI

Guillaume Simplice, homme grand et fort, joua toujours de son physique avantageux. Géniteur d'Amédée, blond comme lui mais avec des cheveux aimablement bouclés, il plaisait aux femmes et le leur rendait bien. Du plus loin qu'il s'en souvînt, il avait tout sacrifié pour leur plaire. Après avoir poursuivi des études d'histoire et de littérature avec une grande nonchalance, ainsi sans les achever, il s'était engagé, afin de faire taire les doléances de ses parents indignés par ses frasques, dans l'armée pour cinq ans, au 35e régiment d'artillerie parachutiste aujourd'hui installé à Tarbes, ville laide et déroutante par son absence de véritable centre, qu'il se plaisait, retourné à la vie civile, à fréquenter en tant que militaire de réserve. Il avait plus connu les camps d'entraînement de Canjuers et du Larzac que le feu des vrais combats, s'étant arrangé, en Indochine, pour se ménager d'abord une place de traducteur anglophone, puis surtout un régime spécial de boxeur aux Armées, qui lui avait valu le titre de champion de Cochinchine, en catégorie mi-lourds. Mais il en avait assez fait, à ses yeux, pour mériter le titre de vieux guerrier revenu de tous les dangers, et il semblait en effet qu'il avait tout connu, à en juger par le nombre impressionnant d'anecdotes truculentes qu'il tirait de son passé avouable : bagarres épiques, cuites mémorables, bonnes fortunes sans nombre ; à l'en croire, il avait, par sa vitalité et sa

témérité joyeuses, impressionné même les légionnaires du
2e REP et les soldats courageux, sales et disciplinés de la
3e Bandera espagnole, avec lesquels son régiment avait plus
tard fait diverses manœuvres. Ses vrais exploits s'étaient limi-
tés, à Saïgon, à risquer de se faire lyncher lors du déroulement
d'un stupide pari : embrasser le crâne rasé d'une bonzesse dans
un temple bouddhiste. Issu d'un milieu modeste mais lettré,
hâbleur, intelligent et sournois, fort fainéant et moyennement
vénal mais toujours calculateur sous des dehors ostensibles
de désintéressement, il avait toutefois conservé de sa famille
catholique des certitudes monarchistes qu'il transmit à
Amédée : haine de l'esprit égalitaire, condamnation de la
Gueuse, nostalgie fleurie d'un passé adorné, tout cela lui permettait de prendre la pose du sage antimoderne, original et distingué, se laissant jeune pousser la barbe afin d'accuser sa virilité hédoniste. Ce même appendice pileux soigneusement
entretenu lui avait permis, la cinquantaine passée, de jouer les
intellectuels paysans. Il était bien sûr catholique, et catholique
intégriste, parce que cela convenait à son personnage. Il eût
aimé jouir d'une personnalité écrasante à la mesure au moins
de son physique imposant, mais il savait au fond de lui-même
son inconsistance de velléitaire sans discipline, et cette conscience lui enjoignit, plutôt que de s'amender, de projeter sur
son fils les projets de réussite sociale qu'il n'avait pas su mener
lui-même à bien. Autant dire qu'il étouffa son fils réduit au rôle
de faire-valoir des potentialités paternelles d'autant plus exigeantes et vastes qu'elles étaient toujours demeurées à l'état de
velléités. De retour en France métropolitaine, il avait entrepris
de gagner sa vie comme démarcheur en contrats d'assurance,
et son bagout lui servit assez pour en vivre, plutôt pour en survivre si ses beaux-parents n'avaient cessé de renflouer régulièrement les caisses de son ménage ; avec une certaine espèce de
bonté, ils avaient fini, en prenant l'opportune initiative de
mourir dans un accident d'automobile, par lui transmettre un
héritage assez consistant pour jouer les petits bourgeois. Son
activité professionnelle se réduisit vite à presque rien, mais il

parvint à faire un état socialement honorable de son appartenance à maintes sociétés d'histoire régionaliste et d'associations de souvenirs monarchistes, maurrassiens ou légitimistes,
théâtralement catholiques, vouant un culte au Prince qui se
disait non prétendant mais Roi, et aux grandes figures des
guerres de Vendée et de la farouche Chouannerie. Chacun,
dans ces milieux, est en compétition avec les autres pour afficher l'intransigeance la plus extrême, arborant à la boutonnière une fleur de lys que l'on fait aussi figurer sur les foulards,
les plats, le papier à écrire, les cannes et les stylos ; s'ils existaient encore, on en ornerait les bourdalous.

Impressionnée par le côté « vieille France » que Guillaume
avait fini par se rendre naturel à force de singeries savantes,
Rose Simplice, fille de commerçants aisés, en était venue à
tomber amoureuse de cet homme qu'elle avait pourtant surpris, avant qu'il ne la remarquât, à aborder les jeunes filles dans
les lieux publics après les avoir légèrement bousculées, en leur
déclarant sur un ton ravi : « Oh désolé, je suis indubitablement
navré ; mais, ne nous connaissons-nous pas ? Mais oui, on se
connaît ! » ; « Guillaume de Choqueuse » (ou Athanase de
Lamballe ou de Rigault la Treille, selon l'inspiration et les
situations), leur annonçait-il en s'inclinant du buste, non sans
leur prendre la main d'un air tendre et doux, les enveloppant
d'un regard limpide, les fascinant une fois sur trois avec ses
lèvres roses et charnues, son audace et ses manières approximatives. Ses grandes phrases, ses reliquats étiques de culture
classique, cette alternance d'expressions contrites d'éternel
adolescent et de férocité gourmande supposée dévoiler son
côté aventurier, avaient fini par avoir raison de ses réserves de
petite femme aussi brune qu'il était blond, hystérique, provincialement timide, un brin féministe, exigeante, prétentieuse
dans ses complexes et ridiculement « littéraire ». Elle se piquait
d'avoir un goût infaillible, un « nez » disait-elle, elle voulait
avoir tout lu, entretenait un ressentiment compliqué à l'égard
des hommes et n'aspirait au fond qu'à être abusée pour se donner des raisons de se complaire dans l'aigreur qui, pensait-elle,
lui donnerait de la profondeur. « C'est l'homme de ma vie »,

dira-t-elle à ses parents inquiets, anciens ouvriers du Front populaire passés au gaullisme après s'être enrichis avec les troupes américaines d'occupation. La fréquentation des clubs de jazz qui pullulaient à cette époque dans un Paris déjà négrifié, porté par le souvenir de la « Libération », rythma dans l'insouciance cette période de leur vie commune qu'on nommait encore les fiançailles. Ils firent leurs premiers pas d'époux dans un petit appartement de la rue de Charenton, dans le 12ᵉ arrondissement, entre une boulangerie pleine d'originaux tenue par un certain Achille et des bains-douches vétustes qu'ils fréquentaient plusieurs fois par semaine, s'amusant beaucoup des maniaques honteux qu'ils y côtoyaient. Malgré la « Libération » qui accusa les tares de l'invasion américaine consécutive à la « victoire » de 1918, la vie quotidienne, à Paris, avait encore du charme en ces années ; les fonctions et hiérarchies biologiques, professionnelles, sociales, familiales et religieuses étaient encore nettement différenciées, avec leurs codes, leurs préjugés bienfaisants, leurs traditions, leurs titres de fierté ; chacune formait un petit tout assez distingué des autres pour que le membre d'un tel microcosme pût se dispenser sans effort de se comparer à ceux d'un autre groupe, au rebours du temps présent dans lequel les spécificités se sont effacées les unes après les autres, dans l'intention démiurgique de faire de chaque individu un homme universel enrichi des vertus de tous les groupes, ce qui eut pour effet de les abâtardir toutes et de les exténuer. Rose introduisit Guillaume dans ce monde de paysans rouergats dont ses parents étaient issus au cours de la vague d'exode rural des années vingt, et dont il contracta certains comportements rustiques convenant au personnage enraciné qu'il se forgeait ; il lui fit connaître, non sans éveiller sa convoitise, le monde des aristocrates souvent décavés qui peuplaient les milieux monarchistes de cette époque, et dont, non sans obséquiosité, il cultivait la fréquentation pour se donner de l'épaisseur.

Guillaume s'était laissé épouser parce qu'il sentait qu'il faut bien le faire un jour, quand on n'a pas la vocation religieuse, et lorsqu'on entend ne pas sombrer dans la hideur physique et morale des vieux séducteurs : ces petites gueules d'amour laissent vite percer, sur leur visage de clown triste abîmé par les excès, l'aveu de leur inconsistance morale, leur dépendance à l'égard du regard des autres ; elles savent qu'elles ont tout sacrifié pour s'offrir des victoires éphémères incapables de compenser les déficits de leur consistance intellectuelle, de leur vie professionnelle et de leurs amitiés négligées ; elles sont contraintes de se teindre les cheveux, fatiguées par leurs propres grimaces, écœurées par leur impécuniosité chronique, leurs manies de vieux garçons, leurs propres mensonges et leurs ruses éculées. Ce qui restait en lui de souci de ses propres intérêts, d'aspirations plus nobles aux joies intellectuelles qui ne l'avaient jamais vraiment déserté, de besoin d'honorabilité aussi, lui fit faire le pas de s'engager. Rose, malgré ses défauts évidents qui annonçaient leurs futurs conflits, avait pressenti sous sa croûte de séducteur et son besoin pathologique d'indépendance l'existence de failles qui le rendaient touchant parce que vulnérable ; elle voulut le croire perfectible ; elle se fit un défi de le ramener à la normalité, elle s'exalta dans ce rôle qui la flattait. Les femmes insurgées contre leur sexe ont cette propension funeste à investir dans leur conjoint leur instinct maternel qu'elles se refusent à assumer dans leur enfant, s'appliquant à accoucher d'un mari plutôt que d'un fils, parce que cette tâche fait d'elles des Pygmalions en jupons, ainsi des hommes dont elles convoitent la créativité, au lieu que la maternité naturelle leur enjoint de n'exercer leurs puissances poïétiques qu'en consentant à se réduire à une matière à féconder. Fâcheusement, cette disposition d'esprit leur fait logiquement nourrir inconsciemment la tendance, gravide de tous les désordres, à réduire leur fils à une pâle image du géniteur passionnément aimé et haï tout à la fois, de sorte que leur rejeton ne peut que les décevoir, et en souffrir à proportion de la déception qu'il cause.

Guillaume fut séduit par Rose parce qu'il aspirait secrètement à être forgé par elle, incapable qu'il était de se forger luimême. Il admirait en elle son goût, à tout le moins son souci d'avoir du goût, tout comme celui de développer le sens de la mesure ; il avait compris comme elle que la vraie hiérarchie entre les humains consiste dans le degré d'aptitude à goûter aux biens objectivement élevés. Quoique sincèrement épris à sa manière, il ne tarda pas, lesté d'habitus indéracinables, à tromper sa petite femme qui, déjà encline à la mélancolie teigneuse, aimant les injustices pour se repaître de sa vocation victimaire, se crispa sans retour dans une humeur maussade entrecoupée de crises de rancœur se nourrissant d'un fond de confortable amertume qui ne la quitta plus jamais. Les scènes conjugales étaient fréquentes, la vaisselle cassée volait, les voisins inquiets surgissaient alarmés par les hurlements. « Grognasse ! » ; « Ignoble porc ! » ; « Femelle insurgée ! » ; « J'appelle les flics ! » ; « Emmerdeuse triste comme un chapeau, tu pues l'amertume… » ; « Sale type sournois, sombre brute… ». « Tu te donnes en spectacle devant ton fils, tu en feras un malade comme toi. Au reste il te ressemble déjà par son caractère, ce petit salaud faiblard toujours dans tes jupes ! » « Mais tu le traumatises, tu nous tues, tu nous épuises, fous le camp courir la gueuse, tu ne sais faire que ça ; viens mon chéri, nous vidons les lieux, ton père est un monstre d'égoïsme. » « Ah ça ! Mon garçon, tu es grand et fort comme papa, laisse ta mère hystérique qui te couve, je t'emmène au cinéma voir les cowboys, on va s'en payer une bonne tranche, elle sera calmée à notre retour. » Amédée tenait de son père sa grande taille et sa robuste constitution, mais il n'avait ni son élégance, ni son aisance, ni son art consommé d'éviter les questions dérangeantes et de se réfugier dans la futilité, ni sa vitalité nerveusement jouisseuse. Le fils redoutait les colères de son père, les gifles qu'il distribuait sans discernement tant à la mère qu'à lui, au gré de ses humeurs. Le plus grand désir de leur rejeton fragile était de leur plaire, mais il les décevait, ne sachant ce qu'ils attendaient de lui, et au reste ces derniers ne le savaient pas non plus, incapables qu'ils étaient d'oser s'objectiver le rôle qu'ils lui faisaient jouer. Tantôt il leur servait de repoussoir et se réduisait au statut d'instrument répulsif de leurs réconciliations éphémères ; ils s'enlaçaient d'un air las et se mettaient à l'observer de concert avec sévérité, se plaisant à faire l'inventaire de ce qui lui manquait pour le rendre digne de susciter leur fierté : « Comment avons-nous fait, nous qui nous aimons tant, pour engendrer cet oiseau gauche et déplumé, cet avorton au sang de navet ? Pas étonnant que nous nous déchirions, il devrait être le symbole de notre unité et ne fait que recueillir les tares familiales que nous avions su éviter mais que charrie notre sang vicié ; c'est lui qui nous empêche d'être sereins. » Tantôt l'un des deux le prenait à témoin pour accuser les travers de l'autre, et le petit devenait l'enjeu de leurs conflits. Ils étaient incapables de s'extraire de ce moment tourmenté de l'amour conjugal qu'est la genèse d'une famille. Les amants se plaisent et se ravissent, s'enivrent l'un de l'autre et veulent ignorer que l'amour spontané n'a qu'un temps ; les adultes ont appris à faire des concessions, à ne pas attendre du mariage ce qu'il ne peut donner ; ils ont compris que l'on n'aime avec son cœur qu'en fondant cet amour sur la volonté que meut la seule raison. Entre ces deux moments, il y a l'épreuve du refroidissement de la passion aveugle, le désenchantement de la vie quotidienne avec ses misères prosaïques et ses épreuves domestiques classiques ; on n'est pas encore mûr et résigné, on n'est plus le jeune et l'insouciant tout bercé par l'infini des possibles non encore actualisés ; on veut le beurre de l'être en puissance et l'argent du beurre de l'être en acte, sans comprendre que toute actuation ne parfait une puissance qu'en la limitant ; « je pouvais tout, aussi longtemps que je n'étais rien en acte, je suis quelque chose mais je ne suis que cela, je sais désormais que je ne peux pas tout et, au vrai, que je ne l'avais jamais pu ».

Pendant le temps de leurs fiançailles, ils se plaisaient déjà à organiser des psychodrames ravageurs dont seuls, à l'époque, leurs parents et leurs amis proches faisaient les frais. « On se retrouve boulevard des Batignolles à l'endroit que tu sais, comme l'autre fois. » Mais il y avait eu plusieurs « autres fois » ; ç'avait été un soir à la terrasse d'un café bruyant, mais aussi un autre soir dans un square peuplé de clochards ivrognes et d'amoureux. Lui se dirigeait vers le café, elle vers le square ; elle savait qu'il était probablement dans l'autre endroit, mais se gardait bien d'aller le vérifier ; lui agissait en même façon ; et chacun, faisant le pied de grue, se mettait à attendre l'autre, laissant monter en lui la délicieuse lame de fond colérique riche de scènes mémorables dont ils jouissaient déjà du seul fait de les imaginer. Il y avait ainsi, selon un scénario bien rodé, une succession de hurlements, d'insultes qui font mal et qui ne s'oublient pas (on peut — c'est là leur intérêt — les garder en réserve pour en faire mémoire afin de relancer une nouvelle scène future), de pleurs, de coups parfois, pour faire se consommer le tout dans une grande réconciliation agrémentée de serments solennels et exaltés, accompagnés de baisers mouillés et de doux sourires baveux, devant quelques témoins médusés n'osant pas signifier leur agacement, mais tout de même soulagés. De telles habitudes ne disparurent pas quand naquit Amédée, mais il devenait le témoin de leurs amours tourmentées, l'observateur involontaire de leurs déchirements complaisants, l'emmerdeur. « Guillaume, cet enfant est malsain, il est curieux, fouille-merde, il joue les caïds de mes deux fesses, tu me suffis pour ce rôle, il veut jouer les petits soldats, tu es trop indulgent avec lui. » « Mais non, il est fragile, c'est toi qui le couves, ou plutôt ta mère que tu laisses faire parce que tu le lui confies trop souvent. » « Mais pas du tout, je ne suis vraiment pas une mère poule, je le donne à ma mère parce que tu ne le supportes pas. » « C'est ça, suffragette, espèce d'hystérique, décharge-toi sur moi de tes responsabilités... »

Amédée criait beaucoup, cherchait les compliments, faisait le fanfaron, excédait son entourage en sollicitant l'attention à temps et à contretemps, épuisait son monde et se repliait dans la solitude avec ses jouets. Il avait le sentiment de ne pas appartenir à une famille ordinaire, il n'avait pas sa place dans la sienne, il redoutait leurs scandales publics. Quand, son père absent, il surprenait sa mère en pleurs affalée dans son lit en plein après-midi, il croyait que sa maison, son foyer, son univers, son monde s'écroulaient, et qu'il était de trop. Souvent, il était l'enjeu de leurs conflits, incapable de comprendre que ces derniers n'éclataient que pour nourrir leur amour impuissant à parvenir à la maturité en s'hypostasiant en lui ; il aurait fallu que cet amour fût stérile pour leur donner de s'aimer comme ils l'entendaient, comme complices dans l'amour égoïste de l'acte d'aimer. Même vieillis, ils restèrent toujours deux adolescents. Son père avait compris que l'étiquette de royaliste était une manière non compromettante d'être inactuel, ainsi de se donner une épaisseur et un mystère dont il était dépourvu : la République supporte les royalistes, tous deux communient dans une aversion rabique pour l'esprit du fascisme dont Guillaume se gardait bien, conspuant le « totalitarisme, fruit du jacobinisme », selon l'antienne bien connue des conservateurs très moyennement démocrates mais soucieux de se ménager une place honorable en démocratie.

Une telle atmosphère peu épanouissante, difficilement supportable mais peut-être surmontable, aurait pu se prolonger longtemps, mais vint Philibert. Amédée avait quatre ans.

XII

Les relations compliquées de Guillaume et de Rose auraient pu se stabiliser soit dans un divorce soit dans l'adoption d'un modus vivendi efficace et médiocre (« fais ce qu'il te plaît, soyons utiles l'un à l'autre sans amour ») après par exemple une tentative ratée de suicide, si leur amour réel quoique pathologique, conjugué avec leurs convictions catholiques, n'avait engendré Amédée, ce qui les avait contraints à configurer autrement le cours de leur passion conflictuelle. Cette première naissance avait pour eux plusieurs significations. D'un côté la maternité donnait à Rose l'orgueil d'exercer un privilège qui n'appartient qu'aux femmes et auquel, à ce titre même, les femmes les plus individualistes et les plus insurgées contre leur condition naturelle de soumises tiennent beaucoup, quoi qu'elles en aient. Mais la venue de son rejeton lui signifiait aussi qu'elle serait désormais une mère et une épouse, contre tous ses rêves de femme « libre », littéraire, aventurière et contestataire. Ce qui lui fit porter à son enfant un amour lui-même ambigu. Quand les infidélités et les mensonges de son mari despotique lui pesaient trop, elle reprochait silencieusement à son fils d'exister, de rendre irréversible un engagement conjugal qui la décevait, d'enterrer son adolescence et sa jeunesse riche de tous les possibles, et de lui signifier qu'elle n'avait plus qu'à se dévouer, à s'oublier, à renoncer à elle-même et à se consumer dans cette tâche porteuse d'une responsabilité et d'un souci qui ne s'achèveraient qu'avec sa mort. Parce que les turbulences de leur vie conjugale les rendirent perplexes pendant plusieurs années à l'idée d'un deuxième enfant, Amédée avait la condition d'un fils unique, et il en contracta les travers : caprices, nombrilisme, tendance au despotisme, exigences affectives exaspérantes. Mais cela même rappelait trop à Rose ceux de son mari, et elle tendit à les envelopper dans la même aversion. L'enfant, en retour, renchérissait dans son besoin de signes d'affection que sa mère ne lui donnait guère, d'autant qu'elle tenait à travailler. Elle exerçait la profession de secrétaire dans un petit hebdomadaire à vocation politico-religieuse, avec le privilège de prendre la plume de temps à autre pour rédiger, non sans un certain talent, des recensions diverses qui lui donnaient le sentiment d'appartenir au genre des « femmes qui pensent » et dont la maternité n'épuise pas le destin. Ainsi, focalisée par son journal en lequel elle s'investissait avec une énergie proportionnelle à ses déconvenues conjugales, son gamin était presque toujours de trop. Terrorisé dans son lit alors que se battaient ses parents qui croyaient ingénument être seuls, il sentait dans son âme les failles de son monde, de son foyer, et il se reprochait d'être de trop. Elle le donnait plus souvent qu'à son tour à garder à sa mère, et c'est dans le giron de sa grand-mère qu'il goûta aux délices de l'affection maternelle, ce sentiment de sécurité invincible, d'affection inconditionnelle et sans nuages, sans éclipse quoi qu'il fît de coupable. Ce qui évidemment rendait sa mère jalouse et frustrée dans sa dignité de mère, le tenant déjà pour un ingrat. Elle voyait en lui le double potentiel de son mari volage, le traitait comme tel et lui reprochait jusqu'à son grand corps dégingandé et sa sueur odorante dont la virilité précoce lui soulevait le cœur, attirant malgré elle l'attention de son fils sur cette énigmatique bestiole encore innocente mais qu'il pressentait naturellement devoir être cachée, et pour en venir à lui reprocher d'être vicieux, indiscret, fureteur et sournois ; « avec son grand nez fort, il donne l'impression de porter un phallus au milieu de la figure… ».

Quant à Guillaume, l'arrivée de son fils commença par l'émouvoir. Il y avait toujours eu en cet homme — en dépit de son choix réfléchi de décider à plaisir, en fonction de ses appétits du moment, de vivre à la surface de lui-même — une inquiétude tranquille, discrète mais constante, révélatrice d'une aspiration aux biens transcendants, qui ne disait pas son nom, et qui au reste expliquait qu'il pût avoir des convictions catholiques et monarchistes affichées, même s'il entrait beaucoup de cabotinage dans ces engagements : rien n'est pur dans l'homme, et rien n'est à ce point gangrené qu'il ne contienne une velléité de retour à la pureté. Amédée voulait se reconnaître dans son fils, « chair de ma chair », « bon sang qui ne saurait mentir », rejeton voué à prolonger la nature féconde de son géniteur, destiné à être la gloire de son père, la manifestation de ses richesses intérieures, la révélation de dons qu'il ne lui avait pas été donné — bien entendu sous l'effet de l'ingratitude des seules circonstances de la vie dont on ne décide pas — de déployer selon toute leur mesure. Amédée bébé et tout petit enfant fut adulé, flatté, surestimé, ce qui ne contribua pas peu à exacerber en lui une tendance à la fanfaronnade, au désir de plaire, à la vanité bavarde. Son père lui disait d'être fort et lui enjoignait en permanence de s'affirmer, lui ressassant que la force physique est l'« *ultima ratio* », qu'il faut savoir s'imposer, ne pas être une fillette, que le souci d'être trop gentil est une lâcheté révélatrice d'une tendance au pacifisme et à l'égalitarisme qui pue son esprit démocratique, etc. Et l'enfant épousait ce qu'il croyait comprendre des intentions du père, « faisait l'intéressant », s'écoutait parler, se croyait promis à une destinée glorieuse, faisait coexister en lui la crainte de voir sa maison affective s'écrouler, et l'aspiration à la grandeur des chevaliers qui sauvent le monde, dans un composé assez haïssable de fragilité et de présomption. Quand ils étaient invités dans une famille nombreuse, lui, gentiment reçu par des enfants équilibrés et calmes, ne pouvait s'empêcher de se comparer, de les provoquer, de se vanter ridiculement, de susciter leur déception, leur crainte, ou leurs quolibets qu'il recevait comme autant d'injustices, en enfant qui se croyait d'exception et que les gens ordinaires ne sauraient comprendre, lui le petit garçon tendre et commun coulé dans le costume éreintant d'un génie en herbe et d'un conquérant implacable. Ce complexe de sentiments si peu compatibles ne tarda pas à agacer souverainement son père qui manifesta sa déception avec son manque habituel de délicatesse. Dans le même moment, sa mère en guerre avec son père était excédée par ce fils envahissant qu'elle ne manqua pas d'humilier en le méprisant ostensiblement ; afin de conjuguer un amour empreint d'admiration qu'elle nourrissait malgré elle pour son mari qui la rendait malheureuse, et dont elle entendait se venger, et le désir de lui rendre la monnaie de sa pièce dans la forme de marques de mépris, elle tendit à reporter sur son fils tous les griefs qu'elle accumulait contre son époux, ce qui laissa en Amédée des traces profondes ; il apprit par elle la haine de soi.

Amédée a un frère et deux sœurs. Ces dernières sont venues sur le tard, presque comme si deux familles se succédaient sans lien, faisant se juxtaposer deux mondes affectifs se suffisant chacun à lui-même. Elles firent toujours bande à part, profitant à plein de cette loi psychologique selon laquelle les derniers de la famille, élevés par des parents devenus moins jeunes, jouissent de la part de ces derniers d'une bonhomie, voire d'une débonnaireté qui préviennent plus facilement les erreurs d'éducation porteuses de traumatismes, mais qui en même temps relâchent la vigilance du dressage et laissent se développer des travers capricieux dont ils ne se relèveront pas. Il y eut donc les deux garçons et les deux filles, lesquelles auraient pu former un clan hermétique interdit aux garçons si le frère d'Amédée, petit noiraud et tout en nerfs comme sa mère, faussement espiègle et réellement fragile, n'avait trouvé expédient de se faire des alliées de ses sœurs. Ainsi sollicitées, elles se plurent pendant toute leur enfance et leur adolescence à faire des comparaisons peu amènes entre elles et les deux frères, qui prirent bientôt — Philibert les ayant rejointes — la forme d'une comparaison entre les deux frères, laquelle ne fut pas menée à l'avantage d'Amédée. Il nourrira les complexes du grand garçon à la peau blanche trop vite monté en graine, se trouvant laid, tourmenté par la chair, invité à s'éprouver telle la maladroite ébauche de ses successeurs plus accomplis.

Abel, figure du Christ, est à Caïn comme Pharès l'est à Zara, le Premier et le Meilleur vient en second selon le temps parce qu'il est le premier en intention, tout comme l'ordre surnaturel vient chronologiquement après l'ordre naturel parce qu'il en est la fin. Mais c'est là une dialectique congrue à l'ordre surnaturel. Projetée dans l'ordre naturel auquel elle ne convient pas, elle engendre des interprétations génératrices d'iniquités elles-mêmes porteuses de haines et de réactions sanglantes. L'aîné naturellement grand et fort jouit du privilège de l'âge ; il est fortifié par l'expérience d'une éducation dispensée par des géniteurs ayant appris avec lui leur métier de parents ; par là, il est spontanément disposé par position à se placer d'un point de vue qui coïncide assez volontiers avec le leur dans ses relations avec ses frères et sœurs. Selon la logique de l'ordre surnaturel indûment introduite dans l'ordre naturel, l'aîné est réduit à la condition de brouillon, celui qui suit étant l'œuvre réussie, de sorte que ses privilèges liés à l'âge sont toujours perçus par ceux qui lui succèdent comme autant d'injustices ; il n'est pas jusqu'à ses talents naturels, quand il en a, qui ne soient perçus par ces derniers comme une iniquité qu'il leur appartiendra de corriger en se les appropriant. L'aîné se voit assigner le rôle de brute épaisse, et le petit malingre se fait concéder l'habit du martyr victime du despotisme du plus grand. Tout l'intérêt du plus petit réside dans le souci permanent de persuader à ses parents et à l'aîné honni lui-même que la nature est mal faite, que l'aîné l'empêche de respirer, qu'il n'est qu'une ébauche grossière du pauvre petit, le fumier de la fleur qu'il est. Si tout aîné, en tant qu'aîné biologique, fait historiquement mémoire de Caïn, force est de confesser que Caïn est toujours l'aîné, mais qu'il n'est pas toujours le mauvais.

Quand vint Philibert, son frère cadet, Amédée se réjouit d'abord d'avoir un petit frère avec lequel il pourrait jouer, mais il perçut vite cette nouvelle présence comme un danger, dans la mesure où le nouveau venu devenait un élément stratégique de l'échiquier conjugal déjà passablement déréglé. Philibert fut aussi noiraud et physiquement faible qu'Amédée avait pu être fort. Mais il fut aussi calculateur et doué pour la duplicité que son aîné avait pu être candidement ambitieux cependant que prêt à tout moment, par une réaction spontanée dont il ignorait encore les raisons, à douter de lui-même. Rose, à qui Philibert ressemblait, fit de lui son allié contre la satrapie de ses deux premiers hommes. « Je t'interdis de battre cet enfant. » « Il me dérange, me vole mes affaires, me provoque, m'espionne ; on lui donne toujours raison, il a tous les droits, on lui passe tout, vous l'aimez plus que vous ne m'aimez, il guette mes fautes pour vous les rapporter. » « Tais-toi, sombre égoïste, tu as une mentalité de fils unique, tu devrais avoir honte de martyriser ton petit frère. » Rose avait accoutumé de chérir unilatéralement Philibert, ce que n'approuvait pas Guillaume qui n'avait pas mis longtemps à comprendre le manège à demi-conscient de sa femme, mais il avait peur qu'elle n'en vînt, s'il l'en empêchait, à dévoiler devant leurs enfants ses trahisons et ses multiples manquements. Un jour qu'ils étaient entassés dans l'automobile familiale, au beau milieu d'une grande avenue parisienne, il s'était mis, comme si souvent, à faire la liste des reproches qu'il adressait régulièrement à sa femme : qu'elle était acariâtre, suffragette, qu'elle ne faisait aucun effort pour le séduire, qu'elle diminuait systématiquement ses mérites, qu'elle avait des exigences démesurées traduisant son refus d'être femme et son impossible prétention à jouir des privilèges masculins non sans cesser de conserver ceux des femmes ; il lui signifia aussi qu'il était excédé par cette prétention des femmes modernes en général à faire valoir un droit à dominer avec une acrimonie vengeresse alors qu'elles sont par nature faibles, dépendantes, incapables de faire le point sur elles-mêmes, requérant la protection directive des hommes pour trouver leur propre équilibre, jouant ainsi sur les deux tableaux. Il essayait de lui dire qu'il sentait, dans cette prétention démesurée, un effet des ravages de la subjectivité pure aspirant à être déconnectée de toute nature, ravages qui, après que la première s'est soustraire au magistère de la seconde, font la quintessence de l'esprit égalitaire des hommes de gauche, c'est-à-dire des révoltés de tous les temps : par-delà la mesure d'une nature humaine et de cette détermination générique qui la prolonge en son identité sexuelle, tout humain risque de se réduire à sa subjectivité qui, capable de s'auto-déterminer, est une pure indétermination qui l'identifie à tout autre moi, qui par là lui fait revendiquer les mêmes droits. Touchée dans le centre de sa névrose qu'elle voulait à tout prix méconnaître, elle fut incapable de lui répondre sur ce terrain, et, excédée mais à court d'arguments, se laissa à menacer de dévoiler aux enfants les péchés de son mari. Il se mit alors, ivre de fureur, à lui secouer la tête violemment, la traitant de charogne passible d'être étranglée si elle continuait. Elle se tut, la voiture était immobilisée au milieu de véhicules qui klaxonnaient furieusement, les prenant pour des gens ivres ou pour des fous. Puis ils repartirent après cinq minutes de silence, presque en sifflotant, afin de signifier à leur fils témoin de leurs discordes que ce n'était pas grave, qu'il n'y avait pas de quoi se traumatiser, que la vie reprenait et qu'il fallait remercier la Providence de donner à ce foyer chrétien de pouvoir être si souvent réuni, même si ce n'était pas toujours sans humeurs conflictuelles.

Guillaume savait à quoi s'en tenir relativement aux capacités très limitées de sa moitié à épargner les enfants de leurs querelles conjugales. Mais il comprit aussi qu'en la laissant couver Philibert, il lui donnait le moyen de se venger de lui sans qu'il eût à en subir les conséquences : elle déversait son ressentiment sur Amédée, préservant ainsi son amour pour son mari, et l'amour de cet amour ; le désir égoïste de désirer, conjugué au refus de confesser qu'elles se sont trompées dans le choix de l'objet de leur désir, fait que les femmes, trop souvent, préfèrent supporter, même en regimbant sans cesse, les frasques onéreuses de leur époux ; mais elles ne veulent pas savoir que, ce faisant, elles font toujours payer l'addition à quelqu'un. Incapable d'analyser la situation avec des yeux d'adulte, Amédée ne savait pas en vouloir à son père, renchérissait dans les reproches à l'égard de sa mère et de son frère, se rendant par là d'autant plus haï de ces derniers.

XIII

Ils habitaient en ces années soixante dans la Cité des Courtilles, à Asnières, près de Gennevilliers. Amédée fut scolarisé dans l'École Saint-Joseph, tenue par les Frères du Sacré-Cœur, dans l'esprit des Frères salésiens de Don Bosco. Il fit son entrée en sixième quand Philibert intégra le cours élémentaire. Amédée fut bon élève, et la configuration des forces qui régissaient sa psychologie le disposa à adopter le profil du jeune homme trop soucieux de l'aval de ses maîtres, des compliments des grandes personnes, jusqu'à devenir trop sûr de lui aussi, au point d'en venir à sous-estimer les encouragements de ses mêmes maîtres. Cette surestimation de lui-même l'aida à supporter le déficit d'affection familiale dont il était la victime, mais aussi l'animosité tenace d'un Philibert envieux et retors que son statut d'élu dans le cœur de sa mère disposait à croire que les compliments et réussites auraient dû lui revenir de droit. De surcroît, Amédée était sportif et obtenait de bons résultats sur les tapis de lutte libre et gréco-romaine, allant jusqu'à participer aux critériums nationaux de manière honorable. Il jouait gentiment du piano, participait chaque année aux épreuves du Concours Léopold Bellan à Paris.

Les sociétés modernes ont ceci de proprement épouvantable qu'elles se réduisent à des communautés finalisées par l'intérêt privé des individus qui les composent, frustrant en eux cette tendance à servir un bien commun dont ils ont oublié jusqu'au souvenir. Quand il existe un bien commun, on trouve aisément sa vocation parce qu'on n'est pas tourmenté par le souci de s'en découvrir une : on sert, en haut ou en bas peu importe, on trouve sa raison d'être dans un tel service, on prend le relais des aînés, on fait son temps, on vit sur Terre comme en voyage, plus ou moins confortable, en sachant que l'important est dans son terme. Aujourd'hui, chacun est invité à se prendre pour fin. Les plus nombreux se résignent à la recherche du plaisir, en fonction de leurs appétits et des moyens qu'ils sont disposés à mettre en œuvre pour se les offrir, chacun vivant alors cloisonné dans un « *cocooning* » le dispensant de se comparer à autrui. D'autres, plus exigeants mais non plus sages, sont en peine de justifier leur existence qui, unique, ne peut, quand elle vise une fin privée, trouver de raison d'être que dans un destin exceptionnel, d'où la propension chez eux à s'éprouver comme insupportables à eux-mêmes aussitôt qu'ils se rendent à cette évidence qu'ils ne jouissent d'aucun talent transcendant : « Tout ce que je suis, je l'ai, et d'autres ont naturellement plus que moi, de sorte que je n'ai aucune raison d'exister ; je suis de trop ; pourtant je supporte le poids de mon existence que je n'ai pas choisie, donc je suis victime d'une injustice. » Dans une communauté organique, la piétaille a sa grandeur, sa fonction irremplaçable, parce que sans elle le tout — dont chacun n'est qu'un organe et qui se préfigure en chacun — ne pourrait fonctionner ; dans une société individualiste au contraire, où le tout n'est que l'instrument de chacun, tout individu que l'hédonisme ne parvient pas à satisfaire et qui n'est ni grand violoniste, ni Prix Nobel de Physique, ni vedette de cinéma ressent sa vie comme un échec, une corvée dont il faut s'acquitter au nom d'on ne sait quel devoir moral exaspérant. Déchiré entre les appels des sirènes de la mentalité moderne et l'invitation religieuse à faire son salut, Amédée eut la grâce de laisser la deuxième l'emporter, mais ce ne fut pas sans remises en cause douloureuses, recherches spéculatives épuisantes, affrontement de questions lancinantes.

Il avait maintes raisons d'être trop satisfait de lui-même, et la Providence lui ménagea ces épreuves nécessaires d'humiliation pour fustiger puis éradiquer autant que possible sa vanité qui l'empêchait d'être lucide. Il mordit la poussière à plusieurs reprises, au propre et au figuré, il subit des situations où il se trouva ridicule, il frôla le découragement, il se reprit, s'évalua de manière plus réaliste, comprit surtout que l'on ne devient que ce que l'on peut être mais que l'on peut beaucoup, plus qu'on ne le pense en général, pour autant qu'on le veuille véritablement avec assez de méthode et de discipline, et qu'un destin médiocre vaut d'être vécu, que par là cultiver des talents qui n'ont rien de transcendant reste un devoir, mais aussi une joie.

Son frère, pressentant ses déchirements internes, l'épiait, attendait ses chutes, lui ayant déclaré la guerre sans qu'il le sût, adoptant publiquement la position du petit, du faible en attente de protection, faisant travailler sa langue médisante avec un soin constant, se cherchant des alliés, se faisant plaindre, menant un travail de sape à très long terme. Mais les talents qu'il se supposait, et dont il voulait croire qu'ils avaient été étouffés par un aîné envahissant, tardaient à se manifester.

C'est à l'École Saint-Joseph qu'il fit la connaissance d'Édouard, enfant précoce, mauvais esprit, roublard, frondeur, impertinent, ingénieusement tricheur, doué pour discerner les failles de ses semblables, et pour les ridiculiser. Il n'était déjà pas démangé par les scrupules religieux. Il sut se faire un ami d'Amédée candidement vaniteux mais si aisément désarçonné, décomposé par la première attaque verbale capable de faire mouche, qui l'admirait et auquel il s'appliquait à donner des complexes. Le désir de se singulariser les avait rapprochés au moins pour se prêter mutuelle assistance face à l'hostilité qu'ils suscitaient parmi leurs condisciples, de sorte qu'ils renchérissaient dans le sarcasme face aux bien-pensants. Édouard se voulait le grand frère dessalé, celui qui savait tout des secrets des grandes personnes, celui « à qui on ne la fait pas ». Le petit Philibert le devina vite et en profita pour accuser son frère de manquer de caractère et d'être fasciné par meilleur que lui. Édouard et Philibert s'étaient spontanément mis à l'unisson sur le fait de flatter Amédée, afin de le manipuler plus aisément ; le petit frère voulait sa chute, le faux ami sa disponibilité, son admiration et ses services. Édouard, en classe, copiait sur Amédée, parvenant à obtenir des notes supérieures aux siennes, et sollicitait sa force physique pour le protéger des gamins que son insolence indignait trop souvent.

Vinrent pour Amédée les épreuves de l'adolescence porteuses des périls de la puberté. On ne mérite d'exister qu'à proportion de son aptitude à se rendre heureux, et l'on ne parvient à frôler le bonheur qu'en renonçant à le chercher, ou plutôt en ayant la force de comprendre qu'il consiste dans l'acte de s'oublier en se mettant au service d'une cause : le meilleur bien d'un être est un bien auquel il est rapporté ; il est au fond évidemment absurde de n'aimer que les biens que l'on rapporte à soi, puisque cette absolutisation du Moi se prenant pour objet suppose qu'il soit appétible pour être objet ; si, en tant que sujet, il est tout entier désir et manque, il n'est pas nourrissant et ne peut que décevoir. Cela dit, la principale épreuve dans cette entreprise de conversion naturelle de l'égoïsme jouisseur au souci du vrai bien est l'effort d'éviter soigneusement ce que Hegel nomme joliment le dévouement partisan du cœur, c'est-à-dire la subordination subreptice de l'idéal servi à la glorification du moi qui le sert, la prétention à faire de l'idéal sécrété par le moi qui le forge sur mesure la norme du cours du monde, lequel, en son invincible puissance de désenchantement, se gausse bien de ces ruses subjectivistes ; céder aux charmes d'un tel dévouement trompeur a lieu quand on se fait l'auteur de l'idéal supposé crucifiant, en décidant d'oublier qu'on en est l'auteur. Et cette forme de mauvaise foi est le propre de l'adolescence. L'aigreur des âges mûrs n'en est que le prolongement, quand l'adolescence n'a jamais été complètement digérée.

Le moment est venu de parler des quatre facteurs non directement familiaux qui contribuèrent définitivement à le fixer dans ce qu'il devint en tant qu'adulte : ses premières amours ; une frustration de jeune auteur machinée par son frère, qui le détourna de ce qui eût pu être une vocation ; les influences et déboires qu'il subit dans les milieux réactionnaires que lui firent connaître ses parents ; et la crise de foi qui s'ensuivit de toutes ces déconvenues, laquelle le fit se réfugier pendant des décennies dans l'illusion d'une identité entre chrétien fervent et sous-homme nietzschéen.

En ce qui concerne ses relations conflictuelles avec ses géniteurs, les choses se passèrent assez simplement : ils atténuèrent cette propension à faire de lui le moyen de leurs discordes porteuses de concorde précaire en se tournant vers les dernières venues, leurs deux filles jumelles qui focalisèrent désormais leur attention. En dépit de leur méchanceté de filles gâtées et suffisantes, il leur en sut toujours gré au point de nourrir à leur endroit une espèce de reconnaissance dont elles ne comprirent jamais la vraie raison. Leur mesquinerie mit cette indulgence sur le compte de sa supposée faiblesse de bonne poire. À cette époque révolue de l'état de la société française, on n'était pas très éloigné encore de la « Libération », on nageait dans la révolution de Vatican II, on était agité par la guerre d'Algérie, la tension des consciences politiques était encore soutenue par le conflit Est-Ouest. À l'École Saint-Joseph, Amédée avait été formé à la sensibilité de la Jeunesse étudiante chrétienne, ainsi de l'Action catholique démocrate-chrétienne. Les bons Frères à l'accent rocailleux du Centre et au relent puissant, qui lui faisaient le catéchisme, ne cessaient de lui inculquer l'idée que la douceur vaut plus que la force, que le bon chrétien ne se bat pas, qu'il sait partager, faire de bonnes actions chaque jour en donnant aux pauvres que l'imparfaite justice des hommes laisse mourir de faim ; qu'il réprouve le racisme et les ambitieux. On lui expliquait que, avant que le péché n'entrât dans le monde, le loup et l'agneau allaient boire paisiblement, côte à côte, à la fontaine jamais tarie d'une nature généreuse dénuée de tout rapport de force ; que toutes les violences naturelles, qu'elles soient végétales, animales ou humaines, étaient autant d'effets du péché, et que la guerre, la discorde et la lutte pour la victoire étaient le mal absolu. On diffusait ainsi l'idée que l'état idéal de la vie humaine, expressif de sa vraie nature, est le Paradis terrestre. Se conformer aux conditions d'accès au salut revenait donc à tenter de faire retour à l'ordre préternaturel de l'innocence adamique. Amédée connut, dans cet établissement, la messe de

saint Pie V, puis brusquement le nouvel Ordo, les curés en cravate ou en col roulé, les messes chantées à la guitare, les sermons tiers-mondistes. Son conformisme de bon élève lui faisait
tout accepter sans discernement. Les élèves vaquaient le jeudi
dont le matin était occupé pour les plus mauvais en séances de
rattrapage, et pour les meilleurs en cours d'entraînement pour
tendre vers l'excellence. Un car emmenait les fanatiques du
ballon rond à Bagatelle, sous la protection d'un Frère que sa
soutane n'empêchait pas de courir, d'encourager, de conseiller, de gronder aussi au point de flanquer des gifles à tout va
qui parfois faisaient saigner du nez sans que personne ne s'en
émût, pas plus les enfants que les parents ; la décadence, on le
voit, n'avait pas encore tout englouti. La révolution des mœurs
de mai 68 les frappa de plein fouet. L'enseignement de l'histoire prodigué aux petits par de jeunes femmes laïques en peine
de se trouver un mari, dont certaines excitaient déjà les sens
des mioches les plus délurés, était déjà corrompu ; il était question de seigneurs gras réduisant les serfs à la condition d'esclaves, de nos amis les Américains que la France avait soutenus deux siècles avant et qui, par reconnaissance, avaient été
aux côtés de cette même France de Jeanne d'Arc, de la Révolution française libératrice des nations, de cette Résistance et
du général de Gaulle boutant le Teuton païen hors du territoire
sacré du Nouvel Israël. On s'enthousiasmait pour la Caravelle
et pour les héros du Tour de France, pour les équipes de football, la cocotte-minute, le Bon pape Jean, Prisunic et Sheila.
Amédée avait le souci de s'intégrer dans cet univers spirituel
indigent et émollient, non seulement parce qu'il était conventionnel comme tous les jeunes gens soucieux de plaire à leurs
maîtres, mais encore parce que cette reconnaissance opérée
par autrui, par quelqu'un qui n'était pas de sa famille, lui était
vitale pour se sentir normal, dès lors que sa famille hystérique
ne cessait — par les scènes permanentes qui s'y déroulaient et
qui faisaient de ses géniteurs la risée en forme d'indignation
vertueuse de maintes autres familles — de le marginaliser, de
lui faire honte — ce dont par ailleurs il concevait une certaine

fierté, une certaine gloriole même, lui qui n'avait pas la télévision et s'en faisait gloire ; lui dont la famille n'était pas moderniste et professait des opinions monarchistes. Il se confectionnait par là, dans l'étoffe de frustration de son désir de normalité, une étiquette gratifiante d'original, d'aristocrate, de rebelle et d'esprit fort. Il se vengeait des humiliations que lui valait son ignorance du monde des autres, grevée de naïveté, en adoptant coquettement la pose du surdoué inactuel, glissant, pour son plus grand ridicule, dans des cabotinages d'histrion. Reste qu'il avait bien du mal à concilier rationnellement les réquisits démocrates-chrétiens de sa condition d'enfant « normal » et les certitudes réactionnaires auxquelles il tenait non seulement parce qu'elles flattaient sa vanité, mais encore parce qu'elles convainquaient sa raison. Ses parents excédés par les dérives de l'enseignement confessionnel décidèrent de lui faire intégrer une institution publique, et c'est ainsi qu'il se trouva jeté dans l'arène d'un grand lycée parisien, le Lycée Charlemagne, rue Saint-Antoine ; il est vrai qu'une autre raison les animait : maintes options linguistiques n'étaient pas possibles à l'époque dans beaucoup d'établissements confessionnels. Désormais, il prenait seul des trains de banlieue, des bus et le métro, découvrait avec avidité la vie agitée des rues de Paris, ses tentations, ses périls, ses charmes et ses misères. On portait à l'époque, mais non Amédée dont sa famille prohibait de tels accoutrements, des pantalons à pattes d'éléphant et des Clarks, ses sœurs écoutaient les Rolling Stones en cachette ; son lycée était rempli d'israélites de la rue des Rosiers et des alentours, près d'un Marais non encore colonisé par les invertis et les bobos. Il avait de bonnes raisons de partir tôt de chez lui et de rentrer tard : séances de sport, cours de piano, trajets interminables. Édouard, qui affectait de tout savoir sur la question et qui l'avait suivi à Charlemagne pour la lointaine préparation du baccalauréat, entreprit de l'aider à vaincre sa timidité faite de convoitise honteuse à l'égard des jeunes filles.

En fouille-merde avisé toujours à l'affût des révélations croustillantes, lecteur des journaux pour grandes personnes,

Édouard, qui joua à l'homme dès qu'il sut parler, lui révéla les turpitudes des Grands de ce monde dont les adultes parlaient avec respect, les petitesses des hommes illustres célébrés par leurs manuels scolaires « *ad usum Delphini* », les bassesses de certains ecclésiastiques. Il lui dévoila l'envers de ce qu'il croyait être l'ordre intangible des choses. Ces révélations, jointes à d'autres turbulences dont il sera bientôt question, con- tribuèrent non seulement à ébranler les statues hiératiques de son Panthéon, mais encore à éprouver la solidité de ses certi- tudes morales et religieuses.

XIV

Amédée commença ainsi à faire pour et par lui-même l'expérience de la vérité de cette observation désabusée de Vauvenargues : nous découvrons en nous-mêmes ce que les autres nous cachent, et nous reconnaissons dans les autres ce que nous nous cachons à nous-mêmes. Il comprit que l'animo- sité qu'il inspirait à ses parents, par-delà leurs stratégies conju- gales, venait de ce qu'ils reconnaissaient en lui, mais non dis- simulés par les ruses qu'inspire l'amour-propre, leurs propres défauts. Les parents en général règlent leurs comptes avec eux- mêmes et apprennent à quitter l'enfance qui leur colle à l'âme et à la peau en se déchargeant de leur inachèvement sur leur progéniture en les défauts de laquelle ils se haïssent eux-mêmes et croient, par cette haine, dissoudre leurs faiblesses ; ils le font plus ou moins consciemment, mais presque toujours avec bonne conscience, ayant, ce faisant, le sentiment de se mûrir et de se bonifier tout en remplissant leur vocation d'éducateurs prompts à forlancer les tendances peccamineuses de leurs reje- tons. Si ces derniers avaient une âme de vieillard, ils sauraient que cette stratégie peu glorieuse a du bon ; elle est comme une ruse de la vertu bien décidée à naître dans un milieu congéni- talement peccamineux, faisant se retourner contre eux-mêmes les vices et tares des uns et des autres, les faisant se rectifier les uns par les autres ; une telle stratégie, certes douloureuse, est même la plupart du temps la manière efficace dont tous se sauvent, pour autant que les enfants soient assez forts pour surmonter — ce qui les rend plus forts et les dispense de traîner une jeunesse onéreuse et stérile — les séquelles de telles épreuves ; n'ayant pas la sagesse de se contempler au-dessus d'eux-mêmes, les enfants se plaisent à réduire ces efforts parentaux à des injustices inspirées par la mauvaise foi, deviennent suspicieux et cyniques, et tendent à jeter le bébé avec l'eau du bain : tout reproche à eux adressé leur devient insupportable, tout l'héritage transmis leur devient fardeau poussiéreux. Amédée n'alla pas jusque-là, mais, déjà ébranlé par les révélations d'Édouard, il fut assez faible pour laisser, un temps, germer dans sa tête l'idée que, peut-être, la modernité pourrait avoir du bon, à tout le moins serait l'incoercible destin de la condition humaine ; que le catholicisme traditionaliste et l'esprit de la monarchie pourraient bien contenir des vieilleries de salauds attachés à leurs privilèges et de vieux cabotins en attente de justifier leur médiocre position sociale de déclassés. L'amour du prochain transcrit en termes d'exigence de justice sociale, la compassion à l'égard du tiers-monde, la confiance en la science et en ses pouvoirs d'organiser rationnellement le monde, le refus des conflits inhérents à la condition humaine, tout cela, qui s'opposait aux réflexes intellectuels de sa vie familiale, n'était-il pas assumé par l'Église faisant son *aggiornamento* ? Les membres de la Curie pourraient-ils tous ensemble être des crétins, ou des naïfs, ou des pervers infiltrés ? Il lui semblait nécessaire d'éprouver la valeur de l'hypothèse selon laquelle cette révolution libérait l'Église de ce que les progressistes nomment le dolorisme fataliste incapacitant des temps médiévaux que la réaction, bercée par l'image d'Épinal des preux chevaliers et des doux seigneurs, adorne par les soins d'une mémoire sélective. Peut-être y avait-il du vrai dans l'idée que cette Chrétienté « d'Orléans, de Beaugency, de Notre-Dame de Cléry » déchirait l'homme entre le Ciel et la terre et brisait la belle totalité de la cité antique. Il n'était donc peut-être pas absolument superflu de tenir compte, pour expliquer ce bouleversement, de l'hypocrisie de l'Église des deux derniers siècles unilatéralement solidaire des classes bourgeoises exploiteuses. Amédée n'osait embrasser tout ce qu'il pouvait y avoir d'excessif, voire de controuvé dans ces points de vue, mais il sentait qu'ils contenaient au moins une vérité captive en attente de son dévoilement. Lui qui se croyait, à l'époque, une vocation de scientifique, avait été charmé par l'impression de calme, de sérénité, d'assurance tranquille qui rayonnait sur les visages du personnel pédagogique et technique du Palais de la Découverte à Paris, où l'on faisait des expériences publiques de chimie et d'électricité ; on était là à toute distance de ces rencontres querelleuses gorgées de rancœur qui animaient les soirées entre catholiques et réactionnaires de tous les acabits, déclassés, ridicules, pessimistes, complaisamment amers, défaitistes, ne répandant que des flots de bile sur le monde. Amédée savait pourtant que sa complaisance à l'égard des mirages du monde moderne était au moins en partie dictée par son aversion pour son milieu familial, ses crispations, ses interdits, sa manie de communiquer l'obsession incapacitante du péché ; les grandes salles claires et aérées, où tout était rationnel, peuplées par des gens sereins qui trouvaient réponse profane à tout, qui réduisaient les angoisses métaphysiques à des questions de mauvaise hygiène, d'ignorance et de préjugés culpabilisants, le changeaient des atmosphères confinées des confessionnaux hantés par des prêtres qui puaient l'ail et sentaient fort des pieds. Quand il se comparait, lui et ses anciens condisciples de catéchisme, à l'insolente vitalité d'Édouard, il avait l'impression qu'au rebours des effets attendus, la vie surnaturelle, envisagée dans l'optique sulpicienne des zombies de son milieu, avait quelque chose de castrateur et de mortifère, et qu'à ce titre il ne pouvait pas s'agir de vrai surnaturel, à moins que tout l'ordre surnaturel ne fût un mensonge ; à moins encore — ce à quoi son souci de « bonne volonté », celle qui se fait annoncer en arrachant l'âme à elle-même, lui enjoignait d'adhérer — qu'il dût se reconnaître déjà assez dépravé pour oser faire de sa raison le juge de la vérité de sa foi.

Il saurait plus tard que cette séduction de la « science » et des « scientifiques » n'était, en son apparence de générosité philanthropique, que le masque grimaçant de la déification humaniste de l'homme, ainsi de l'esprit maçonnique. Mais il ne perdit jamais la foi de son enfance ; quand il s'égarait trop, cette foi, qui l'irritait tel un licol, le ramenait à la raison. Si, comme on ne cessait de le lui seriner au reste à bon droit, la vie surnaturelle soigne la nature en la surélevant, d'où vient qu'Édouard, fermé au surnaturel, à tout le moins ignorant responsable de son existence, indifférent à lui, soit si chanceux, si naturel, si spontanément doué pour les réussites en tous genres qui, de ce fait, s'en révèlent comme naturelles ?

Dans l'ingénuité agaçante et dérisoire de ce contentement de soi suscité par la découverte — qui lui montait à la tête — de ses petits talents, il était encore bien maladroit dans l'art de la dissimulation ; de même qu'un homme d'esprit n'est supporté qu'à proportion de son aptitude à ne jamais rire de ses propres saillies, de même un talent n'est admis et ne dispense de susciter l'animosité d'autrui qu'à proportion du pouvoir de son possesseur de celer le contentement qu'une telle possession lui cause. Par ailleurs, il sentait en lui-même s'agiter, comme toute personne un tant soit peu lucide, cette masse sombre et venimeuse, sporadiquement réveillée et incandescente, inextirpable et si difficilement sublimée, de désirs et de sentiments bas, qui prospère depuis sa naissance dans le cœur de chaque mortel. Il comprit aussi néanmoins qu'il gagnerait à discerner, dans ce qu'il éprouvait non sans honte en lui-même, quelque chose que les autres lui cachaient afin d'avoir barre sur lui. En même temps qu'il commençait à prendre à l'égard de lui-même cette distance qu'il prenait corrélativement à l'endroit du regard des autres, il se mit à penser que sa présomption était comme compensée par une fragilité affective qui le faisait souffrir mais en laquelle il voulut identifier une ruse de la Providence destinée à le rendre plus humble. Au reste, cette présomption fanfaronne avait été mise à mal par sa famille pendant toute son enfance et, sans cesser de s'exercer par cette famille, elle avait été relayée pendant son adolescence par les lazzis et provocations non toujours justifiés de ses pairs. Il lui avait été aussi donné, par un geste bienveillant de la Providence, de rencontrer meilleur que lui dans tous les domaines où il avait manifesté quelque facilité.

Aurore Lagorette, auguste veuve, était une espèce de Madame Verdurin qui eût été catholique militante, monarchiste et grande protectrice des prêtres qu'elle recevait chez elle en grand nombre. Elle habitait dans un immense appartement sis au milieu du « beau » 17ᵉ, non loin de la station Villiers, aussi malpropre et malodorant qu'il était meublé plus richement, quoique de manière fort disparate. Pétainiste et donc américanophile, germanophobe fanatique et fort attachée aux apparitions de Loublande, peu au fait des subtilités qui pouvaient opposer les maurrassiens aux légitimistes, elle tenait pour intangible que les meilleures huîtres de Paris étaient servies chez Lucas Carton, que la prose de Bergson dont elle n'avait pas lu une ligne était « très subversive », et qu'il était vain d'être généreux avec les travailleurs manuels puisqu'ils dépensent leurs sous au bistrot. Elle se plaisait à rappeler que ses très vieux carnets de bal contenaient les noms des frères Bardot, les grands-oncles de la Brigitte. Elle avait surpris en plein après-midi, un jour de semaine, son employée de maison très occupée avec un galant dans sa chambre de bonne ; ce n'est pas la « chose » même qui l'avait offusquée, c'est qu'elle eût pu se dérouler en plein jour. Évoquant ce drame horrifiant à l'oreille d'une amie pendant le déroulement d'un sermon qui les ennuyait, elle lui glissa : « Vous rendez-vous compte, chère amie, que le fruit de cette impureté sera un enfant intrinsèquement pervers ? » Sioniste et antigaulliste par haine du FLN, elle représentait le type achevé du national-catholicisme conjuguant mentalité louis-philipparde et nostalgie de la France de Jeanne d'Arc revisitée par l'esprit des temps du colonialisme triomphant. Quand elle ne recevait pas ses intimes dans sa ruelle, son salon était ouvert aux bavards compassés et flatteurs, et aux écornifleurs bien élevés.

Reçu avec ses parents dans ce sérail de la bien-pensance réactionnaire, Amédée s'y était ennuyé pendant toute son enfance, dînant, mal dans sa peau, à part des adultes dans un recoin de la cuisine avec d'autres petits enfants suffisants, hypocrites et bien élevés. Il est vrai que les couverts, dans cette digne maison, étaient en argent mais que la cuisine était infecte. Devenu grand adolescent, il rejoignit le cénacle des personnes sérieuses alourdies par l'âge, les repas trop copieux et la digestion de leurs espoirs fanés, c'est-à-dire les adultes qui le questionnaient de temps à autre pour montrer qu'ils avaient de l'esprit, sur ses études, ses condisciples, l'enseignement subversif de ses maîtres qui, avec leurs cheveux longs et leur dégaine de métèques, ne pouvaient pas ne pas être modernistes, marxistes, pédérastes et antimilitaristes. Devant Amédée qui croyait être en présence du beau monde, de la distinction, de la fleur de l'intelligence française, chacun y allait, tantôt désabusé tantôt scandalisé, de son petit jet de bile sur tel ou tel aspect de la vie moderne, ne concevant pas que les éléments constitutifs « de son temps », ou de sa jeunesse, eussent pu contenir en germe les horreurs présentes. En dépit — ou à cause — de sympathies pétainistes largement célébrées, on s'offusquait de concert de ce que tel contemporain déjà rare à l'époque, hérétique de l'antimodernisme, eût pu exprimer un avis positif sur la croisade des fascismes et même sur le Troisième Reich. Cet esprit prolétarien était jugé détestable, paganiste, immanentiste, bergsonien, panthéiste, hégélien, fils inavoué de l'ignoble Révolution jacobine, frère ennemi de l'effroyable communisme, populacier, antifrançais donc antichrétien. Et puis ce Bardèche dont on parlait à l'époque l'avait bien avoué : le fascisme est antibourgeois, et le FLN est une variante du fascisme, c'est tout dire… Certains, parmi ces bourgeois en peine de singer les aristocrates, mêlés à de petits aristocrates en peine de l'argent des bourgeois, avaient la coquetterie de dénoncer la responsabilité des anciennes classes dirigeantes dans l'avènement de ce monde décadent. Ils évoquaient alors l'abolition des privilèges de la Nuit du 4 août, se persuadant qu'on ne doit jamais douter de soi, remettre en cause ses privilèges, se rendre malade à force de souci de justice et de scrupules débilitants : prétendre à la perfection, c'est être un utopiste, c'est là même la quintessence de l'homme de gauche ; la grande sagesse est le consentement à une certaine forme de médiocrité terrestre, etc. Ce disant, ils se gardaient bien de rappeler que les aristocrates avaient plébiscité cette fameuse Nuit du 4 août parce qu'ils en avaient tiré de substantielles indemnités qui, par l'achat d'assignats, leur avaient permis de mettre la main sur nombre de biens nationaux, ce qui explique la prospérité des nombreuses vieilles familles oisives et parasitaires, arrogantes et incompétentes, jouisseuses et vénales sous des dehors grandiloquents, qui subsistent depuis plus de deux siècles dans les régimes démocratiques. La République est bien, sous ce rapport, bonne fille, Madelon rougeaude aux mamelles généreuses, un rien complexée sous ses airs effrontés, qui rend possible et explique trivialement cette alliance tératologique entre représentants inactuels d'un monde où la naissance l'emportait sur l'argent, et capitalistes en attente de s'acheter un nom qui les ferait accéder à la gloire de l'honorabilité. Des aristocrates décadents avaient troqué la dignité de leurs privilèges qui leur rappelaient des devoirs ancestraux qu'ils n'assumaient plus depuis longtemps, pour de l'argent ; des nobles embourgeoisés s'étaient faits bourgeois en se dispensant d'acquérir les vertus laborieuses de la bourgeoisie qu'ils affectaient de mépriser en ne conservant de leur condition ancienne que l'art de faire des grimaces avec élégance. Et évidemment toute prétention à reconstituer une aristocratie qui serait fondée sur le mérite guerrier, intellectuel et spirituel faisait se coaliser contre elle les aristocrates décavés et les bénéficiaires ploutocrates de l'égalitarisme, les Juifs et les fins de race. Tout cela, Amédée le comprendrait beaucoup plus tard.

Il fut un soir question du drapeau républicain, du courage des Poilus, de la férocité des Boches qui coupaient les mains des petits enfants, et du Sacré-Cœur. Cependant que personne ne lui avait donné la parole, Amédée crut bon, dans son désir naïf de faire l'intéressant, fier de ses fraîches lectures, de rappeler à la vertueuse assistance que le cardinal Billot, pourtant peu suspect de modernisme, tenait pour fallacieuses les révélations de Claire Ferchaud, et que même les demandes de sainte Marguerite-Marie Alacoque concernant la présence du Sacré-Cœur sur les étendards et armes de Louis XIV étaient sujettes à caution. Ennemi du Sillon et, moins ouvertement mais aussi fermement, de l'Action catholique, ce jésuite avait déposé son chapeau de cardinal entre les mains de Pie XI, après son inopportune condamnation de l'Action française. Il était hostile à l'idée de « France Nouvel Israël », « nouveau peuple élu », aux coquecigrues telle la Sainte Ampoule ; son ordre, propagateur de la dévotion au Sacré-Cœur, entendait bien ne pas la voir confisquée par des intérêts nationalistes à tournure judéomorphe, c'est-à-dire tout particulièrement par la France dont les élus du salon de Madame Lagorette se voulaient la pieuse et héroïque mémoire. « Nous ne sommes plus, enseignait-il avec vigueur, des Juifs de l'Ancien Testament. » Et l'idée de sanctifier — mais par là de cautionner — le drapeau aux trois couleurs de la Révolution jacobine lui semblait une « chimère ». Dans cette prétention à revendiquer, par la satisfaction de telles demandes supposées venir du Ciel, le pouvoir, le devoir et le droit assurés de triompher des ennemis de la France et de l'Église qui, bien entendu, ne serait pas sans la France, le cardinal dénonçait un millénarisme dont il savait bien que l'idée est d'origine juive. Indignée, l'assistance le fit taire sans ménagement, en lui opposant que l'abbé Émile Bougaud et le chanoine Crépin avaient observé que cent ans après le refus royal de souscrire aux demandes de la voyante, le tiers-état se proclamait Assemblée nationale constituante et enterrait la monarchie fondée par Clovis ; que Benoît XV était un pape boche et libéral ayant subi l'influence de Rampolla, etc. « Ah ça ! Mais ça discute, ça sait tout, ça s'oppose et ça ratiocine ! Les jeunes ont vraiment perdu tout sens des hiérarchies, toute idée du sacré. Vous manquez d'esprit surnaturel, jeune homme ! Apprenez à penser avant de parler. Quand on pense que ces morveux mirliflores sont français grâce à leurs pères qu'ils offensent aujourd'hui par leur propos séditieux ! Non mais, quelle suffisance ! Faquin, paltoquet, grand niais, mais vous êtes grotesque ! Vous ne savez pas ce qu'il peut y avoir de sacré, de théologique, de mystique dans la condition de Français... Et puis votre Billot, ne l'oubliez jamais, eût accepté l'idée d'apposer le Sacré-Cœur s'il s'était agi du drapeau de Charlemagne... Il était partisan de l'Empire, cet esprit de démesure qui préfigure la puissance politique universelle de Satan ! » Quand Amédée eut l'outrecuidance de leur rappeler que l'hostilité entre le Saint-Empire et le couple tant célébré de la France et de l'Église était fondée sur une méprise induite par une forfaiture ecclésiastique ; que Grégoire VII, dans son *Dictatus papae* de 1075, avait prétendu se subordonner le pouvoir politique de l'Empereur en se fondant sur le faux manifeste de la Donation de Constantin selon laquelle le César, transférant sa capitale à Constantinople, aurait placé tout l'Occident sous la domination politique de l'Église de Rome, ce fut un hourvari. Rouge de colère, Madame Lagorette, qui se piquait pourtant d'un savoir-vivre exquis — elle aimait faire son effet en évoquant les tenues « arachnéennes » des péronnelles impudiques —, lui intima de quitter la table et de vider les lieux. Un coup d'œil jeté sur ses parents terrorisés lui fit comprendre qu'ils ne le soutiendraient pas. Ils redoutaient par-dessus toute chose d'être eux aussi congédiés, parce que plus personne de ce milieu n'eût ensuite consenti à les recevoir, ce qui leur aurait ôté les dernières raisons qu'ils avaient encore de se donner une forme d'importance et d'honorabilité sociales ; ils n'étaient que des parvenus de l'esprit de la Tradition catholique en laquelle ils croyaient discerner les derniers rayons de l'élégance aristocratique française ; le pire est qu'ils n'avaient peut-être pas tout à fait tort, de sorte que leur admission dans le deuxième cercle, vieux bourgeois, des « vieilles familles enracinées jadis illustres », les honorait sans mesure, au point que leur exclusion eût été vécue par eux comme une déchéance. Ils laissèrent silencieusement leur grand garçon meurtri et honteusement mouché quitter la salle après un bref salut auquel personne ne répondit, et prirent par la suite, pour se faire supporter, l'attitude navrée de parents affligés par des enfants indignes. « Que voulez-vous, nous ne sommes pas de taille à rivaliser avec l'influence d'un monde pourri. » « Mais sachez qu'il en est ainsi dans presque toutes les familles, il y a toujours un mouton noir », leur disait-on pour les réconforter, leur signifiant ainsi qu'ils faisaient encore partie du cénacle.

XV

À partir de ce moment, Amédée se sentit de plus en plus mal dans ce qui lui tenait lieu de foyer. Il attendait des compliments, à tout le moins des encouragements pour la manifestation de sa précocité intellectuelle ; il avait reçu une de ces corrections humiliantes dont on se souvient toute sa vie. Ses parents et Philibert sortirent désormais sans lui, le laissant avec leur voisine chargée de surveiller les jumelles encore petites. Philibert comprenait que quelque chose s'était passé, qui serait susceptible de changer sans retour le cours de son destin. Lui qui n'avait cessé de faire le pitre capricieux, le nonchalant toujours à la traîne, se plia aux exigences de l'enfant sage et soumis, affectueux et reconnaissant, porteur des espoirs de ses père et mère éminemment déçus par les frasques du grand frère désormais destiné à endosser la défroque du vilain petit canard.

C'est à cette époque qu'Amédée, qui n'avait pas encore pris ces mauvaises habitudes de traînard, de solitaire en goguette en mal de chaleur humaine, qui croyait encore aux vertus de la vie réglée par une discipline apaisante, connut sa première souffrance amoureuse.

Il avait depuis sa plus tendre enfance, comme tout le monde, constaté qu'un désir aussi soudain que trouble de « faire le beau » s'emparait de lui chaque fois qu'il était en présence du beau sexe, des jolies petites filles de son âge, puis des adolescentes délurées et bientôt des gracieuses dames, et les poussées de sève propres à l'adolescence lui firent rapidement comprendre que ce désir étrange porteur d'aspirations au sublime était inextricablement mêlé au sordide de la mécanique physiologique et de la vulgarité honteuse. Cette expérience de l'amour sexué chez les jeunes gens a ceci d'éminemment dangereux, que la révélation de son infrangible liaison au corps et à ses exigences aussi grossières et prosaïques que celles de la digestion, de la sustentation et de la défécation, en vient à frapper de suspicion la valeur du sentiment amoureux lui-même, à suggérer que cet élan divin serait réductible à une affaire de glandes. Un premier amour est la révélation d'une puissance d'aimer qui submerge et ravit, qui excède, par son ébranlement formidable, toute mesure de la puissance d'aimer dont on se croyait dépositaire, qui fait se rassembler en elle-même cette puissance d'aimer afin de la focaliser sur un seul objet, de sorte que toutes les affections antérieures en sont comme mystérieusement pompées au profit exclusif de ce dernier. Tous ces gens pour lesquels, quelque dérèglement qu'il y eût dans sa vie familiale, il se croyait avoir de l'affection — parents, grands-parents, amis, frère et sœurs — devenaient infiniment lointains, perdus dans une brume indistincte, dérisoires, étrangers. La première femme aimée, la plupart du temps insignifiante, est comme le catalyseur du désir de Dieu, infini, inconditionnel, mais d'un désir qui s'ignore et ainsi méconnaît sa véritable origine qui est en même temps son objet. Quand germe l'hypothèse que ce sentiment ravageur pourrait n'être que l'épiphénomène d'une mécanique trivialement physique, c'est sur les biens spirituels les plus précieux que porte l'ombre du discrédit. Le jeune homme ou la jeune femme (car ce processus vaut aussi pour les femmes, même si leur affectivité laisse moins que chez les hommes de latitude et d'autonomie au déterminisme de la chair) en vient ainsi, désenchanté, à voir vaciller ce qu'il tenait pour le plus sublime, et c'est dans le scepticisme, dans le cynisme qu'il consomme son désespoir, contemplant avec une joie mauvaise l'engloutissement dans un néant sans fond de ses valeurs les plus hautes.

La raison du caractère périlleux de l'expérience amoureuse n'est pas dans la liaison du sublime du sentiment et du trivialement prosaïque de la chair, ou plutôt cette liaison est l'expression du conflit entre l'amour et l'amour d'aimer, lequel, déconnecté du premier, est un égoïsme larvé qui invite à ne tendre que vers des biens que l'on rapporte à soi, c'est-à-dire à des biens matériels. Que l'amour puisse se prendre pour objet révèle qu'il est potentiellement infini et ne se peut satisfaire que d'un Bien absolu. Mais le bien qui le suscite et l'éveille à lui-même est toujours fini, quelque ravissant qu'il soit. L'amour d'aimer se révèle ainsi plus puissant que l'amour extatique terrestre ; mais un tel amour réflexif ne sait pas — ou plutôt ne veut pas savoir — qu'il n'a vocation à revenir sur lui-même que pour s'élancer de nouveau vers un bien plus parfait, en s'arrachant à celui qui l'avait suscité, et qui le fascine en sa nouveauté radicale. C'est alors que l'amour s'embourbe en lui-même, se refuse à cet arrachement, déifie son objet fini qu'il pare de toutes les grâces et de toutes les vertus. Quand un tel objet d'amour a révélé son insignifiance, l'amour d'aimer, non ordonné à l'absolu, devient fin. L'amour humain en sa version charnelle est mortifère parce qu'il est une espèce de confiscation du désir de Dieu au profit de la célébration de l'amour d'aimer, ainsi de l'amour masqué de soi-même. Et ce détournement se solde par une émancipation avilissante du désir physique de jouir. Il importe de ne pas confondre l'égoïsme et le subjectivisme, le premier n'étant qu'une variante édulcorée du second. Le matérialisme n'est pas l'effet d'une âme égoïste qui, égoïste parce qu'elle est orgueilleuse, refuse de sacrifier les biens du corps — qui la sollicitent immédiatement — à ceux, médiats, de l'âme ; un tel travers, commun, ne permet pas d'aller très loin dans le mal. Le matérialisme est le résultat du choix — tel est le fondement du subjectivisme — de préférer l'amour de son amour à l'objet de cet amour, préférence qui induit logiquement le choix des biens matériels en tant que ces derniers sont les seuls que l'on puisse aimer en les rapportant à soi ; c'est alors seulement que l'égoïsme trivial prend la forme dogmatique du matérialisme consumériste. Le matérialisme n'est pas le refus de l'ascèse du corps, il n'est refus de cette ascèse que parce qu'il est le refus de l'ascèse de l'âme, lequel fait sombrer le moi dans l'indifférencié réitératif des pulsions du corps. C'est pourquoi la complaisance romantique, apanage de toutes les vies adolescentes, n'est jamais innocente : si l'âme était fixée, d'emblée, dans la recherche d'un Bien absolu, elle préviendrait cette propension ruineuse à préférer l'amour d'aimer à l'amour même. Amédée avait reçu avec une complaisance coupable — il la savait telle — la projection sur sa personne de cette vanité bien intentionnée qu'éprouvaient pour eux-mêmes d'abord et en lui ses parents ; puis il avait été brutalement rabaissé de ce piédestal illusoire sur lequel il était parvenu à se maintenir nonobstant les quolibets de son frère, de ses sœurs, de divers maîtres et de ses condisciples. Il se sentait faible et sali, d'autant que les assauts de la luxure ne l'épargnaient pas plus que les autres et le ramenaient à la loi commune de la misère humaine. Quand il se fut laissé investir par cet amour et soulevé au-dessus de lui-même par une force qu'il se sentait exercer mais qui venait de plus loin que lui, il se crut fort et pur, et éminemment riche, transporté par une énergie à la fois non humaine, à la fois expressive de ce qu'il peut y avoir, croyait-il, de meilleur en l'homme. Tout — fors le précieux secret de son exaltation intérieure — de sa vie passée et présente, même les choses les plus graves, lui paraissait ridiculement petit et désespérément fade. Il savait bien que cette merveille d'énergie en fusion qui palpitait en lui n'était pas sans rapport avec la chair, mais son ventre était froid, soumis, comme subjugué par le dévoilement de la nature spirituelle de l'amour dont le ventre n'est, en droit, que l'instrument indocile. Autant dire qu'il ne fit guère d'efforts pour se soustraire à ce joug si doux et si vénéneux.

Amédée avait désormais l'apparence d'un homme, il atteignait l'âge des seize ans, portait un petit collier poussif — au vrai un duvet bouclé — pour accuser sa virilité juvénile et tenter désespérément de se vieillir. Il s'éprit d'une jeune personne élève en classe préparatoire, qui n'avait que trois ans de plus que lui mais, à cette époque de la vie, trois années valent dix ans de vie mûre. Comme on pouvait s'y attendre, sa timidité l'empêcha de l'aborder. Elle était petite, gracieuse, avait des yeux noirs pétillants, portait de longs cheveux d'un noir de jais.

En l'épiant régulièrement, il parvint à identifier son Vélosolex
sur lequel était apposée une plaque d'aluminium précisant le
nom et l'adresse de sa propriétaire : Aurore Martin, square
Arago. Il ne lui fallait pas beaucoup de temps pour rejoindre,
de la rue Saint-Antoine, la rue du cardinal Lemoine qui, de la
place de la Contrescarpe, le menait par la rue Mouffetard au
départ du boulevard Arago. C'est à cette époque qu'il passa
outre à l'interdiction d'assister à des concerts profanes dans un
lieu sacré, et qu'il prit l'habitude passionnée de s'enivrer de
musique baroque dans l'église Saint-Médard dont les mânes
des convulsionnaires ne hantaient plus depuis longtemps le
petit jardin qui l'entourait. Tout était prétexte à faire ce chemin
à pied, par tous les temps. Il célébrait son amour en le projetant
sur tout ce qui entretenait, à l'égard de son objet, la moindre
relation. Il ne se lassait pas d'observer avec tendresse les commerçants criards de la rue Mouffetard auxquels il trouvait,
attendri, toutes les vertus du pittoresque, se découvrait une
curiosité inattendue pour ce François Arago, républicain,
polytechnicien et précurseur involontaire de la théorie de la
Relativité. Il alla jusqu'à tenter de se lier d'amitié avec la concierge de l'immeuble de sa bien-aimée, une Portugaise affairée
qu'il dérangea fort et qui le lui fit savoir, occupant avec ses
mioches une loge sombre et crasseuse qui sentait la friture de
poisson. Aurore ne savait rien de cette flamme, jusqu'à ce qu'il
se risquât à lui écrire une lettre ampoulée chargée de toutes les
mièvreries du genre, signée, autant par peur de s'engager que
par la crainte obscure du ridicule, de ses seules initiales. La
concierge ayant fait connaître à la jeune fille les visites du
grand dadais casse-pied et envahissant, cette dernière fut intri-
guée, amusée et bientôt inquiète : il ne pouvait pas s'agir d'un
de ses condisciples chevelus et arrogants qui n'eussent certainement pas, en ces temps de libération naissante des mœurs,
manifesté leur flamme par des moyens épistolaires. Un soir
qu'elle passait chercher son courrier à la loge, il eut juste le
temps de se réfugier dans la chambre des enfants, mais la mère
fit part de sa présence à la petite demoiselle qui le forlança gentiment dans son recoin sombre, ridicule et tremblant, amuï,

débordé par son émotion, incapable de se donner une contenance, enfin réfugié dans une pose ombrageuse. Elle mit rapidement les points sur les i, lui faisant comprendre qu'il perdait son temps, partagée entre le souci de se débarrasser d'un importun et celui de ne pas le froisser trop violemment. C'était la première fois qu'il lui parlait, et ce serait la dernière, mais il garderait d'elle le souvenir d'une personne honnête, dénuée de méchanceté, étrangère à toute perfidie ; il osa se dire plus tard qu'elle avait été touchée par une telle passion, comme une femme peut l'être en face d'un enfant malheureux ; il lui sut gré de ne lui avoir pas menti. Il repartit décomposé, conscient de ce que son rêve s'écroulait, retombant de très haut dans le marais gluant de la vie ordinaire, ne sachant que faire de cette exaltation dévorante désormais stérile. Les rues de Paris, de la Bastille au Châtelet, du Jardin des plantes à l'avenue des Gobelins, redevenaient bruyantes, la faune interlope antipathique et pressée ; les passants étaient redevenus des gens ordinaires, anonymes et indifférents ; ils avaient perdu l'aura de bienveillance et de mystère dont sa passion les avait parés en faisant d'eux ses témoins complices. Il conserva néanmoins les poèmes qu'elle lui avait inspirés, les nouvelles qu'il avait écrites après cette morsure amoureuse, mais aussi celles qu'il avait rédigées en secret avant elle, comme s'il avait eu le pressentiment de l'imminence de ce coup de foudre ravageur.

Son comportement triste et défiant mit vite la puce à l'oreille d'Édouard qui, tristement vulgaire et grinçant, lui exposa que c'était une « affaire de couilles », laquelle se traite avec une énergie clinique : ses relations déjà douteuses, son culot, son entregent lui avaient fait connaître peu de temps avant (bien qu'il se vantât d'habitudes anciennes) divers chasseurs et un portier de nuit sévissant dans un hôtel de la rue du Mont-Thabor, non loin de la Madeleine, lequel était de mèche avec des filles publiques assez bien mises et point trop outrageusement maquillées, vénales évidemment mais amusées par la perspective de déniaiser un jouvenceau plus comestible que les barbons vicieux qu'elles traitaient habituellement. Accompagné d'Édouard, Amédée connut ainsi un soir, alors qu'il était supposé assister à un concert, les mystères de la nature considérée dans la dimension de sa déchéance la plus obvie. Il avait compris que, à défaut de sainteté et de courage, le cynisme pourrait le soigner de sa mélancolie ; il fallait, pour désamorcer sa prise, salir cet amour trop pur, trop riche de promesses non tenues de communion et d'élévation spirituelles. Il se complut dans la fange ordinaire des amours tarifées, au prix d'un grand nombre de privations alimentaires afin d'équilibrer un budget fort restreint. Ce triste recours eut l'heur de le rendre moins timide, désabusé, conscient de ses salissures, et de plus en plus happé par un souci d'indépendance pécuniaire lui rendant appétible la vie laborieuse des salariés, au détriment de ses espérances intellectuelles et de ses aspirations spirituelles. Confondant maturité et esprit de combine, réalisme et grossièreté, il se laissa marquer par les appétits des noceurs. La propension à tomber amoureux à tout bout de champ le rendait toujours presque aussi vulnérable, mais il avait appris à déjouer les apparences de grandeur spirituelle qui s'attachent à l'amour destiné à se consommer en union charnelle. En retour, il fit l'expérience désenchantée de ce qu'enseigne Marc Aurèle, à savoir que l'amour tant célébré, ses fièvres incandescentes annonciatrices de révélations sublimes et de célébrations sacrées, se résout en dernier ressort en trois choses : après beaucoup d'échauffements imaginatifs, de bruit et d'angoisses, quelques soubresauts, un spasme, une morve.

XVI

Ce tournant accompli dans sa vie affective ne fut pas sans répercussions sur ses études. C'en était fini des scrupules quand un devoir n'était pas rendu, quand une leçon était mal apprise, quand une séance d'entraînement était annulée. Quant à la discipline exigeante de la pratique du piano, il la laissa tomber brutalement, se persuadant qu'il serait vain de s'épuiser à poursuivre un art dont il ne ferait pas son métier. Les résultats ne se firent pas attendre.

Tout d'abord, le labeur scolaire lui parut de moins en moins supportable, la machine bien réglée faite d'habitudes efficaces se détraqua, ses résultats scolaires devinrent franchement médiocres. Se traînant péniblement jusqu'en classe de première, il lui fallut subir l'affront d'un redoublement au terme duquel il ne fut admis en classe terminale que de justesse. L'espoir sportif qu'il était devint un « *has been* » avant même d'avoir été vraiment, ce qui le disposa à abandonner la lutte gréco-romaine pour longtemps en feignant de la mépriser. En troisième lieu, il déchut, dans sa famille, de son piédestal de garçon doué, lequel avait été jusque-là le moyen de conserver une relative autorité pour repousser les actes de malveillance et de mépris de son frère et de ses sœurs.

Sa mère : « Je t'avais bien dit, Guillaume, que ce garçon est une mauvaise graine. Regarde-le, avec ses grosses pattes pleines de doigts, son regard fourbe et malsain, sa face de grand niguedouille franc comme un âne qui recule... Il se révèle tel qu'en lui-même, menteur, dissimulateur, obscène, grossier, sans honneur, tourné naturellement vers l'abject, incapable de grandeur. J'ai toujours senti, par toutes mes fibres, qu'il y avait quelque chose d'ignoble en lui. Tu l'as trop adulé, il nous décevra toujours, il est capable de mettre notre foyer sens dessus dessous, il faut faire quelque chose ; rien ne me sera épargné... Cela me sera compté en Paradis. » Et son père, qui n'avait pas prêté assez d'attention à Philibert confiné dans la chasse affective gardée de Rose, se mit à s'intéresser à son cadet en investissant en lui les espoirs qu'il avait jadis placés sur son aîné. Rose était de ces femmes qui ne consentent à obéir qu'à des supérieurs parfaits, à n'accorder leur admiration qu'à des héros exceptionnels. Elle reconnaissait dans les failles de son premier fils des tendances dont elle ne voulait pas se savoir porteuse, et elle les haïssait ostensiblement en lui, afin de se dispenser de les haïr en elle-même et de les juguler. Elle ne pouvait plus le supporter, trouvant qu'il prenait trop de place dans cette maison qu'elle s'efforçait, répétait-elle, à faire tourner tant bien que mal, elle pauvre femme qui s'était échinée pour une progéniture ingrate et décevante. Comme toutes les femmes que leur nature prédispose à aimer les hommes dominateurs mais qui sont insurgées contre le principe du magistère naturel de l'homme sur la femme, Rose était excédée par sa propre dépendance et faisait payer à son fils le prix de sa dissension intestine. Son féminisme ressortait ainsi avec virulence, mais masqué, après avoir été longtemps comprimé. « C'est lui le responsable de nos scènes conjugales, ce petit salaud va foutre en l'air notre vie de famille », renchérissait Guillaume tout heureux de venger sa déception en excipant d'arguments qui le disculpaient de ses propres manquements passés et présents. « Ce grand crétin sournois va pouvoir aller en terminale et poursuivre son manège à la fac, tisser les plus douteuses fréquentations, continuer à se foutre de nous sans vergogne. Non mais tu te rends compte du mal que tu nous fais ? Petit salaud, grosse loche, et orgueilleux avec ça, on ne peut rien lui dire, il faut qu'il réponde en plus. Vois combien tu fais souffrir ta mère, vois le mauvais exemple que tu donnes à ton frère. Tu ne mérites pas d'étudier, tais-toi, sale abruti au cœur sec. »

Dans une telle atmosphère, il fut décidé qu'Amédée travaillerait pendant ses vacances scolaires avant sa rentrée pour l'année du bac. « Qu'il se frotte un peu à la vraie vie, cette andouille qui mange comme quatre et qui rate tout ce qu'il entreprend. L'envie de traînasser lui passera vite quand il aura huit à dix heures de travail harassant dans les épaules. C'en sera fini de son cœur en écharpe, avachi sur son lit en train de contempler ses doigts de pied en éventail, à faire des poèmes — non mais, des poèmes ! — au lieu de préparer son avenir. » Il trouva sans peine un poste de commis débarrasseur au Pub Saint-Germain, rue de l'Ancienne-Comédie, se frottant à cette faune nocturne de vedettes de la chanson et de cinéma, accompagnées de leurs cours obséquieuses formées de femmes vénales et d'invertis frétillants. Quand, en dépit de son âge, il avait des horaires de nuit (douze heures), il observait quelques femmes soûles faire du tapage et pisser leur bière accroupies en braillant au milieu de la rue, entourées des derniers clients qui riaient en tenant des propos graveleux, convoitant de les

embarquer ensuite pour les saillir sous l'effet des pulsions libi-
dineuses du matin ; ce à quoi ils parvenaient sans grande peine,
comme des chasseurs malchanceux ramassant des charognes
à défaut d'avoir su abattre du gibier vivant et frais. Parce que
les parents d'Amédée, suivis de leurs autres enfants, étaient
partis en vacances et, cultivant une atmosphère de suspicion,
avaient décidé de ne point lui laisser les clés de leur appartement (« il est capable de faire la nouba ici, de nous amener des
créatures »), il avait pris une petite chambre sordide et romantique, ou plutôt romanesque, dans un hôtel de la rue Montorgueil, non loin des Halles dont on avait déjà démonté les
pavillons Baltard. Les occupants de ce lieu singulier attei-
gnaient un degré de misère morale et physique tel qu'on avait
l'impression d'être emporté dans un de ces mondes décrits par
Émile Gaboriau, Eugène Sue ou Zola, ce qui fouettait l'imagination et faisait supporter les effets de l'insalubrité du lieu.
Tout le monde, dans cet antre envahi par les cafards, était franchement alcoolique chronique, et ces gens se supportaient tant
bien que mal, n'éprouvant pas de honte à afficher leurs vices
qu'ils savaient partagés. On y buvait presque exclusivement de
la bière et du gros rouge, parfois du pastis. Chacun dans sa
chambre avait droit de cuisine, de sorte que l'atmosphère déjà
saturée d'odeurs de crasse et de toilettes bouchées était parcou-
rue d'effluves puissants d'huile surchauffée. Les crises de deli-
rium tremens n'étaient pas rares, les histoires d'amour écœu-
rantes non plus, faisant se conjuguer le foutre et l'alcool dans
la célébration de l'époque révolue des Halles en activité, et de
souvenirs enjolivés par la nostalgie de jeunesses mortes. Des
querelles d'ivrognes se déroulaient dans les couloirs, assour-
dies par la puissance des transistors et des rares écrans de télé-
visions que tous tenaient allumés sans guère les écouter ni les
regarder. C'était des travestis, des employés de ménage opérant de nuit dans de grands bureaux, beaucoup de vieux soldats rescapés des guerres coloniales, des ouvriers jadis compétents mais tombés dans la vinasse et assez désespérés pour en
être venus à vendre leurs outils ; l'un d'entre eux aimait à
raconter à qui voulait l'entendre qu'il avait installé des étagères

chez Jean-Paul Sartre ; un autre, l'œil égrillard, ancien plombier, expliquait qu'il avait été chargé naguère de déboucher les canalisations d'une institution parisienne de religieuses austères, et qu'il avait drainé des eaux fétides remplies de capotes anglaises. Les immeubles de Paris n'étaient pas à cette époque équipés de digicodes, de sorte que des clochards au reste mal supportés par les permanents de l'hôtel parvenaient parfois à passer une nuit entière recroquevillés dans les couloirs. Les hommes étaient souvent flanqués d'anciennes putains ravagées par le mauvais vin mais toujours outrageusement maquillées. Dans chaque chambre siégeait sur la table un grand bocal rempli de mégots que les occupants dépiautaient régulièrement pour former de nouvelles cigarettes à bas prix. Une ancienne infirmière militaire, qui parlait arabe et en tirait autorité, assurait la gérance de ce lieu, et tous lui vouaient une affection presque filiale, à elle qui n'avait jamais eu d'enfant mais qui prétendait en avoir eu dix-huit au gré de ses pérégrinations aventureuses.

Amédée se plut en ce lieu dont la déchéance presque paradigmatique le séduisit immédiatement, parce qu'elle était en syntonie avec ses états d'âme d'amoureux brisé et d'enfant rejeté par ce qu'il était, par position, tenu de considérer comme sa famille. Tacitement, il se laissa tenir pour un enfant de la gérante forte en gueule ; elle l'appelait « fils », il lui disait « maman » ; « oui, celui-là c'est bien mon fils, celui-là je l'ai bien chié », proclamait-elle, virulente, à qui mettait sa parole en doute. Il comprit qu'il n'était pas difficile de survivre quand on n'est pas trop exigeant, et que l'absence de regard accusateur, accompagnée d'un sentiment de liberté sans limite, bercé par les désirs bas que cette licence faisait naître, valait bien les plaisirs de la vie réglée. Quand le désir éduqué, devenu seconde nature, pour les objets nobles, est confronté à des déceptions insurmontables, l'appétit de vivre s'éclipse, et vient bientôt le désespoir insupportable, de sorte que la montée de désirs sordides et puissants, simples, envahissants, est vécue sur le mode de la reconnaissance ; ils retiennent l'âme au bord des précipices de la mort et l'aident à s'en écarter. La perspective du retour chez ses parents, en fin de période de vacances scolaires, parut si pénible à Amédée qu'il décida de ne pas rentrer. Il était trop faible pour avoir la force d'affronter la litanie des doléances et des jugements cruels qu'il lui eût fallu subir en retournant chez lui. Il prit ses quartiers rue Montorgueil, s'enveloppant de l'aura du poète maudit, se persuadant avec Flaubert que l'ignoble est le sublime d'en bas, et que la conversion dialectique d'un extrême dans son contraire, empruntant à la négation du Bien la puissance d'opérer glorieusement une négation de négation salvatrice, pourrait être acquise sans grand risque, et constituerait une resplendissante réhabilitation aussi bien morale que sociale. Sa famille ne s'émut guère de son silence, trop heureuse de pouvoir constater dans ce désaveu filial le bien-fondé de ses reproches parentaux. On savait qu'il n'était pas mort et qu'il errait, on tenait pour acquis qu'il n'y avait rien à faire, on se désintéressa progressivement de lui, on se mit à jouir sans se l'avouer d'une paix familiale jusqu'alors compromise depuis toujours, et désormais fondée sur le principe de l'exclusion de celui dont le regard navré rendait dérisoires, aux yeux de ceux qu'il observait, leurs séances d'autojustification et leurs lamentations.

Un bistrot du 11e arrondissement, tenu par une ancienne prostituée reconvertie dans la limonade et divers petits trafics, servait de bureau de placement pour une foule de marginaux, travailleurs occasionnels, nommés « ripeurs », qui prêtaient leurs bras aux petites entreprises de déménagement qui les sollicitaient régulièrement. On se présentait à sept heures du matin, on était payé cent francs par jour, nourri à dix heures, à midi et même le soir si le déménagement se prolongeait. Évidemment, on n'était pas déclaré. Trois journées de labeur suffisaient pour s'offrir pendant un mois un galetas dans un hôtel pouilleux. On pouvait travailler quand on voulait, flâner, faire des rencontres incongrues, s'enivrer de pittoresque, vivre au jour le jour, oublier tout, être porté par les exigences des plaisirs du moment, pourvu qu'on n'aspirât pas à l'honorabilité et qu'on sût ne pas s'inquiéter du lendemain. Amédée devint un habitué de cet endroit, jouant régulièrement au quatre-vingt-et-un, au billard électrique, s'inventant des personnages tous plus farfelus les uns que les autres. Il continuait à écrire des nouvelles. Quand il était en période fastueuse, il s'offrait des beuveries, avec des compagnons de passage, dans un restaurant russe aujourd'hui disparu de la rue du Cardinal Lemoine, du côté de la montagne Sainte-Geneviève opposé à celui de la rue Mouffetard, comme pour narguer et tenter d'enterrer son amour perdu qui continuait à vivre en son cœur déchiré, tendu par un tropisme véhément vers les Gobelins. On y servait du filet de bœuf Stroganov et des harengs accompagnés de tonnes de crème fraîche épaisse et de rondelles d'oignons crus, que l'on faisait passer avec des flots de vodka Krepkaya redoutable (elle « pesait » 57 degrés). Les mois passèrent, qui finirent par faire plusieurs années. Mais Paris est un village. On tombe toujours sur une connaissance que l'on aurait voulu éviter, un condisciple du lycée, ou de la salle de sport, ou du cours de piano, un ami des parents.

Philibert s'était mué en ce garçon studieux qu'il n'avait jamais été aussi longtemps que son aîné avait été présent. Il devint ainsi, s'identifiant à son personnage dont il se défaisait en secret sans y penser, ce jeune homme sage et pieux qu'il n'avait guère été, humble, reprenant le flambeau des certitudes de la famille, pendant que l'autre se perdait dans les excès, le désespoir, la recherche éperdue de l'abandon de la foi, le sentiment de sa propre déchéance. Manifestement, la roue tournait en faveur du petit chargé désormais des espérances de sa famille pour faire valoir en les actualisant les potentialités non développées de ses géniteurs. Les rares fois où Amédée rencontra son frère, dans l'arrière-salle de la cuisine d'un grand restaurant où il faisait la plonge, ce dernier l'observait d'un air d'abord compassé : « Tu en es là, mon pauvre, tu dois te ressaisir, ne te laisse pas couler, pense aux lumières de la foi, aux trésors de miséricorde de la sainte Église si maternelle, à nos parents éplorés. » Puis quand l'autre, abattu, semblait se ranger à ses conseils, il prenait un air narquois, puis bientôt doucereux et enfin sentencieux, dominateur et condescendant : « Tu n'étais pas fait pour les études, tu t'es surestimé, rends-toi à l'évidence, apprends un métier manuel, on s'en tire très bien avec cela, accepte ce pour quoi tu es fait, tu trouveras le repos. »

Amédée restait paralysé, se souvenant de son comportement passé de dominant naturel. Il retenait son désir de le rouer de coups par la conscience d'être en demeure de subir un juste retour de bâton providentiel. L'acédie, consécutive aux collapsus de l'espérance, n'était pas parvenue à exténuer en lui l'habitus de la culpabilité pour laquelle, tout en la haïssant, il nourrissait une certaine forme de tendresse, parce qu'il voulait saisir en elle une forme d'expiation dont il escomptait qu'en la plébiscitant il nourrirait son pouvoir d'espérer.

Amédée voyait de temps à autre ses anciens camarades poursuivre leurs études et le regarder de loin, comme une ancienne relation déchue, restée sur la grève d'un courant trop fort pour elle, qui l'y avait fait échouer. « Tu te souviens de ton arrogance passée, on pensera à toi plus tard pour t'offrir une soupe, tu nous referas le coup du génie méconnu, ça nous fera bien rire. Il est loin l'ingénieur que tu prétendais devenir *digittis in naso*. Bonne chance, l'aventurier flamboyant, tu peux toujours tenter une vocation de hippie, l'île de la Cité en est pleine. Mais change de tenue, tu ressembles à un gros bras des années cinquante qui sortirait de tôle. » Et Amédée souriait et riait jaune, feignant de prendre la chose à la légère, assurant que cette parenthèse n'aurait qu'un temps, qu'il n'était pas comme tout le monde, qu'il avait besoin d'expériences et qu'il prenait son élan pour gagner le concours de la compétition sociale. Il savait bien qu'il n'en était rien. Il avait beau se persuader qu'il n'avait rien perdu de sa vigueur physique et que trois mois d'entraînement lui suffiraient pour retrouver sa forme, aussitôt le souvenir des excès d'alcool lui revenait en mémoire et se rappelait à lui sous la forme d'un désir de boire, et il voyait les murailles carcérales de ses mauvaises habitudes monter chaque semaine un peu plus haut. Il avait beau se donner bonne conscience en continuant à s'imposer des lectures au gré de ses soucis métaphysiques eux-mêmes entretenus par ces crises de lucidité consécutives aux nuits ravageuses, il savait bien qu'il n'est d'étude que menée sous la férule de maîtres qui vous imposent ce dont vous ne voyez pas l'intérêt mais dont la fécondité est inestimable. Il se consolait en se disant que de toute façon la littérature, cette unique vraie science des replis de l'âme, n'est jamais étudiée que pour devenir enseignant, ce dont il ne voulait à aucun prix ; à moins que, se disait-il, l'on ne devienne soi-même écrivain. Alors il se mettait à nourrir l'espoir de le devenir un jour, en se persuadant que, dans cette perspective, ses excès présents, ses retards, seraient les jalons obligés à jamais non conventionnels d'un parcours atypique de futur créateur.

XVII

Certains, il est vrai, ne manifestaient pas à Amédée cette misérable joie mauvaise de le voir sombrer. Il lui arrivait encore de fréquenter sporadiquement des chapelles catholiques. Cela se produisait entre deux cuites et une visite chez les putains, une bagarre minable et une nuit chez les seules femmes qu'il fût capable de séduire, à savoir les grisettes idiotes, quelques jeunes femmes laides en instance de divorce et avides de caresses, mais aussi des femmes mûres et vicieuses, parfois variqueuses, en quête d'un gigolo monté comme un âne mais complaisant et aboulique ; son dégoût pour les simagrées de jeune fille dont elles osaient pimenter leurs appas fatigués était plus fort que la tentation de se faire entretenir. Il ne fréquentait jamais les grands offices aux horaires d'affluence mais, la piété n'ayant pas d'heure, il ne pouvait éviter tout le monde et tout le temps. D'anciennes relations mises au courant de ses frasques par les membres de sa famille, assez honnêtes pour pressentir que la manière dont on leur avait présenté les choses pouvait être tendancieuse, l'entreprenaient, de manière plus ou moins discrète mais sans méchanceté, lui faisant voir son effrayant futur s'il ne se décidait pas à redresser la barre. L'état normal — si l'on peut ainsi parler — de l'homme qui se laisse vivre, c'est la déchéance sans fond, lente ou rapide selon les cas ; lente s'il est protégé par le garde-fou d'une puissance financière l'habilitant à profiter des services de garde-malades écartant les écueils vers lesquels le guident naturellement ses errances ; assurément très prompte si l'individu est doté d'une nature riche et exigeante par là forte dans le mal de la vigueur même qui le destine au bien, et s'il est livré à lui-même sans garde-fou. Plutôt que de l'enfoncer en le clouant à ses propres responsabilités qu'il ne méconnaissait pas, ils lui faisaient observer, non sans cette pertinence qui les rendait crédibles, que sa vie actuelle n'était pas une mise entre parenthèses du temps réel, que c'était sa vraie vie qui passait, que sa vie se réduisait à cela, tout comme son être ; qu'il pouvait se réfugier dans son être en puissance aussi riche qu'il pourrait l'imaginer, ce dernier resterait essentiellement relatif aux actes qu'il ne posait pas ; que l'actualisation d'une puissance enrichit cette puissance, qu'un pouvoir-être se nourrit de la genèse de l'être dont il est le pouvoir ; que cette vie supposée hors du temps en tant qu'elle était vécue comme « ne devant durer qu'un temps », était mesurée par le temps réel qui égrène la vraie vie ; qu'il n'y a pas, au fond, de parenthèse dans la vie réelle comme s'il pouvait exister des moments qui ne comptent pas ; qu'en croyant ruser avec le temps il le dilapidait.

Mais ils tentaient aussi de le conseiller avec gravité, lui faisant valoir ses talents qu'il gâchait, se proposant même de servir de médiateurs entre lui et ses parents, l'invitant à méditer sur divers exemples de chutes irréversibles afin de le secouer. Il se doutait bien qu'ils pouvaient être mandatés par sa famille à laquelle ils présentaient les choses de manière diplomatique en édulcorant son animosité à son égard, comme ils les lui présentaient de manière non moins diplomatique en lui taisant la satisfaction rentrée et l'indignation ostentatoire de ses géniteurs à son endroit ; en d'autres termes ils mentaient aux deux partis pour la bonne cause :

 « Mes parents ne m'aiment pas, mon frère me hait et conspire contre moi depuis sa naissance, mes sœurs me moquent, je suis de trop pour tous.

— Mais non voyons ! Si vous saviez combien vous êtes aimé ! Vos parents se morfondent, votre petit frère se désole et vous regrette, il a besoin de vous ; vous pourriez être quelqu'un de très bien. »

Ces efforts maladroits farcis de bonnes intentions n'aboutissaient qu'à lui faire se tenir intérieurement le discours suivant :

« J'en ai assez que tout le monde veuille mon bien, se croie mieux placé que moi pour le définir, me mente par omission ou même de manière positive et prétendument dans mon intérêt, me traite en bon gros naïf et manipulable, en éternel mineur. Ils me vantent les mérites d'une vie ordinaire qu'ils qualifient d'honorable, mais je sais bien au fond de moi-même que je ne peux pas me satisfaire d'une vie ordinaire. Cela ne signifie pas que j'aurais la prétention d'être un aventurier. Au reste, les aventuriers n'existent plus en ce monde qui se rétrécit de jour en jour, sauf ceux que le système programme pour en assumer le rôle selon des procédures balisées : "Médecins du Monde", journalistes de grand reportage, et autres profils gratifiants… Autant dire : les prostitués de la démocratie universelle chargés de faire croire qu'elle rend possible l'exercice de vrais destins. Je sais qu'ils me prennent pour un monstre d'orgueil parce que je suis trop peu calculateur pour celer mes aspirations, et ils applaudissent à mes chutes qui ridiculisent mes prétentions. J'ai craqué à cause des tensions d'une famille qui, je le sais bien, en vaut une autre, et qui aurait pu être pire ; j'ai craqué parce que je suis tombé amoureux, parce que mon milieu intellectuel et religieux m'a fait savoir qu'il abhorrait les audacieux, qu'il repoussait ceux qui pensent et l'invitent à l'autocritique. Je connais un peu le monde maintenant, par le petit bout de la lorgnette des déclassés certes, mais ce n'est pas un mauvais site d'observation : les déclassés qui tombent de haut m'ont parlé des mirages des sphères dont ils ont été éjectés, ils m'ont montré que les dés étaient pipés ; que seule une réforme profonde, à laquelle s'opposent autant — sinon plus — les vieux connards conservateurs de mon camp que les maîtres modernistes de ce temps, pouvait mériter d'être tentée.

J'ai craqué parce que mes déboires — ceux seuls dont je sais être victime, et qui ne font pas de moi un martyr, pas même un homme particulièrement malchanceux — m'ont révélé, je le sais aujourd'hui, que j'avais toujours été incapable d'être un homme ordinaire, et que je préfère n'être rien mais en marge et libre, ainsi disponible, plutôt que d'être quelque chose en quoi je ne me reconnais pas. Oh, je sais : c'est là le délire misérable et affreusement commun de tous les ratés ; rien n'est plus commun, rien n'est plus médiocre que de ne consentir à vivre qu'en étant exceptionnel. Je précise donc : vivre obscur un destin commun dans une société organique où chacun est renvoyé au tout, et tous à la transcendance, c'est une chose contre laquelle je n'ai aucune raison de m'insurger ; mais vivre sans destin unique dans un monde qui renvoie chacun à lui-même parce qu'il a rompu avec l'idée même d'un bien commun, c'est au-dessus de mes forces : à moins de s'oublier dans la recherche du plaisir indéfiniment réitéré, ou de serrer les dents face aux tentations en attendant la mort libératrice, on est renvoyé comme malgré soi à la recherche d'une raison individuelle de vivre, et c'est là la prétention à avoir un destin, je n'y peux rien. Tout le monde le sait et personne n'en dit rien, parce que tout le monde a peur d'être tenu pour un paranoïaque, une créature insignifiante agitée par le délire de la présomption. Je suis un bon grand gros naïf qui se laisse brocarder parce que ma naïveté me fait avouer mes prétentions ; on me prend pour un fou parce que j'avoue que le roi est nu. Ces prétentions sont celles de tout le monde, mais les autres ne veulent pas le reconnaître parce qu'ils ont plus que moi peur du ridicule ; ils savent qu'ils n'ont pas l'étoffe de leurs ambitions secrètes, et ils envient ceux qui pour les nourrir osent croire qu'ils la possèdent ; pour se venger de leur médiocrité, ils essaient de m'interdire de quitter le destin commun, la piétaille qui se contente de survivre ; et pour me l'interdire, ils commencent par se foutre de moi pour m'humilier et me paralyser, puis ils jouent sur ma vanité en essayant d'exacerber une témérité qui me fait commettre des faux pas. C'est la stratégie des hommes de ressentiment. En dernier lieu ils me piétinent en se rengorgeant. »

En son âme obscure se mêlaient paradoxalement le sentiment aigu d'une injustice profonde, la conscience d'une présomption orgueilleuse appelant le châtiment, et l'impression d'avoir toujours été un naïf manipulé et consentant, velléitaire et incapable de s'affirmer.

Et puis ces bien-pensants bien intentionnés ne savaient pas qu'une liqueur de révolte théologique s'était progressivement emparée de lui.

« Que la chose soit congénitale, effet de ma nature blessée ratifiée par ma liberté tordue, ou bien qu'elle soit un produit de circonstances malveillantes dont je ne suis pas responsable, j'ai été fait comme ça : je suis un craintif pathologique ; il y a en moi une crainte de l'échec qui me fait me précipiter en lui pour cesser de le craindre, avant même que l'épreuve ne survienne afin de pouvoir me dispenser de reconnaître en mes carences le vrai responsable de ces défaites ; j'échoue en tout, même dans l'ignoble ; la preuve en est que je continue stupidement à rêver du grand amour, des délices de la vie pure et des joies de la bonne conscience. Je suis fait pour passer ma vie à rêver d'une autre vie, à vivre à côté de mes pompes. Quand bien même je m'efforce à regarder en moi le moins complaisamment possible, je suis littéralement incapable de discerner entre une crainte de l'échec fondée sur l'orgueil des velléitaires, et l'authentique scrupule moral dont je ne parviens pas à me dégager. J'ai peur de gens auxquels je pourrais casser la gueule parce que je me sais plus fort et plus grand qu'eux ; j'ai peur d'être réduit à quia par des parleurs sûrs d'eux-mêmes auxquels je sais pouvoir répondre parce que je me sais plus intelligent qu'eux ; pourquoi cela ? Aussitôt que je pense aux explications adlériennes de la névrose, s'impose à moi la pusillanimité de l'éternel pénitent assailli de scrupules : que suis-je pour exiger la considération et le respect d'autrui ? "Tu ne vas pas faire une crise d'amour-propre pour si peu, et pourtant les paroles blessantes font sur toi leur œuvre de destruction tel un acide insidieux agissant lentement ; et ensuite tu t'en veux de n'avoir rien dit. Tu sais bien qu'autrui ne respecte que la force et que cela est juste, qu'il n'est pas possible d'obtenir de la part d'autrui un acte de reconnaissance de soi, et même d'estime et d'amitié vraie, sans lui inspirer aussi une certaine dose de crainte qui impose le respect. Mais voilà, ta crainte est la plus forte ; s'agit-il de la crainte de n'être pas le plus fort, ou de la crainte de n'être pas dans ton droit et de commettre un péché, toi qui pourtant pèches brutalement, avec une détermination suicidaire à chaque instant de tes journées ? Des deux, quel est celui qui se contente de masquer l'autre ? Tu fais ensuite du chantage à Dieu : tu te vautres dans l'échec par désespoir, mais aussi par compensation ; tu commences par te dire qu'il est impossible de vivre sans jouir de rien, et que le vice est ce qui reste après que l'appétibilité de la vertu a été court-circuitée par le désespoir ; et puis tu en viens à assouvir une espèce de vengeance contre la Providence" : "Voyez ce que Vous m'avez laissé devenir, venez me chercher si je vaux quelque chose pour Vous." »

Un impératif moral qui se fait passer pour angélique, dispensé par des générations de chrétiens anémiés, torpille la volonté dans son appétit naturel — ainsi païen — de vindicte face à l'opprobre et à l'injustice : « Tu dois t'humilier, pardonner, t'effacer, t'offrir en victime, bénir tes agresseurs, choisir les destinées obscures ; la souffrance qui s'annonce est le signe infaillible de la sainteté de ton acte ; le sacrifice de ta nature annonce la victoire glorieuse de la surnature, tu seras sur-homme en te faisant sous-homme. Sache — mais pour l'oublier aussitôt qu'entrevu — que le sens inavoué et inavouable de ce décret est le suivant : enivre-toi du plaisir de voir tes ennemis accumuler des chardons sur leur tête, c'est eux-mêmes qu'ils abaissent en t'abaissant, et ils ne savent pas qu'ils t'élèvent en croyant t'abaisser ; telle est la ruse vengeresse de la vertu, le secret de la victoire des faibles ; sois faible, tu seras rusé ; cèle la force de la ruse, enveloppe ta faiblesse de candeur victimaire, et par ce pieux mensonge tu l'emporteras sur tes ennemis les plus forts ; et surtout, crois à ton mensonge, il n'en sera que plus efficace. » Un tel impératif torpille la volonté au point d'exiger son refoulement avant même qu'elle n'advienne à l'exercice conscient d'elle-même. Dans le même ordre d'idée : « Tu dois te persuader que ce qui est en train de t'arriver quand on essaie de t'abaisser, et que ta nature réprouve, est l'expression des décrets de la Providence, de sorte que vouloir équivaut à une révolte contre Dieu. » Dans la forme d'un habitus archaïque, un tel impératif hante la volonté, lui enjoint de cultiver le tic d'une insurrection contre soi-même pieusement maquillée en abnégation méritoire. Et ce processus rejaillit sur le jeu des passions.

L'état potentiel de la passion de crainte, mouvement de l'appétit irascible à l'égard d'un mal ardu absent mais tenu pour invincible, est aussi celui de l'audace, son contraire, parce que les contraires, qui s'excluent dans l'être en acte, s'identifient dans l'être en puissance. Et le scrupule pieux qui paralyse la volonté maintient la passion, en laquelle se médiatise naturellement le vouloir, dans son état potentiel, cependant que la volonté reste agitée par la velléité de se déterminer à mouvoir les passions ; elle en devient insupportable à elle-même et comme folle, rongeant son frein, s'épuisant à ne rien faire. Ainsi, le scrupule incapacitant est-il la racine de cette brisure du caractère, qui rend languide, laborieuse, incertaine d'elle-même la puissance d'agir, de riposte et de réaction en général. C'est ainsi que la volonté, prostrée, enjoint à la passion de séjourner en son être en puissance en lequel se confondent l'audace qui convoque la volonté et la crainte qui ratifie son sommeil, de sorte que la crainte l'emporte toujours sous l'injonction de l'impératif à saveur spécieusement évangélique, et que l'exigence d'humilité se fait complice de la lâcheté et de la pusillanimité. Puis, quand le moi se sent tellement honteux qu'il en devient insupportable à lui-même, il jette par-dessus bord, sans discernement, les vrais et faux préceptes évangéliques de douceur et de pardon, dans le but de se libérer de sa crainte incapacitante. L'orgueilleux peut redouter la défaite, qui crucifie la trop haute idée qu'il a de lui-même, au point de céder aux comportements lâches, mais l'épreuve vécue, humiliante, de cette lâcheté, le fait se ressaisir et affronter victorieusement l'obstacle, pour autant que cette épreuve ne soit pas parée des attributs illusoires de la vertu d'abnégation.

Les bien-pensants ne savaient pas dire cela à Amédée, parce qu'ils entendaient redresser ses travers par la promotion de l'impératif qui en lui les suscitait. Il aurait voulu pouvoir comprendre quelque chose qu'il éprouvait en lui-même telle une vérité libératrice, qui voulait percer tel un feu purificateur et demeurait à l'état latent de magma intérieur aussi inquiétant que puissant, mais qui n'eût pu venir au jour en accédant au concept que par l'aide de maîtres qui n'existaient pas. Il aurait dû se dire ceci :

« Ose vouloir, désire fortement, lâche-toi sans vergogne, ne redoute pas la violence du flot de la vie, même s'il charrie des immondices ; épouse tes passions d'abord, éprouve sans retenue la jubilation de les exercer, mais *ne triche pas*, va jusqu'au bout : ne te dérobe pas à l'appel du Bien qui les sous-tend, qui se préfigure et se profile dans les biens finis que tes passions convoitent, et fais-les ensuite seulement mesurer par le Terme, qui est aussi Origine, de cet appel absolu. Les femmes sont belles, ne fuis pas leur appétibilité ; les insolents appellent les claques, ne refoule pas le désir de les cogner. Ose laisser éclore le désir pour entrevoir son sens. Il y a une sagesse de l'appétit qui, seule, rend appétibles les décrets de la raison. L'ambition des choses terrestres est légitime, ne va pas l'exténuer ; mais comprends qu'elle est l'image de cette ambition sans mesure qu'est la déiformation de la béatitude, qui relativise tout en les mesurant, qui redresse, tout en les alimentant, les ambitions mondaines. Pour vivre bien, il faut commencer par vivre. *La ruse du diable est de faire passer pour prudence et modestie le refus du désir de Dieu, en excipant du fait que ce désir, éveillé à lui-même au contact des biens finis, prend le risque de s'embourber en eux.* Les païens sont des tricheurs, qui ne veulent pas aller jusqu'au bout de leur désir et refusent en dernier lieu, tout en se gargarisant d'ivresse dionysiaque, la radicalité d'un désir qui les mène au-delà d'eux-mêmes parce qu'il vient de plus loin qu'eux. Mais les chrétiens vertueux sont des menteurs, qui oblitèrent les vertus du désir et méconnaissent — le désir leur faisant peur — que la raison même vit du désir qu'elle chevauche, parce qu'en dernier ressort tout désir procède de la raison qui se risque en lui et à laquelle il ramène. En réduisant à la crainte de l'erreur leur désir de vérité, à l'effroi d'être vaincu par le mal leur appétit du bien, ils court-circuitent le désir, escomptant faire se retourner contre elle-même la déviation du désir par l'acte de le désamorcer : ils le font se crisper sur lui-même et se paralyser en se rongeant. »

Et les bonnes gens, navrés, incompris, un tantinet excédés sous des dehors de bonhomie patiente, s'en retournaient chez eux après avoir sermonné Amédée, assurés d'avoir bien agi et la conscience tranquille mais sans la garantie d'avoir été efficaces. « Nous avons semé la bonne parole, le reste ne nous appartient pas… » ; ce disant, ils ne doutaient pas un instant de la pertinence de leur démarche.

XVIII

Il était arrivé à Amédée, depuis qu'il vivait à vau-l'eau, d'être confronté en diverses occasions à des personnes vindicatives, mal élevées, offensantes, insolentes et injustes : des clients dans les bars où il avait remplacé ponctuellement un garçon de café ; des ouvriers sur des chantiers où il avait rempli une mission intérimaire de manœuvre ; des secrétaires constipées qui passaient, sur le saute-ruisseau occasionnel qu'il était, leurs humeurs échappées des tourments de leurs règles poussives.

La chose s'était produite de manière plus régulière depuis qu'il exerçait la fonction de « marqueur ». Un jeu de hasard, le « multicolore », inventé par Paul Painlevé, sévissait à Paris en diverses salles réservées à cet effet dans les académies de billard. Le jeu d'argent était censé financer la salle de billard, et il était toléré à ce titre ; en vérité la salle de billard était le prétexte à ouvrir une salle de jeu qui, en l'occurrence, ressemble à une roulette du pauvre, tel un « casino du peuple ». Un joueur pouvait théoriquement acheter la banque aux enchères et jouer contre la salle, moyennant un prélèvement fixe et faible sur les gains, qui entrait dans l'escarcelle de la salle de billard ; c'est lui qui était chargé de lancer la boule dans le plateau tournant, mais en fait celui qui achetait la banque était un employé officieux de la maison, surnommé « baron », de telle sorte que les responsables de cette association selon la loi de 1901, à but prétendument non lucratif, encaissaient des sommes considérables en faisant jouer non les clients entre eux mais la maison contre les clients. Ces établissements étaient rackettés dans une atmosphère bon enfant par des Corses caricaturaux, qu'on eût dit sortis d'un roman policier d'après-guerre, et la police des jeux visitait ces endroits chaque jour, recevant, dit-on, une enveloppe elle aussi. Interdite aux femmes à cette époque, la salle de jeux se remplissait presque dès son ouverture d'une faune qui transpirait le vice et la combine. On y rencontrait des Arabes souvent souteneurs ; beaucoup d'Asiatiques affluant du 13e arrondissement déjà passablement colonisé par eux, flambeurs compulsifs et criards ; des Juifs sépharades qui sévissaient dans le quartier du Sentier ; des Yougoslaves gros buveurs prompts à susciter des incidents violents ; des voyous plus discrets désireux de calmer leurs angoisses récurrentes ; des militaires en goguette qui se faisaient vite lessiver. Des garçons de café y perdaient régulièrement leur paie ; des retraités y faisaient fondre leurs allocations ; quelques avocats stipendiés par le milieu du banditisme y avaient leurs habitudes, tout comme un certain nombre de représentants de commerce particulièrement vomitifs, que leur passion de flamber — par une espèce de justice immanente — délestait des sommes gagnées par leurs boniments au détriment de gens crédules qu'ils avaient légalement spoliés ; on y croisait aussi quelques personnes honnêtes en mal d'émotions fortes et séduites par l'atmosphère de canaille qui y régnait ; les femmes attendaient au bar, tantôt excédées tantôt inquiètes et résignées ; certaines, moins tourmentées, tout comme quelques rares éphèbes malades, offraient leurs charmes défraîchis à de gros porcs venus de province tout étonnés de n'avoir pas été complètement dépouillés. L'endroit, enfumé, était bien entendu envahi d'indicateurs de police. C'est pourtant, à moyen terme, cette activité peu glorieuse, embrassée grâce aux mauvaises fréquentations qu'il avait tissées, qui, quoique propice à toutes les chutes, permettrait à Amédée, parce que régulière et lucrative, de se tirer de sa condition de marginal.

Les employés de jeu étaient pour la plupart alcooliques, vénaux, et eux-mêmes joueurs invétérés. Plutôt que de déposer tous leurs pourboires dans une caisse commune, comme le règlement intérieur les y invitait, ils en conservaient une partie afin de jouer eux-mêmes en s'acoquinant avec un client désargenté auquel ils laissaient une partie de leurs gains. Certains croupiers habiles, chargés de calculer et de distribuer les gains aux marqueurs censés les remettre aux gagnants, donnaient plus aux marqueurs que ce qu'ils annonçaient. Autant dire que l'atmosphère dans cette maison était faite de suspicion, de trahisons, de médisances et de haines recuites. Les barmen, envieux des gains des employés de jeu, faisaient office de mouches auprès de la direction. Les patrons, vieilles carcasses désabusées au passé judiciairement douteux, laissaient faire ces tripatouillages minables parce qu'ils y avaient intérêt. Les flics, les militaires, les prêtres, les putains et les vieux voyous, telles sont probablement les espèces d'hommes les plus psychologues. Les patrons savaient qu'une maison de ce genre doit absolument conjurer toute instauration de bonne entente entre les employés, à peine de voir s'instaurer entre ces derniers une efficace solidarité dangereuse pour les intérêts de la direction. Aussi favorisaient-ils ce climat délétère en tolérant les combines, en exacerbant les tensions entre la salle et le bar, en commettant divers actes d'injustice qui nourrissaient le ressentiment des uns et des autres. Amédée était honnête. Aussi était-il mal vu de tout le monde, même des patrons, à cause de sa probité même : « Il ne me vole pas, c'est donc une graine de gauchiste ; en voilà un qui va nous faire des emmerdements. »

Amédée s'y supporta par intérêt ; ses émoluments lui avaient permis assez vite de quitter la vie d'hôtel et de prendre un studio en location dans un quartier populaire à l'époque assez pittoresque, rue des Jeûneurs, dans le 2e arrondissement, non loin du métro Bonne Nouvelle. Il y retrouva des habitudes de solitude, de vie régulière, qui firent naître en lui, progressivement, le timide espoir de reprendre des études afin de ne pas sombrer sans retour dans sa condition de raté.

Ce qui l'avait frappé dans le caractère de ses collègues, qui tous menaient une vie de bâton de chaise, c'était la bassesse de leur âme : jalousie, vénalité, envie, mesquinerie, vanité, esprit capricieux de jouisseurs individualistes, facilité à se réjouir des malheurs d'autrui, prétention à ne voir personne de leur rang parvenir à quitter cet état objectivement minable et dégradant, même s'il leur offrait des satisfactions de vanité nombreuses. On avait compris qu'il n'était pas de même espèce qu'eux ; qu'il nourrissait sans le dire l'espoir indifférencié de se tirer de ce marigot. Certes, il avait rencontré des types humains plus abîmés qu'eux. Mais il s'agissait d'épaves tellement détruites qu'elles n'avaient plus guère de force même pour être méchantes. Et puis leur passé, douloureux pour la plupart d'entre elles, lourd de malchances et de drames dont elles n'étaient pas responsables, expliquait au moins en partie qu'elles eussent pu tomber aussi bas. Mais au multicolore il avait affaire à des gens normaux, si l'on peut ainsi parler, intégrés dans la société (fût-elle nocturne plus que diurne) ; ils avaient des enfants scolarisés, payaient leurs impôts, votaient, partaient en vacances, faisaient des projets familiaux, prétendaient satisfaire aux réquisits d'un certain « standing » social : coquetteries vestimentaires, automobiles, bijoux ; certains même faisaient du sport, pour entretenir leur ligne et leurs formes musculaires mises en valeur par des bronzages artificiels. Ces gens se comparaient, mesuraient tout à l'aune de leurs propres critères de consommateurs habitués à l'argent facile, traitaient d'égal à égal avec n'importe qui, se sentaient habilités à le faire pour avoir eu l'occasion de surprendre un homme de rang intellectuel supérieur au leur dans des circonstances humiliantes et grotesques. Tel professeur d'université, mordu par le démon du jeu, gagnait tant, c'est-à-dire pas plus qu'eux, voire souvent moins. Tel médecin honorable, qui jouait petitement, avait la faiblesse de fréquenter des salles obscures où l'on projetait des films pornographiques ; on ne voulait pas savoir qu'il s'agissait là peut-être de faiblesses misérables non ablatives, en ces mêmes hommes, de valeurs d'un autre ordre : « Il n'y a pas de grand homme pour son valet de chambre » ; mais non : « Tous les mêmes, ils ne valent pas mieux que nous, et en plus ils travaillent plus dur que nous, ils s'emmerdent avec des responsabilités dont nous parvenons intelligemment à nous dispenser ; nous sommes des "malins", toute spéculation désintéressée n'est que foutaise destinée à masquer, sous un statut d'aspirations spirituelles porteur d'honorabilité morale, les seules choses qui ont de la valeur dans la vie : ce qui se mange, ce qui se boit, ce qui se fait saillir et ce qui permet de se faire admirer en faisant saliver autrui. » Ainsi donc faisaient-ils sentir à Amédée qu'il était un prétentieux, et qu'il devrait se réjouir de finir comme eux, que son aspiration à les dépasser était le fait d'une fatuité doublée d'irénisme. Ces dispositions mauvaises à son égard, sa peur de finir par leur ressembler, jointes à son refus — induit par sa récente aisance pécuniaire — de retrouver les bas-fonds et la précarité, l'invitèrent donc à tenter de passer son baccalauréat.

Une autre raison plus générale l'animait.

L'envie, propre à l'humanité non blanche arrachée à ses racines et à sa culture, à l'égard de l'Européen, se retrouve dans une partie de la piétaille très largement majoritaire des gens ordinaires à l'égard du petit noyau des hommes de qualité ; le drame de la modernité tient dans le fait que cette partie en vient à s'identifier à la piétaille entière. L'envie est tristesse du bien d'autrui, et elle est directement opposée à la charité. Elle se donne les apparences de la justice en identifiant justice et égalité. Tous les hommes sont également hommes, donc ils sont des hommes égaux... L'envie n'est pas seulement la tendance à convoiter un bien que l'autre possède et que l'on ne possède pas. Elle consiste, dans l'envieux, à admirer malgré soi quelqu'un qui lui est supérieur et qu'il sait être tel, sur lequel l'envieux projette et par lequel il entend faire subir les effets de sa haine de soi. Par une telle projection, il se libère de cette haine, ou plutôt nourrit le sentiment de s'en libérer. Mais pour que cette projection soit possible, celui sur lequel elle s'opère doit commencer par être déconsidéré : ses qualités doivent contracter le statut d'apparences, l'idéal qu'il incarne doit perdre sa vertu d'être l'index et le principe de la réalité du réel. Il se trouve qu'il existe dans la mentalité des hommes médiocres ce tour d'esprit au reste bien français, latino-sémitique, qui consiste à tourner en dérision toute forme d'idéal au nom du réalisme, en se fondant sur les considérations suivantes à prétention démonstrative :

« Un tel (ou une telle) est beau, fort, grand, il travaille, il est honnête, courageux, loyal et sans détour. C'est trop beau, la perfection n'est pas de ce monde, il cache un vice. Et puis, supposé qu'il n'en cache pas, quelle naïveté ! Le naïf est un crétin. Les hommes bêtement intelligents, les courageux, les loyaux, les sages, ne l'emportent jamais sur les malins, les rusés, les flatteurs, les champions de la duplicité, tout comme les chênes qui sont abattus par ce à quoi résistent les roseaux, et c'est là un juste retour des choses. Les ingénieurs créatifs ne seraient rien sans les commerciaux, en particulier sans les représentants menteurs comme des arracheurs de dents, flatteurs et ignorants. Avec leurs vertus affichées, ces aspirants à l'idéal nous offensent, ils méritent une leçon. Une certaine forme de consentement au vice, à l'imparfait, rend souple et réaliste, capable d'adaptation, et un peu de complaisance pour le mensonge est nécessaire afin de rendre possibles les relations entre les humains qui sans lui ne se supporteraient pas ; le mensonge est aussi nécessaire pour rendre efficace l'intelligence brute, niaise en son goût pour la clarté, mais aussi en son pouvoir désenchantant de clarifier toute chose. Penser, c'est convertir le réel en idée, ce qui revient à ne retenir de lui, comme essence abstraite, que son idéal ; or son idéal-idéel, ce n'est pas lui, lequel ne prend sa consistance de réalité que par son poids de matière, de non-être, d'opacité confusionnelle, d'être en puissance, ainsi d'irrationnel et de mensonger. L'idéal n'est supportable que s'il est réduit à un idéal kantien, irréalisable, inaccessible, de la raison pure, à distance des choses et des hommes. Et puis il y a des choses qui doivent rester dans l'ombre pour que la vie soit supportable, un peu de tricherie est nécessaire pour rendre viable une société fondée sur le principe de la justice et de l'honnêteté, lesquelles deviennent implacables, étouffantes et sans humour quand on prétend les réaliser. »

Dans ce tour d'esprit qui se veut réaliste, où le médiocre l'emporte sur l'homme probe, où le difforme en vient à vaincre l'athlète, où le baratineur sans consistance passe avant les gens dotés d'authentiques qualités dans les entreprises de la séduction, on prétend célébrer la victoire de l'intelligence sur la force brute ; ce faisant, on proclame la supériorité de l'intelligence qui ne croit pas en elle-même et reste sceptique à l'égard d'elle-même sur l'intelligence qui se fait confiance. Mais dans toutes ces occasions supposées célébrer les victoires de l'esprit sur la matière, l'on se contente de cautionner sa propre bassesse revancharde. Laïcisée, sécularisée, « désurnaturalisée », la geste de David contre Goliath produit l'ignoble délectation de l'envieux, la dilection de voir le faible l'emporter sur le fort ; que le petit Méditerranéen, l'échappé de ghetto, le commerçant, le noiraud charmeur et astucieux, puisse l'emporter sur celui qui n'a que ses talents, telle une espèce de revanche de la perversité de la liberté sur la candide prétention organisatrice de la raison, c'est ce que d'aucuns osent nommer une victoire de la surnature sur l'injuste nature, et qui est en vérité l'insurrection servile des médiocres, la revanche des ratés, la vengeance du ressentiment. On peut voir dans la fin d'un monde l'écroulement d'un ordre imparfait dans lequel les forces résiduelles des énergies ayant présidé à son érection se rassemblent pour se remettre à construire un ordre nouveau plus parfait que le précédent ; on peut y voir aussi la victoire du désordre sur l'ordre, de la contingence sur la nécessité, de l'arbitraire sur le fondé, du fait sur le droit, du réalisme des envieux sur l'idéalisme des candides.

Dans la situation qui était sienne, Amédée aurait dû, selon un point de vue réaliste, ne pas rêver de s'élever, tenir pour utopique de se réhabiliter par ses efforts ; tout l'avait condamné : son tempérament de « pigeon » vulnérable, sa famille qui s'était réunifiée en l'excluant, ses défaites sentimentales, ses échecs sociaux en lesquels il avait voulu, résigné, ne reconnaître que la sanction providentielle méritée par ses vanités. Le spectacle de l'envie complexifiée en « réalisme », que lui donnaient ses collègues et ses employeurs, fouetta son indignation et sa convoitise pour la lutte. « Je vais peut-être me casser la gueule et ils vont bien rire, mais j'en prends le risque. »

Il se trouve qu'une école de quartier sise rue des Jeûneurs avait été choisie à l'époque par le rectorat pour qu'y fussent dispensés des cours du soir pour adultes de la Ville de Paris. Il eut le cran d'oser s'y inscrire, en candidat libre, et parvint, non sans peine au début, à assimiler le programme d'un bac série A (une série littéraire, la moins difficile), en un peu plus d'une année. Au vrai, il ne fréquenta guère cet établissement, à cause de ses horaires professionnels, mais sa vulnérabilité investie dans un grand corps déjà épaissi de garçon fatigué à peine tiré du désespoir eurent raison de la circonspection de ses maîtres peu satisfaits par ses absences, qui lui conseillèrent de bons livres, eurent la bonté de le recevoir chez eux de temps à autre pour faire le point et surtout l'encourager, l'inviter à tenir bon. Il se souviendrait longtemps de la joie enfantine qui s'empara de lui lorsque, un beau matin de juin, dans l'entrée du lycée Voltaire, près du Père-Lachaise, réquisitionné pour examens, il avait reçu d'une jeunette le papier attestant qu'il était admis avec mention « assez bien », sans qu'il lui fût nécessaire de passer des oraux. Tout redevenait possible, il n'était pas mort, la parenthèse se refermait peut-être. Il tira de ce petit succès plus de joie que lors de ses réussites universitaires postérieures : un sentiment de soulagement, une nouvelle naissance. Il éprouva une véritable délectation à prendre un expresso à la terrasse des cafés, plus volontiers dans le Quartier latin, solitaire, l'œil mi-clos, dans le soleil frais des matins de Paris, sans penser à rien, c'est-à-dire en laissant ses espérances réapprendre, dans leur confusion renaissante, à accéder à la pensée consciente. Il s'aperçut qu'il s'intéressait depuis son succès aux toits et aux derniers étages des grands immeubles, ceux qu'on n'observe jamais parce que le regard du piéton, tendu par les préoccupations de la vie qui grouille au sol, ne prend jamais le soin de s'élever au-dessus des soucis envahissants des journées laborieuses et utilitaires. Il apercevait là mille détails dont il n'avait jamais eu l'heur de soupçonner l'existence, et qui l'enchantaient. « Il y a des gens qui vivent là-haut, dont personne ne se soucie, des artistes au ventre vide, des poètes lunaires, des jeunes filles amoureuses, des aventuriers en attente de grand départ, des génies en herbe, des femmes divorcées qui pleurent en se piquant le nez, des voyous interdits de séjour qui se cachent et préparent un mauvais coup, des illuminés qui croient à l'existence des Martiens, des drogués qui crèvent d'une overdose, des vieux oubliés de leurs enfants qui attendent la mort, des prêtres défroqués cachant leur honte ; comme tout cela est émouvant ; la vie est adorable, tout est passionnant. »

Les gens dans la rue lui paraissaient moins antipathiques, moins quelconques ; même ses collègues lui semblèrent moins insupportables. Il voyait en eux désormais de pauvres gens, il les plaignait. Il s'étonnait d'avoir pu être sensible à leur animosité qui pourtant, objectivement, redoublait du fait même de son succès pourtant modeste. À ce sujet, il éprouvait un sentiment analogue à celui qui s'était parfois emparé de lui après que, s'étant emporté dans une grande colère contre des personnes à lui hostiles et qu'il se retenait d'écraser, qui l'avaient parfois profondément blessé, et que ses rugissements avaient effrayées, mais que ses paroles cruelles avaient aussi profondément blessées, il les avait vues soudainement changer de visage, exprimer la crainte, devenir plus humaines dans leurs figures défaites, lavées de leur aigreur par leur décomposition même qui les rendait pitoyables, c'est-à-dire aimables ; il se disait alors : je regrette, je les plains, ils sont aimables sous leurs dehors fielleux, un trésor d'humanité gît sous toute hommerie, j'en viens presque à souhaiter leur venir en aide, je pardonne toutes les offenses.

La complaisante satisfaction de soi-même, liée par une relation d'action réciproque aux mouvements de bienveillance à l'égard d'autrui, ne parvenait cependant pas à lui faire oublier le souvenir saignant de moments de sa vie passée, d'enfant ou de jeune homme, mais aussi de l'homme jeune qu'il était encore, au cours desquels il avait manqué de caractère, de courage, de ténacité, d'esprit de répartie, de fierté. L'image du bon gros que sa naïveté doublée de vanité rendait autiste reparaissait en lui pour le narguer, lui signifier qu'il était le même et qu'il ne s'en libérerait jamais, quelque effort qu'il fasse pour s'amender. Son cœur s'assombrissait alors, il redevenait amer, furieux contre lui-même et peu amène pour son prochain. Soit qu'il n'eût pas le courage d'en assumer l'entière responsabilité, soit qu'il pressentît confusément qu'il était plus innocent que ce que son remords lui en susurrait, il entrevoyait le besoin de chercher une explication rationnelle à ses faiblesses.

Il savait qu'il lui faudrait accomplir son service militaire avant que d'envisager de s'inscrire à une formation d'enseignement supérieur ; aussi fit-il savoir aux autorités compétentes qu'il était prêt à partir, non sans réserver sa place au multicolore lors de son retour un an après. Sa famille savait désormais ce qu'il faisait, parce qu'il avait repris langue avec son frère qui, chatouillé par les élans triviaux de l'adolescence, s'efforçait, sans renoncer à son statut d'enfant sage porteur des espoirs de la famille, mais dont les charges liées au rôle lui pesaient, à se faire dessaler par l'aîné. Ce dernier, ému par la confiance apparente que l'autre lui portait, touché par le climat de complicité qui semblait s'instaurer entre eux, rempli de cette magnanimité facile que lui octroyait la reprise de ses propres études et, avec elle, une poussée de confiance en soi et d'estime de soi-même, alla jusqu'à lui confier, avant son départ pour le 8e RPIMA, ce qui était encore pour lui un trésor : ses nouvelles manuscrites, ses réflexions intimes, ses poèmes.

XIX

Quand il se mit à tenter d'évaluer, de retour à Paris, les bienfaits et les maux de son année sous les drapeaux, le soldat Simplice, devenu sergent, put considérer qu'il n'avait pas, contre toute apparence, perdu son temps ; il put même s'avouer que cette expérience avait contribué à le réconcilier en partie avec le genre humain. Il lui fallut certes « faire avec » la grossièreté de la troupe, les plaisanteries salaces, l'humour scatologique, les pets et les rots tonitruants qui faisaient l'occasion de concours, le dégueulis des recrues pleines de bière, les tentatives d'intimidation des grandes gueules, le sadisme calculé des sous-officiers, les revues de casernement exaspérantes, les marches épuisantes, le formalisme du règlement, la focalisation de toute attention par des considérations de survie matérielle pendant des semaines entières, les gardes de nuit dans le froid et sous la pluie, une épidémie de gale, la vulgarité des trouffions hilares pissant dans les douches comme des chevaux, et autres douceurs classiques dans ce genre d'endroit. Mais il connut aussi la chance de se décrasser physiquement, la peur délicieuse de sauter en parachute (c'est le deuxième saut qui est angoissant), la fierté du dépassement de soi (« on va en chier »), une ambiance générale favorisant le culte de la virilité qui, même ostentatoire et forcé, même entretenu par des préjugés réducteurs, a quelque chose de réconfortant dans un monde démocratique à ce titre même porté à la féminisation ; on pouvait encore, à l'époque, traiter un lâche ou un fainéant de pédé, appeler un copain nègre en le nommant « beau blond » (ce qu'il prenait avec bonhomie, même les hommes de couleur se nommaient ainsi entre eux) ; quand on apprenait, en début d'année, à marcher au pas et à faire demi-tour, les chefs d'équipe pouvaient sans complexe déclarer : « Alors connards, faut vous y mettre, même les Nègres ils savent faire ça ! » Et personne ne se formalisait. Amédée connut aussi l'exemple de maints sous-officiers dévoués et compétents — dont certains, en petit nombre il est vrai, nullement susceptibles et en rien revendicateurs, étaient noirs comme du cirage — sachant donner l'exemple, croyant en leur mission éducative et morale, dotés d'assez d'autorité et de charisme pour instaurer un climat d'authentique camaraderie. Il connut les vertus thérapeutiques de l'obéissance, et fit l'expérience, pendant ses deux derniers mois, du pouvoir d'élévation de l'âme que procure le devoir de commander, la nécessité de donner l'exemple, de soutenir les indécis, de porter le poids de la responsabilité des hommes qui lui étaient confiés. Il lui fut donné d'éprouver la joie roborative et purifiante d'admirer certains hommes, c'est-à-dire cette espèce de mystique de la discipline, de l'effort et du mépris de la mort chez certains officiers entrés dans l'armée comme on entre en religion. Ces derniers appartenaient à l'armée avant d'appartenir à leur femme et à leurs enfants, à leur maîtresse, à l'Église même quand il leur restait un soupçon de foi. C'est au moment où il était invité à ne pas réfléchir qu'il se mit à penser, abandonnant les velléités littéraires pour la méditation philosophique, au point de se décider à s'inscrire en Sorbonne, section philosophie, dès son retour. Il avait compris que cette année clôturait une jeunesse honteuse, avortée et gâchée, et qu'il était temps de s'interroger une bonne fois sur l'essentiel, dût-il n'en avoir jamais fini avec les questions qu'il essayait de formuler la plupart du temps sans y parvenir, mais dont il éprouvait le poids lancinant sous son front. Il n'était pas rare qu'un officier invitât ses sous-off au restaurant et y laissât sa solde ; un tel engagé se serait senti humilié et indigne s'il avait pris la précaution de faire la moindre économie. Il vivait par et pour l'armée, il refusait de vivre d'elle. En manœuvre, officiers et sous-officiers mangeaient à la même table, et quelques conversations pouvaient se dérouler qui excédaient le domaine strictement militaire. Leur maladresse à évoquer les soucis de l'âme, leur manière même de les tourner en dérision, relevaient probablement plus de leur pudeur que d'une indigence conceptuelle. « Vous voulez faire de la philosophie, mon vieux ? Vous verrez comme c'est emmerdant. » Au vrai, ces échanges s'achevaient rituellement par la formule : « Simplice, prenez un coup de jaja et racontez-nous une histoire de cul ! » exprimée d'une voix nasale par des hommes manifestement issus de milieux très « vieille France », soldats par vocation, s'efforçant maladroitement à une vulgarité coquette supposée masquer leurs origines et les fondre dans la brutalité de la gent soldatesque. Ces gens n'aimaient pas penser ; non qu'ils fussent idiots, mais parce que penser revient à réfléchir, mettre en cause, chercher la raison ; or chercher la raison du dépassement de soi, du don de sa vie, du mépris de son avenir individuel, cela enlève quelque chose à ce que le don peut avoir d'inconditionnel puisque, aussi bien, chercher une raison équivaut à définir une condition. Et rendre un don conditionné revient à lui ôter la valeur d'absolu qui fait sa grandeur. « Vous réfléchissez trop, Simplice, vous allez laisser passer votre désir de vous engager ; l'armée est comme une femme ; elle aime se faire prendre, elle repousse les velléitaires ; réfléchir rend con. »

La vie militaire fut peut-être le seul état où il lui fut donné de n'être pas un homme menti.

Peu de temps avant la « quille », il fut morose, nostalgique de ce petit univers où il avait trouvé un certain équilibre, n'étant plus préoccupé par ce qu'il ferait de lui-même dès lors qu'il était intégré au service d'un tout dont il était l'organe, et qui était une espèce de raison d'être : servir est trouver sa voie, et trouver sa voie est se trouver, et se trouver revient à trouver le moyen de cesser de se prendre pour fin. Il éprouva un tel regret d'avoir à quitter cette condition qu'il fut près de solliciter son engagement pour « faire carrière ». Son capitaine de compagnie le courtisa, lui ménagea même un entretien avec le colonel. Puis il se rétracta : servir est libérateur, l'affaire est entendue, mais servir quoi ? Il devint réticent quand il comprit que ce don de soi, cette jouissance dans l'effort et l'épreuve du dépassement de soi contenaient, exercées dans le cadre de la vie militaire française du XXᵉ siècle, une forme d'égoïsme larvé celé par un choix délibéré de se rendre idiot. Les meilleurs d'entre eux, du simple soldat dégoûté par l'individualisme sévissant dans sa classe ouvrière au fils de famille généreux devenu officier désintéressé, tous sécrétaient ou aspiraient à sécréter de l'héroïsme comme un escargot fait sa bave, sans se soucier des effets objectifs de cette débauche d'abnégation glorieuse et gratifiante. Ils servaient la République, la Gueuse maçonnique et juive, l'esprit du subjectivisme devenu régime politique. C'est lui qu'ils méprisaient à bon droit, mais c'est lui aussi qu'ils servaient sans discernement. Ils disaient qu'ils servaient la patrie et non le régime, la France et non les politiciens. Certains d'entre eux, enhardis par quelques litres de « jaja », et hors de la caserne, allaient jusqu'à déclarer qu'ils pissaient à la raie de la République et que la démocratie est une foutaise ; que les opérations menées par la France républicaine eussent été menées par une France monarchiste, que la République n'était qu'un habit — dont elle se débarrasserait un jour comme d'une défroque honteuse de vieille catin grandiloquente — de la France irrévocable et sacrée, et que l'objection de la Gueuse, formulée par Amédée, n'était qu'un prétexte pour se dispenser de s'engager. « Vous êtes encore pris dans les rets de votre dialectique, Simplice, arrêtez de déconner. Si vous continuez à vous astiquer la cervelle comme ça, vous passerez votre vie à vous demander ce qu'il faut en faire. »

Il quitta seul son régiment un jour après la date de sa libération officielle, sans saluer personne, évitant ainsi le chambard causé par ses camarades hurlant sur le chemin qui menait à la gare : « Zéro ! Et on s'en fout d'attraper la vérole, "Tiens voilà la Coloniale", etc. » On l'oublia vite. Les soucis métaphysiques se faisaient en lui plus exigeants. Les officiers ne lui avaient pas menti, surtout sur son propre compte, mais peutêtre se mentaient-ils à eux-mêmes. Les nécessités de la guerre, c'est-à-dire la perspective — qui chasse les complaisances en dissipant maintes illusions d'optique — de la mort donnée et reçue, font que l'armée jouit du privilège de soustraire son mode de fonctionnement à la logique objective du fonctionnement des sociétés démocratiques : ce ne sont pas, dans la Grande Muette, les aigrefins, les menteurs, les flagorneurs, les démagogues, les ignobles manipulateurs d'argent qui l'emportent ; et les aspects pour le moins prosaïques de la nature

humaine n'y sont pas celés par la sinistre revendication de la
« dignité de la personne humaine ». Mais précisément parce
qu'elle est muette, bannissant le profil dangereux du soldat
idéologique, l'Armée se réfugie, irresponsable et honteuse,
dans le quiétisme cotonneux du « devoir », espèce d'impératif
catégorique la dispensant de se demander pourquoi elle combat, quelle cause politique elle défend. Sous ce rapport, l'Armée se dévoila en dernier ressort, aux yeux du soldat Simplice,
tel un refuge. La guerre, dans ce qu'elle a de terrifiant, n'est
pas en ce petit monde bien huilé qui finit sur les champs de
bataille dans le sang purificateur, elle est dans la cité qui n'en
finit pas de finir dans l'exacerbation des subjectivités hai-
neuses. La société démocratique est l'enfer de la lutte organisée de tous contre tous. Le souci de vérité l'emporta, chez
Amédée en mal de rédemption, sur le désir de quiétude intérieure.

Il avait dû résilier le bail de la rue des Jeûneurs, se trouvant
dans l'incapacité, faute de paie régulière pendant douze mois,
de régler ses loyers. Sa solde, honorable pour un appelé, n'y
aurait pas suffi. Il avait donc, trois jours avant son départ défi-
nitif de Castres, pris soin de réserver une chambre dans un petit
hôtel de la rue de La Michodière, de telle sorte qu'il pourrait
aller à pied au multicolore du boulevard des Capucines. Ses
anciens collègues n'avaient pas changé. Il retrouva les mêmes
dissensions sordides, les mêmes sentiments bas. Ces derniers
sont contagieux. Il sentit que quelque chose de déstabilisateur
devait se produire, qu'il se mit à attendre avec empressement,
pour l'empêcher de s'aligner sur l'abjection ordinaire de son
milieu professionnel, qui était devenu son milieu tout court.

Surtout, il se sentit plus seul que jamais, plus délaissé, plus
spolié de ses dernières espérances inconsciemment nourries.
Dans le train qui le ramenait de Castres à Paris, il avait lu une
lettre reçue une semaine avant à la caserne, qu'il avait négligée
dans le feu des préparations de son départ. Elle lui était adres-
sée par un ancien condisciple et confident de son frère avec
lequel ce dernier, incapable d'une quelconque fidélité en amitié, venait de se brouiller ; ce condisciple, qui manifestement

ne voulait plus de bien à Philibert, savait tous ses petits secrets honteux. Il apprenait à Amédée que Philibert, qui préparait son bachot, avait publié en le signant de son propre nom, dans une revue confidentielle, un recueil de nouvelles entrecoupées de courts poèmes, dont le grand frère était l'auteur, tout juste retouchées par les soins du cadet par là vite persuadé qu'il avait transfiguré une matière informe par son propre génie. On lui apprenait aussi que cette publication avait valu à Philibert de retenir l'attention d'une grande maison d'édition. Philibert s'apprêtait à prendre langue avec ces messieurs de l'édition ; une conférence de presse était même envisagée pour saluer la naissance du jeune prodige. Amédée fut terrassé. Il savait que quand un processus de ce genre est lancé, il est impossible de revenir en arrière, que la vérité ne peut plus jamais être établie, que la suspicion subsiste toujours. Il lui fallait non seulement renoncer à être jamais un écrivain, mais encore, s'il entendait ne pas mourir d'indignation impuissante, par là suffocante, procéder sur lui-même à l'ablation du pouvoir d'en être un, et du souvenir d'avoir pu en être un. « Le petit m'a volé mon privilège d'aîné en m'évacuant. Il n'a cessé d'essayer de me damer le pion. L'affection fraternelle n'existe pas ; elle présuppose, pour exister, une bonne entente naturelle fondée sur des conditions qui n'ont rien à voir avec la fraternité familiale, et auxquelles le lien charnel ne saurait se substituer, et qu'il ne saurait créer. Le petit a toujours tenté de me dénigrer, de diminuer mes mérites, d'hypertrophier ceux de mes rivaux, d'hypertrophier leurs problèmes en diminuant les miens, guettant mes défaites avec une attention anxieuse, non sans me prodiguer des marques de confiance et d'affection qui me désarmaient au point de me rendre aveugle, bon gros manipulable si facile à paralyser par la création de scrupules. Petit fumier intrigant… Il venait me chercher pour trouver du réconfort quand il manquait de confiance en soi ; il faisait le faible en attente de protection quand ses copains le terrifiaient. Et moi, crétin indécrottable, saisi tant par le désir de bien faire que par la vanité d'être un protecteur, je m'abaissais pour le grandir, et pendant ce temps il rechargeait les accus pour renaître en sa sécheresse ambitieuse et médisante de revanchard envieux. Il sait mais ne veut pas savoir le mal qu'il m'a fait. S'il est vrai que haïr autrui consiste à projeter un monde où il n'existe pas, on peut dire que mon frère me hait, alors que mon tort a peut-être été, en autiste trop focalisé par ses talents naissants, de l'ignorer. Il se paie le luxe, par une inversion accusatoire ancestrale nécessaire à la stratégie d'acquisition de la bonne conscience, à croire que je le hais et que je voudrais le tuer, Éliacin transparent, Abel composé par le ressentiment. »

Son retour à la vie civile et à ses misères, conjugué à la révélation de la trahison de son frère, fut pour lui un tel choc qu'il en vint à songer au suicide, ou bien à un retour dans la marginalité qui en serait un elle aussi, mais plus lent et plus effacé. Il est impossible de s'oublier soi-même en se faisant l'instrument d'une fin qui justifie l'existence, autrement qu'en se faisant vivre de la vie d'un tout qui se veut en chacun. Mais ce tout ne peut pas être la société moderne, et il ne pouvait pas non plus pour Amédée être cherché dans sa famille elle-même déchirée, désaxée par les effets de la société moderne ; il était ainsi contraint d'être renvoyé à lui-même à la recherche d'un destin non anonyme, vraiment personnel et unique, qu'il crut un temps voir timidement se profiler dans une vocation litté-raire qui, en dernier lieu, lui échappait au moment même où il recommençait à espérer rattraper sa vie dilapidée. « Faut-il, se disait-il, que notre sang familial soit vicié, tourmenté par une contradiction mortifère inguérissable, pour que des frères puis-sent se rendre aussi hostiles l'un à l'autre ? Que vais-je devenir, moi le menti congénital, l'abusé par vocation ? » Élevées dans l'idée qu'il représentait l'archétype de ce qu'il fallait ne pas faire, ses sœurs jumelles toujours complices ne pouvaient cons-tituer une raison de rattraper la vie de famille ; d'ailleurs, il se souvenait, quand il était encore sous le toit commun, de leurs remarques venimeuses. Quand leur père envahissant et hâbleur s'essayait à faire de l'esprit, il prenait la famille à partie en déclarant : « Non mais toi, l'aîné, digne fils de son père, avec ton cœur en écharpe et tes yeux tendres, tu es en âge d'emballer ! Tu dois faire des ravages ! » Et les petites, en chœur et férocement : « Oh, il fera curé... » Et tout le monde riait d'un air entendu. Non, il n'avait plus rien à attendre de ceux de son sang.

XX

Alors qu'il continuait, tel un robot, à s'acquitter de ses prestations de marqueur dans son casino de basse gamme, il se laissa dire ou laissa se dire en lui, l'esprit vide, que ses déboires à répétition ne pouvaient pas ne pas venir, au moins en partie, au moins à titre de disposition pour s'attirer des déconvenues, de lui-même. Il savait ce qu'il pouvait y avoir d'excessif dans ce point de vue qui le noircissait, mais il sentait ou croyait sentir, précisément parce qu'il était contraignant, qu'adopter une telle position lui serait profitable. Elle le libérerait du poids de la rancœur et du désir de vengeance. « "Je suis venu, grand abruti, riche de prétentions naïves..." Non ; plutôt : "Je suis venu, petit con mou, riche de mes seuls yeux avides, vers les vieux cons au cœur aride..." C'est dérisoire, je ne suis même pas capable de cynisme. » Le croupier lançait régulièrement, d'une voix forte, un « Faites vos jeux ! » qui déclenchait l'hystérie des joueurs, lesquels, tendant au dernier moment des mains fébriles pleines de billets chiffonnés et de plaques glissantes de sueur, hurlaient leurs commandes aux marqueurs débordés : « blanc-rouge par deux cents et cinquante étoile » (c'est-à-dire deux cents francs sur la couleur blanche, deux cents sur la couleur rouge, et cinquante francs sur l'étoile), « trente vert-vingt », « quarante jaune-dix ». Le silence se faisait quand la boule lancée se mettait à hésiter entre deux godets. C'était dans la salle une explosion de déception ou de plaisir quand elle se stabilisait. Les récriminations, les insultes, les menaces venaient ensuite : « Le marqueur s'est trompé de couleur, j'avais demandé le rouge qui est sorti... » Et elles ne lui faisaient plus d'effet. « Je mérite probablement tout cela. Il me faut toucher le fond du mépris de moi-même pour repartir d'un bon pied, tout encaisser sans broncher, ou plutôt devenir le spectateur indifférent de moi-même, être absent de moi-même pour n'être pas affecté par les agressions extérieures qui de toute façon m'atteignent, de sorte que je dois m'anesthésier. » Et cela fonctionnait, en attente de sa justification théologique.

Cette dernière, ou ce qu'il prit pour tel, lui vint une nuit de semaine, alors qu'il s'était laissé à accepter l'invitation d'un joueur de passage chanceux, débonnaire et provincial, qui l'emmena au Grand Café, face au multicolore. Alors qu'il dévorait une côte de bœuf après avoir englouti un plateau de fruits de mer, non sans feindre d'écouter le babil insipide de celui qui l'invitait, il remarqua la présence d'un prêtre en soutane au verbe haut, arborant des dehors flamboyants de prédicateur baroque, accompagné d'un journaliste et d'un homme politique l'écoutant amusés. Leurs regards se croisèrent et se comprirent silencieusement : il fallait qu'une entrevue eût lieu. Après avoir quitté l'établissement et salué son généreux commensal, il revint sur ses pas et retrouva l'abbé désormais seul, qui l'attendait en achevant un cognac. Amédée voulut reconnaître en cette rencontre, dans un lieu et à une heure aussi incongrus pour un ecclésiastique, un incontestable décret de la Providence. Ils se parlèrent peu ce soir-là mais, comme on dit, le courant passa. Amédée avait été fasciné par la faconde, l'aisance de cet homme habitué à être le centre des regards, par son érudition aussi et sa manière de relativiser tous les problèmes en les mesurant à l'aune exclusive du salut, ce qui en effet les rendait dérisoires et faisait croire à leur solubilité terrestre. Ils se revirent à plusieurs reprises, le temps qu'Amédée lui raconte sa triste vie et suscite un intérêt suffisant pour s'autoriser à solliciter ses conseils. L'abbé Enguerrand de Talmont, fondateur d'un centre paroissial parisien dans la mouvance du lefebvrisme de Saint-Nicolas-du-Chardonnet, y régnait en satrape jovial et séduisant, organisant, en dehors de ses responsabilités sacerdotales, des conférences, des rencontres, des séries de cours qui lui avaient donné d'accéder à une certaine forme de notoriété parisienne : monarchiste affiché, gaulliste, maurrassien mais partisan du rejeton espagnol des Bourbons (la chose existe), germanophobe intraitable et philosioniste attaché aux thèses eschatologiques fumeuses, millénaristes et judéophiles de Barthélémy Holzhauser et du « marquis » de La Franquerie, Talmont conjuguait le soupçon d'originalité réactionnaire des traditionalistes et le conformisme idéologique respectueux des tabous de la modernité, ce qui lui conférait par là le label d'homme fréquentable aux yeux de l'intelligentsia judéo-maçonnique. Il ne remettait en cause ni la création de l'entité sioniste ni l'horreur indépassable des « camps de la mort nazis » auxquels il ne cessait d'identifier le génocide vendéen. Fort mangeur (« la bouffe est la femme du prêtre »), aussi grand qu'Amédée mais plus gros et plus âgé que lui quoique jeune encore, il avait un côté farfelu, manifesté dans son goût pour l'imprévu, qui inspirait confiance, et un don d'improvisation remarquable qui emportait la sympathie de tous parce qu'il excellait dans le déploiement des paradoxes les plus imprudents.

Amédée, sorti épuisé d'une jeunesse meurtrie, savait en le rencontrant que la suite de sa vie en dépendrait ; plus exactement, il avait décidé, par faiblesse, en attente de n'importe quel signe, d'en faire dépendre la suite de sa vie, parce qu'il s'était persuadé que tout ce qui pourrait le conforter dans la triste opinion qu'il avait de lui-même devrait indubitablement procéder du Dieu vengeur, envers obligé du Dieu rédempteur qui console. Il lui fit part de ses doutes, de son impuissance à se rencontrer lui-même et à se reposer dans la vision claire d'une destinée féconde. Il lui exposa tant bien que mal ses difficultés philosophiques dont la solution, il l'espérait à bon droit, lui permettrait de jeter un regard sur le monde et sur lui-même assez rationnel pour pallier les soubresauts de caractère non assagis et les crises d'identité personnelle non surmontées qui le paralysaient. Tout naturellement, il lui fit part, presque gêné, de son désir de se consacrer à la philosophie.

Talmont lui tint alors le discours suivant :

« Mon pauvre ami, vous continuez à vous leurrer. Vous croyez qu'on vous ment, mais c'est vous qui vous mentez ; vous vous croyez victime d'une conjuration des méchants, alors que c'est votre nombrilisme qui suscite leur méchanceté ; vous n'êtes pas le centre du monde. Ma condition de prêtre m'interdit les euphémismes lénifiants, parce qu'il en va du salut des âmes qui me sont confiées. Vous comprenez bien qu'à supposer que j'aie envie de vous être agréable et de vous ménager, je me dois à la vérité, quand bien même cela me vaudra votre hostilité. Quant à cette dernière, j'ai l'habitude, cela fait partie des grandeurs et tristesses du prêtre, qui vit dans le monde sans être du monde. Je travaille pour l'éternité. Adrien VI, après la révolte de Luther, a fait savoir que "l'Écriture sainte proclame hautement que les péchés du peuple ont leur origine dans ceux des clercs". J'essaie de m'en souvenir, au risque de me faire haïr du peuple, parce que je tiens à mon propre salut ; vous comprenez cela, je pense. Alors écoutez-moi. Vous voulez donc vous sauver en philosophant...

— Je ne pense pas cela, et ce n'est pas ce que j'ai dit, d'ailleurs...

— Bien sûr que si ! Ne jouez pas avec moi, n'essayez pas de dissimuler votre présomption. Vous pensez effrontément cela, en crypto-gnostique, mais vous en masquerez la prétention en déclarant qu'il ne s'agit que d'instruments pour développer votre intelligence de la foi. Je connais la chanson. Vous avez une trop haute idée de la raison, de votre raison en particulier. Vous êtes à la croisée des chemins. Ou bien vous avancez vers le Dieu sensible au cœur, ou bien vous régressez par obstination à vous emparer de Lui en Le réduisant à l'idole de votre convoitise conceptuelle. Vous croyez m'avoir avec votre air triste et vos soupirs, mais on ne me la fait pas. Aussi longtemps que vous ne consentirez à croire que pour comprendre un jour — et pourquoi pas tout de suite, pendant qu'on y est ? —, vous ne croirez pas vraiment. Vous avez une foi morte, vous haïssez le paradoxe qui se joue de vos raisonnements, vous vous êtes toujours surestimé. Par une disposition bienveillante de la Providence, vous n'avez connu que des échecs.

Les tensions familiales, les défauts et querelles de vos géniteurs, la société décadente, les agaceries gentilles de vos sœurs, le prétendu ressentiment de votre frère, tout ça c'est du baratin. Au passage, Philibert se contente de vous admirer, et de vous imiter parce qu'il vous admire, et vous, monstre d'orgueil suspicieux, vous n'avez de cesse de l'étouffer… Comprenez que la raison n'est là que pour nous donner de prendre conscience de notre misère et de notre finitude. Elle est comme la loi chez les Juifs, faite pour leur donner l'expérience de l'impossibilité d'en respecter les préceptes. Dites-vous bien que votre nature est mauvaise, que votre raison est putréfiée, laissez la grâce agir à sa place, n'essayez pas de reposer sur vous-même, confiez-vous à la Providence. Votre raison erre et ratiocine, laissez la foi confiante, si douce en son obscurité, répondre aux questions de la raison ; il y a les rationalistes et les parieurs ; les premiers sont les athées ; les parieurs sont les vrais chrétiens. Cantonnez l'orgueilleuse raison dans le domaine des choses terrestres. Comment pouvez-vous faire confiance à la raison, si c'est à elle qu'il faut s'adresser pour avoir des raisons de lui faire confiance ? Elle est juge et partie, elle plaidera évidemment pour sa cause, elle ne sera pas objective. Cette garce est incapable par elle-même de rester à sa place. Il faut l'y maintenir contre son gré, par la force, par la crainte.

Dieu est l'Ami des humbles, des petits, des stropiats, il faut consentir à son inachèvement naturel pour que la grâce y trouve l'entrée par laquelle elle pourra vous visiter. "*Dispersit superbos et exaltavit humiles*" ; soyez humble : "*omnis qui se exaltat, humiliabitur : et qui se humiliat, exaltabitur*". Faites autre chose que de la philo. De plus coriaces que vous s'y sont cassé les dents.

Vous trouverez le salut en acceptant d'être un bon père de famille, pas moins mais pas plus ; vous n'avez pas assez d'humilité pour embrasser le métier de penser. Tout le monde prétend penser aujourd'hui… L'intelligence du cœur, qui dépasse infiniment le cœur de l'intelligence, la sagesse de l'amour qui se gausse de l'amour de la sagesse, c'est là la vraie grandeur de l'homme : être habité par un désir qui transgresse infiniment ses pouvoirs naturels de le satisfaire. La dignité de l'homme est dans son inachèvement, dans le plébiscite de sa dépendance. »

Au cours des rencontres qui suivirent, l'abbé parvint si bien à persuader à Amédée qu'il était un ambitieux dérisoire, qu'il réussit à le dissuader de s'inscrire en philosophie. « À la rigueur, la philosophie est utile pour donner forme aux réfutations des hérésies. Peut-être aussi à mener au seuil de la foi. Mais vous avez déjà la foi, et vous n'avez pas l'étoffe d'un hérésiarque. Vous n'avez pas non plus celle d'un pourfendeur d'hérétiques. Alors à quoi bon philosopher ? » Il lui montra les grandeurs effacées de la condition d'époux et de bon père. « Vous ne serez qu'un géniteur nourricier, un trait d'union entre deux générations plus fécondes que vous ne l'êtes ? Et alors ? Ce sera votre croix, il en est de plus lourdes ; ce sera votre manière de vous oublier pour vous trouver, de servir pour vous oublier, d'accéder à la paix en servant. »

Dans l'état de déréliction en lequel il se trouvait, tellement écrasé par le doute et l'abandon de toute confiance en soi qu'il était prêt pour tous les renoncements, Amédée se laissa persuader par ce prêtre qui était devenu son directeur spirituel, et qui était parvenu à ses fins en lui présentant tout souci d'affirmation de soi comme la reviviscence d'un moi haïssable non encore suffisamment fustigé. Un tel laïus signifiait, en termes plus élaborés, la même chose que ce que lui avaient déclaré « pour son bien » ceux qui n'avaient eu de cesse de l'abaisser pour se grandir à son détriment, ou pour se venger sur lui, parce qu'il se laissait faire, d'avoir été abaissés par d'autres, de manière juste ou inique. Une telle prise de conscience le rendit amer ; elle aurait pu éveiller son indignation, ce qui lui eût évité de futures avanies. Mais il prit soin, envenimé durablement par un souci dévoyé de bonne volonté dans l'acceptation des humiliations, de repousser, avec une énergie dégoûtée, toutes les prises de conscience de cette nature, qui eussent enrayé son désir de mortification. Plus on le malmenait, plus il était douloureusement réjoui d'être comme rappelé à l'ordre, s'exerçant à haïr le moi et les grandeurs du monde, forlançant jusque dans leurs derniers replis les reliquats d'agressivité qui pouvaient encore le hanter, aimant à être abaissé, tenu pour un individu commun et sans envergure.

Talmont, devenu suspect à ses supérieurs à cause de ses audaces et de sa vie mondaine, et aussi de sa dilection à jouer avec le feu, trouvera expédient, quelques années plus tard, de rejoindre une version édulcorée du modernisme en adoptant les dispositions canoniques des groupes « *Ecclesia Dei* ». Cela n'entamera pas sa morgue. Jouissant du parapluie de la régularisation canonique, ainsi de l'appui de la hiérarchie romaine, il pourra donner libre cours à son fidéisme insolent, à sa dilection pour Laberthonnière et pour le volontarisme en général, à sa fascination exaltée pour tout ce qui rabaisse la raison : le hasard, l'arbitraire, le caprice des circonstances qui met les forts en bas et les faibles en haut. De manière concomitante, et somme toute rationnelle, il renchérira dans son philosémitisme ; selon lui, à toute distance de la théologie traditionnelle de la substitution, les Juifs demeurent le peuple élu nonobstant leur infidélité, parce que tel est le décret de l'arbitraire divin, et ils le seraient restés s'ils n'avaient pas chuté ; qu'ils se fassent chrétiens et ils reprendront leurs privilèges de peuple de prêtres ; ils domineront le monde pour son plus grand bien ; au reste, leurs réussites éclatantes dans les domaines scientifique, politique, financier, attestent l'actualité de cette élection, même si leur aveuglement les fait travailler contre le christianisme…

De manière prévisible, Talmont sera très invité, écouté, loué, diffusé, adulé.

Amédée aurait pu, à l'époque, lui rétorquer que cette hargne à abaisser la raison au profit de la foi, à défaire la nature au profit de la surnature, ce masochisme tout janséniste réduisant l'ordre naturel à sa blessure ancestrale afin de cautionner subrepticement une haine féroce nourrie contre la nature en tant que nature, participait, sous d'ostentatoires dehors austères — ainsi sous le manteau gratifiant de ce plaisir de s'insurger contre son temps et que nourrit l'esprit réactionnaire —, de la subversion moderniste institutionnalisée au « concile ». Avec Vatican II, comme l'enseignera plus tard un théologien antimoderniste, l'homme est « libéré » du réel par le subjectivisme, de la morale objective par la « conscience » qui inclinerait d'elle-même le cœur vers le bien, *et de sa nature même* par la grâce qui répare la liberté.

Mais prendre conscience des sophismes enveloppés dans les leçons comminatoires de son directeur spirituel aurait exigé, de la part d'Amédée, une liberté d'esprit présupposant qu'il se fût déjà réconcilié avec lui-même, ce qui n'était pas le cas.

Le moment juif de l'histoire universelle, qui est l'histoire du salut, est l'irruption au début et longuement discrète, puis soudaine, de ce bouleversement de l'ordre naturel, requis par la nécessité en laquelle la nature, blessée et non rachetée, se trouvait d'être bousculée pour se libérer de ce recroquevillement sur soi consécutif à sa blessure, qui l'aliénait. De plus, surnaturellement élevé sans qu'il y eût commensurabilité entre ses mérites naturels et son élévation, le peuple juif n'était nullement la vérité de l'ordre naturel, mais ce moment douloureux de gestation d'une chrysalide, invitée à mourir à elle-même dans l'éclosion du chrétien, nature restaurée dans son ordre propre, et surélevée. Pour signifier l'incommensurabilité à l'égard de toute nature de l'ordre surnaturel, et sa gratuité parfaite, il fallait que la chrysalide, empruntée quant à sa chair à des éléments naturels, fût insignifiante et débile : elle était juive, incomparablement plus pauvre que la splendeur de la Grèce, de la Perse et de l'Égypte. Et pour figurer dans l'élément naturel — ainsi païen — le sens de la dialectique habitant la relation entre païen et chrétien, il fallait que les hiérarchies naturelles fussent un temps contestées : Pharès et Zara, Caïn et Abel, Ésaü et Jacob. Parce qu'elle est aussi sa suppression sans reste, le Juif se refuse à son entéléchie, en aspirant à un royaume qui est de ce monde. Ainsi entend-il pérenniser cette contestation des hiérarchies naturelles, renversement — ainsi perversité — qu'il tient pour le couronnement, qui le glorifie, de l'ordre naturel lui-même. Le Juif est négation du païen sans être chrétien ou nature restaurée ; avec son refus du Christ, il est négation du païen et négation du chrétien ; insupportable à lui-même, il se persuade que son antinature est vérité de la nature, et c'est cette antinature qu'il entend faire advenir dans l'Histoire. Mais par là il rejoint le délire moderniste, ou plutôt ce dernier renoue avec le judaïsme : la surnature, opérateur du salut de la liberté, le « libère » de sa nature même. En vérité, le chrétien est un païen assumé et surmonté, et non du tout une subjectivité insurgée contre l'ordre païen. Et c'est cette vérité toute simple que les hommes d'Église, empoisonnés par un jansénisme résiduel dont, sous l'effet de leur cléricalisme, ils ne se sont jamais vraiment libérés, s'ingénient à méconnaître, et qu'ils identifient à la laideur peccamineuse d'un paganisme non digéré et toujours renaissant comme une mauvaise herbe exigeant une vigilance surnaturaliste de tous les instants.

C'est dans le piège sulpicien de cette fébrile vigilance qu'au nom de la piété Amédée avait été pris, et pour longtemps. Et c'est là peut-être le plus grand des mensonges dont il lui fut donné d'être la victime.

Après avoir troqué sa chambre d'hôtel pour un petit deux-pièces dans la même rue, au sixième étage sous les toits, dont les fenêtres claires étaient visitées par les pigeons, il s'inscrivit donc en Sorbonne afin d'y faire studieusement son droit, pour une bonne demi-décennie qu'il passa, effacé, entre son domicile et le multicolore. C'en fut fini des sorties au restaurant, des aventures avec les secrétaires, les filles de bar et les bonniches. Il assistait à la messe le plus souvent possible, se confessait régulièrement, vivait en solitaire, sortait rarement, était indifférent aux remous de l'actualité. On avait fini par s'habituer à sa présence dans sa salle de jeux où il officiait mécaniquement, blindé contre les humeurs des uns et des autres qui avaient fini par se lasser de l'asticoter. Il assistait le matin aux cours de l'université, mettait rarement, pour quelques cours de complément, les pieds à Assas où le Betar-Tagar y avait supplanté les muscadins du GUD. Et puis les quelques années qui le séparaient de ses condisciples, qui comptent beaucoup à ce moment de la vie, faisaient de lui un « vieux » parmi les jeunes fringants et dissipés qui formaient le groupe de ses condisciples auxquels, de ce fait, il ne trouvait pas grand-chose à dire. Dans son souci scrupuleux de « tout faire tout bien », il demeurait ce monarchiste français pieux ne concevant pas qu'un pouvoir politique pût être légitime s'il n'avait été institué par l'Église. Quand il eut obtenu ses certificats de licence et sa maîtrise, il acquit un diplôme de juriste-conseil d'entreprise.

Quand, par l'intermédiaire d'Édouard qui connaissait du monde et avec lequel il avait renoué au début de ses études, il fut pris à l'essai au service du personnel de la CFR, Amédée avait contracté, pour l'essentiel, la psychologie de l'homme dont il fut question au début de ce récit.

XXI

Toujours grand sans être voûté, mais épaissi, toujours impeccablement mis, raide et austère, un peu gauche, se for-çant à une politesse distante accompagnée de sourires crispés, Amédée Simplice fut un cadre efficace, gravissant les échelons de son service avec régularité. L'homme vigoureux qu'il était resté érigea en sacerdoce des habitudes d'ordre et de propreté qui scandaient sa vie de déjà vieux garçon. Il rencontra Gisèle au cours d'un repas « arrangé » par des hôtes issus de son milieu professionnel, soucieux de les fiancer. Lui avait compris ce manège bien-pensant mais n'en avait pas été offusqué, con-sidérant que tout ce qui pourrait contribuer à l'enfermer dans le conformisme sans passion relevait de ces initiatives venant d'en Haut. Puisqu'il faut bien se marier un jour, se disait-il, prenons celle que la Providence nous indique, pourvu que l'amour en soi par trop aveuglant ne vienne pas rendre les choses trop compliquées, que l'élue sache gérer une maisonnée et se tenir en public ; deux volontés résignées fondées sur l'in-térêt réciproque valent mieux qu'une flamme intempestive qui brouille la raison et enraye l'exercice du devoir ; il sera tou-jours temps, ensuite, de tomber amoureux. Quant à elle, jadis fantasque et exigeante, secrétaire évoluant dans un autre ser-vice, elle avait connu des amours malheureuses qui l'avaient aigrie, et qui l'avaient menée à un âge où, à l'époque encore, les femmes se mettent à craindre de n'être jamais choisies par un mâle ; elles s'angoissent de ne jamais pouvoir accéder à ce bonheur d'être mère qu'elles sont incapables d'exténuer tout en se persuadant qu'il ne s'agit là que des séquelles d'un conditionnement culturel passéiste dont leur forte et inclassable personnalité, leur indépendance et leur vitalité créative sauraient, bien entendu, s'émanciper. Elle ne fit qu'une concession à Amédée : embrasser au moins pour la forme ses convictions catholiques traditionalistes et sa sensibilité monarchiste, ce qui ne lui coûta pas grand-chose parce que les femmes en général réduisent les corpus d'idées, et les comportements logiques qu'elles induisent, à des panoplies sociales qu'elles trouvent seyantes ou esthétiquement inappropriées, la question de la vérité de tels engagements se révélant au fond pour elles assez secondaire. Ils s'intégrèrent vite dans un cercle d'amis — plutôt de relations amicales — de leur âge constitué par les enfants des barbons égrotants qui entouraient jadis Madame Lagorette ; bien des gens du temps de la petite jeunesse d'Amédée étaient morts ou bien devenus grabataires dans leurs poussiéreux appartements cossus infiniment tristes dont ils ne sortaient plus jamais. Les couples de la nouvelle génération se recevaient à date fixe, assistaient aux mêmes conférences, contractaient les mêmes tics intellectuels et politiques, avaient les mêmes références littéraires. Dans toutes les maisons trônaient les statues de sainte Jeanne d'Arc et de saint Michel archange, patrons de la France fille aînée de l'Église. Autant pour renouer latéralement avec le souci philosophique que pour s'offrir les délices d'un jardin secret l'émancipant de la routine alimentaire, il s'était remis à écrire, surmontant son aversion pour une pratique dont il pensait avoir été spolié sans possibilité de recouvrer jamais son bien.

Philibert, devenu brillant écolier, avait tenu à poursuivre des études de Lettres modernes, persuadé de la réalité de sa vocation d'écrivain. Sa mentalité de bon élève pathologiquement désireux de plaire à ses maîtres lui avait fait embrasser tous les poncifs de la modernité réfractés dans les conceptions esthétiques de son temps. Il jargonnait à plaisir, confisquant un vocabulaire et une technicité philosophiques relevant de la cuistrerie, et destinés à masquer l'indigence artistique et l'incapacité de renouvellement réel du talent littéraire il est vrai mis à mal par l'inflation de l'audiovisuel. Il avait bien essayé de produire, mais il s'apercevait vite, amèrement rageur, qu'il se contentait de plagier. Il ne retint plus l'attention de quelque éditeur que ce fût. Il devint donc critique littéraire et journaliste à éclipses, vivant des émoluments modestes que lui assurait un poste dans le Secondaire. Il s'éloigna de son frère dont il redoutait le regard, sans savoir que ce dernier se fût abaissé devant lui pour l'aider à nouveau à reprendre confiance en soi, et il fut consolé par ses parents vieillissants persuadés d'avoir pondu un génie méconnu victime de l'ingratitude de ses contemporains.

Quand les enfants d'Amédée se mirent à ruer dans les brancards de l'autorité paternelle, ils trouvèrent en Philibert un allié attentif et zélé. Ce dernier leur fit savoir que l'écrivain, c'était lui, mais que, voyez-vous, il avait subi avant eux le poids d'un aîné abusif et castrateur, de telle sorte qu'il était bien placé pour les comprendre.

Dans un tel microsome qui reproduisait, en l'adaptant aux changements du monde depuis la chute du Mur, les vertus et les vices de leur milieu d'origine, les enfants de ces couples grandissaient, dépolitisés, parce que le collapsus idéologique du conflit Est-Ouest ouvrait la béance d'une démobilisation sur fond inéluctable de mondialisme. Ils s'appuyaient souvent sur l'indulgence de leurs grands-parents respectifs pour contester l'autorité de leurs géniteurs. Ceux-là, supposés revenus de maintes illusions, plus disponibles, moins frappés que les jeunes par les effets de la crise économique, gagnaient leur confiance et les montaient plus ou moins consciemment contre leurs parents auxquels ils n'avaient jamais pardonné les déceptions qu'ils leur avaient infligées et les révoltes — quand il y en avait eu — qu'ils leur avaient fait supporter. Les enfants d'Amédée et de Gisèle étaient là pour en témoigner : grandpère et bonne maman étaient fort compréhensifs, les plaignant d'avoir à subir une éducation par laquelle leur père, laissaient-ils entendre, se vengeait sur eux de ses frasques passées qu'eux, grands-parents philosophes et désabusés, avaient bien connues. « Que voulez-vous, pauvres petits, vous êtes victimes d'un père beaucoup trop directif ; il a toujours été comme ça, il avait une mentalité de fils unique… »

Il est temps désormais de reporter son attention sur l'état dans lequel Amédée avait été laissé au moment où il fut nécessaire de brosser les traits saillants de sa glauque jeunesse.

Depuis quelques mois, Amédée avait été flanqué d'Ariane, une femme jeune surqualifiée, polyglotte, ingénieur de gestion formé à l'UCLouvain, devenue sa collaboratrice. Elle était dotée de tous les attributs de la « bimbo », arborant tatouage sur l'épaule et pantalons moulants ; elle se révéla en fait non seulement la moins vénale de toutes ses collègues, mais celle qui avait la plus grande intelligence du cœur, et le pouvoir le plus aiguisé d'empathie aussi bien cognitive qu'affective ; par elle Amédée comprit que l'habit ne fait pas toujours le moine — bien qu'il le fasse souvent —, et que des tempéraments loyaux pouvaient se développer hors de la sphère pharisaïque des pieux élus réactionnaires ; que même il s'en trouvait plus qu'il n'eût pu le penser ; de la fange de la plèbe déracinée, qui produit en majorité des rinçures de sperme exigeantes et susceptibles malgré les grands corps qu'elles habitent et leur viande abondante de géants fragiles, surgit parfois — et ne surgit que de là, par le jeu des hasards à jamais immaîtrisable, hors des rameaux anémiés des morts-vivants bien-pensants — une pousse élégante, innocente des travers charriés par son sang et envenimés par l'esprit du temps. Ariane se révélerait être la seule à le soutenir quand sa position dans le groupe deviendrait problématique, et à partager sans regret son sort de paria. Elle avait assez vite compris, constatant qu'il luttait sincèrement contre son désir de la séduire, que sous ses dehors de saint triste se cachait, ignoré de lui-même, un animal vigoureux s'ingéniant depuis toujours, par on ne sait quelle perversité de la vertu, à refuser de vivre par peur de ne pas bien vivre. Elle sut avant lui qu'il s'était épris d'elle, mais elle sut aussi avant lui qu'elle redoutait de s'éprendre de lui.

La rigueur professionnelle d'Amédée, inspirée par une rigueur morale qui, quelque entachée qu'elle fût de crispations et d'amour-propre, produisait ses effets féconds, le rendait quelque peu intimidant pour son patron qui ne pouvait user de ce chantage implicite à la dénonciation de l'incompétence ou de la négligence pour faire accomplir par ses employés tout ce qu'il voulait. Amédée n'était pas si facilement contrôlable, et c'est précisément cette tranquille stabilité qui indisposait son patron. Un rival arrivé depuis peu le comprit rapidement, qui embrassa la vocation du « oui chef » en toutes circonstances, dans des manifestations de docilité obséquieuse qui, malgré la répulsion qu'elles inspirent à tout homme un tant soit peu doté de fierté, parviennent à produire leurs fruits. Ce bonhomme carriériste et cupide était un « *compliance officer* » venu de province, avocat de formation, mais licencié de la BNP et traînant derrière lui deux années de chômage. Sa belle-sœur était déjà dans la place et sévissait dans la fonction de secrétaire de direction. Elle était laide et antipathique, mais aussi arriviste que le beau-frère, jouant le rôle d'espion au petit pied afin de déconsidérer tout le monde et de se donner de l'importance auprès des directeurs. Elle et le nouvel arrivant firent équipe pour se pousser du col, de sorte qu'il fut favorisé en toutes circonstances par ses supérieurs qui répondaient tout de suite à ses courriels, lui faisaient parvenir au plus vite les dossiers dont il avait besoin, et lui laissaient entrevoir avant qu'il ne s'en aperçût lui-même certaines erreurs professionnelles d'Amédée, lequel, si personne ne les avait indiquées, les eût repérées par lui-même rapidement et eût promptement agi en conséquence. En retour, le sale petit rapace recevait chez lui ses supérieurs en mettant les petits plats dans les grands. Il leur aurait offert sa femme s'ils en avaient exprimé le désir. Tout le monde se souvenait avec effroi du passage, certes bref mais ravageur, d'un « *compliance officer* » femelle issu de la direction de Péchiney, alcoolique notoire et effroyablement cassante, qui avait terrorisé maints directeurs régionaux mais dont l'incompétence avait fini par lui valoir, en dépit de ses appuis socialistes et maçonniques, d'être mise à l'écart, pour se reconvertir dans la politique. Dans les DRH, il y eut un temps maints militaires retraités, reconvertis dans la psychologie d'entreprise et le droit du travail. Mais les nouveaux venus étaient issus des Instituts de Sciences Po, titulaires de masters ou de doctorats de troisième cycle, et faisaient fureur dans le « *coaching* de groupe », férus de questionnaires destinés à élaborer des « structures de personnalité », des « *patterns* » et autres fariboles inspirées par la psychologie positiviste du behaviorisme. Amédée était un technicien indépendant, précieux et irremplaçable, en tant que spécialiste du droit du travail et de la sécurité sociale, chargé d'établir des dossiers destinés aux dirigeants confrontés aux pourparlers avec les syndicats, les cabinets d'avocats, les ministères et les entreprises concurrentes françaises ou étrangères. Il pouvait sans prétention excessive aspirer à succéder au directeur adjoint du personnel. Ces gens sont à l'affût de la moindre erreur de leurs semblables qu'ils reprennent au début selon un mode doucereux, avec le ton de la confidence complice (« je vous le signale dans votre intérêt, faisons ami-ami ») mais selon une fréquence et avec une insistance telles qu'ils parviennent à déstabiliser ceux qu'ils prétendent aider au point d'ébranler leur confiance en soi et de leur faire commettre des erreurs cette fois plus graves que leurs rivaux s'empresseront, sur un ton navré, de rapporter aux directeurs afin de les inviter à écarter le concurrent malheureux qui leur faisait de l'ombre. Avec une telle engeance, il n'y a que deux solutions pour se défendre, en dehors de celle, illusoire, de l'appel à la loyauté des supérieurs (« débrouillez-vous, je ne veux pas rentrer dans vos querelles de carrière ») ; ou bien user des mêmes procédés qu'eux, sans scrupule, en étant plus retors, plus dissimulateur et plus vicieux que ses agresseurs, et c'est à ces procédés qu'un Édouard aurait eu recours ; ou bien coincer la petite vermine dans les sous-sols de son propre immeuble, en dehors du regard inquisiteur des caméras, et lui casser les genoux et les dents au moyen d'une solide barre de fer destinée, graissée à l'huile de vidange, à finir dans l'arrière-train de la petite bête malfaisante abandonnée, sanguinolente, le pantalon sur les chevilles, au secours des vigiles qui le découvriraient au petit matin ; quand un condensé de crevure s'accoutume à « baiser » ses semblables, il n'est pas mauvais, autant pour lui que pour ses victimes, de lui faire subir, sur le mode le plus littéral, la sanction de la loi du talion. Mais Amédée, qui eût été, physiquement, parfaitement capable de s'acquitter d'une tâche aussi salubre, aurait eu l'impression, en donnant libre cours à son instinct de justice de vindicte, de commettre un grave péché. Ainsi fut-il doublé par le petit serpent qui s'efforça ensuite de le confiner dans une voie de garage, adoptant à son égard un ton condescendant la plupart du temps, se payant le luxe de lui offrir de temps à autre des marques de bienfaisance supposées attester sa grande magnanimité, assuré qu'un tel comportement ferait crever de rage stérile son ancien rival malheureux. Défendre ses intérêts selon des procédés aussi expéditifs, misérables, sordides mêmes, susceptibles de mettre en branle des sentiments bas, c'est là une opération qui ne saurait être recommandée, mais cette réserve doit être prise au sens où ce sont là des choses qui se font plus qu'elles ne se disent. Ce sont des méthodes de voyous, mais les sociétés policées selon les principes de la philosophie des Droits de l'Homme, en vérité les sociétés consuméristes dont l'humanisme maçonnique est le honteux cache-sexe, ne laissent pas d'autre recours aux gens honnêtes désireux de faire valoir leur devoir de subsister. On croit trop souvent que les sociétés régies par les Droits de l'Homme, et plus généralement les sociétés libérales, seraient « neutres », impartiales vis-à-vis des idéologies, religions et normes morales, instaurant de simples règles du jeu entre individus menés chacun par un intérêt privé, proscrivant le recours à la force et au mensonge, aux procédés déloyaux et aux dispositions dangereuses pour la sécurité publique. S'il en était ainsi, on pourrait penser qu'il suffit de respecter de telles règles en développant une espèce de guerre douce en forme d'apostolat idéologique et religieux, permettant au groupe le plus pugnace d'instaurer à moyen terme, comme conclusion d'une compétition loyale et par des procédés non violents, la vision du monde et de la société que l'on croit être conforme à la nature des choses. Les antidémocrates et les adeptes du dogmatisme pourraient ainsi, eux-mêmes, entrer en lice au nom des Droits de l'Homme, de la liberté de conscience, d'opinion et d'expression, étant bien entendu que, si ces libertés ne sont pas de vains mots, elles doivent aussi pouvoir être exercées contre elles-mêmes, pour autant que ce soit à raison d'elles qu'on le fait. Mais précisément, il n'en est rien. D'abord, il faudrait que l'État fût fort, indépendant des puissances d'argent, des groupes de pression et des caprices de la plèbe, pour exercer sereinement son rôle d'arbitre. Or les sociétés libérales, qui sont nécessairement démocratiques (elles sont libérales pour promouvoir l'intérêt privé, et une société finalisée par l'intérêt privé est nécessairement démocratique), sont à ce titre même des ploutocraties, des « mérécraties » oligarchiques à dominante financière, qui contrôlent les moyens de diffusion et les modes d'acquisition de quelque forme de pouvoir que ce soit : les règles qui sont supposées régir les compétitions sont elles-mêmes autant d'enjeux de ces compétitions. D'autre part, la neutralité n'est pas neutre, puisqu'elle tient pour avoir égale valeur l'athéisme et l'esprit religieux, l'agnosticisme et le dogmatisme, le vague sentiment de transcendance et la religion révélée, l'erreur et la vérité, et c'est là, déjà, plaider en faveur de l'erreur. C'est tenir pour acquis qu'il n'est pas de doctrine philosophique ou de valeur morale qui puisse avoir prétention à servir de norme à la subjectivité individuelle, et que cette dernière est en dernier ressort le fondement de toutes les valeurs. Sous couvert de ne privilégier aucune valeur, on érige subrepticement la subjectivité individuelle en valeur absolue. Il en résulte que quiconque adhère, même tacitement, même en vue de la subvertir, à l'organisation d'une société libérale, ne peut pas ne pas être contraint, mécaniquement, d'en venir soit à plébisciter le subjectivisme, soit à être marginalisé par cette société, ce qui revient à consentir à sa mort sociale. Pour qui entend ne pas renoncer à ses certitudes antilibérales, il ne reste donc pas d'autre procédé que la violence et les méthodes des brutes, de la pègre et des marginaux, pour faire valoir son droit à l'existence quand, jeté dans une société libérale, on ne dispose pas du moyen de susciter une révolution. Parce que le principe originel des sociétés libérales est le subjectivisme ; parce que les organismes privés finalisés par le gain pécuniaire — ainsi les biens exclusivement privés — ont tout intérêt à promouvoir le subjectivisme, principe du consumérisme solidaire de la « croissance » économique, ces mêmes organismes privés, à savoir le monde du travail, sont comme invinciblement invités à intérioriser les principes supposés moralisateurs de la philosophie des Droits de l'Homme, au point de les intégrer à leurs méthodes de « management ». D'où l'inflation des recours à ces billevesées onéreuses et stériles, ainsi contraires au souci d'efficacité et de rentabilité supposé habiter les entreprises commerciales, que sont les cohortes de cadres spécialistes de la parlotte et des pitreries conceptuelles des psychologues d'entreprise.

XXII

La promotion qu'Amédée convoitait légitimement, plus par souci de justice impersonnelle que par désir de s'élever, lui passa donc sous le nez. C'en fut trop, mais son indignation furieuse ne prit pas une forme socialement suicidaire. On n'usa pas du classique « *promoveatur ut amoveatur* », qui de toute façon ne l'eût pas satisfait. On ne put le rétrograder ou le licencier, faute de raison tangible pour l'accuser d'erreur professionnelle grave. On lui confia simplement de moins en moins de dossiers, et les plus insignifiants. Il se morfondait dans l'inaction, ne parvenait plus à s'intéresser à son travail. Ayant conservé le sens de ses intérêts, il comprit que laisser la situation en l'état gênerait plus ses ennemis que lui, lesquels voulaient le dégoûter et l'inciter, excédé, à la démission, sur un coup de tête induit par une pulsion d'amour-propre qui se ferait passer pour un élan de fierté. Il laissa mûrir ce désordre, jusqu'à ce qu'on lui proposât, comme il l'avait prévu, une enveloppe de départ assez consistante pour assurer ses arrières dans l'hypothèse où il devrait renoncer à une embauche nouvelle que son âge rendait problématique, et faire la jonction avec les modalités d'une préretraite convenable. Pendant ces temps d'oisiveté relative, qui durèrent plusieurs mois, Ariane fut elle aussi plus désœuvrée qu'auparavant. Conscient du délabrement de son foyer, du ratage de sa vie conjugale et de sa mission paternelle, mais aussi de la mesquinerie de sa vie d'adulte, il eût, de manière compensatoire, accordé trop d'importance à sa réussite professionnelle en fait toute relative, s'il n'avait eu conscience d'avoir écrit quelques petits textes, sans prétention mais méritant d'être conservés : le souci du salut éternel, quelque conscient et développé qu'il soit par la prière, ne se substitue jamais à celui de l'accomplissement terrestre de soi-même. Si tout homme est une individuation de sa nature au point de n'être rien en dehors de cela, il n'en est pas moins vrai que tout homme est aussi une liberté destinée à coopérer, par un agir qu'il maîtrise, à une ratification de cette individuation : le processus aboutissant au résultat est lui-même définitionnel du résultat. Si la même nature humaine se réalise de manière unique en chaque homme, elle a ce singulier pouvoir de s'investir tout entière en lui sans cesser de se réserver pour d'autres, ainsi de se reprendre dans l'acte où elle se donne ; mais c'est là s'abandonner à une aliénation de soi qui se conclut dans son point de départ, c'est donc opérer une réflexion sur soi, laquelle fait du processus qui la singularise une détermination intrinsèque à son identité. Tout vivant s'excède dans l'engendrement de rejetons, ce qui l'habilite à conjurer la mort de l'espèce ; mais surtout, quand il est spirituel, l'*excessus* transitif tend à se rendre immanent à celui qui l'exerce, et cela donne à celui qui l'opère d'être invité à ratifier en tant qu'individu le mouvement par quoi sa nature se fait cet individu qu'il est ; c'est pourquoi tout homme aspire à se contempler dans son œuvre : qu'ai-je fait de moi-même ? Le croyant a beau se dire, avec raison, qu'il ne s'appartient pas et qu'il est l'œuvre de son Auteur, ce n'en est pas moins sous l'injonction de sa nature — introduite en lui par son Auteur — qu'il est sommé de répondre de lui-même en reconnaissant, de manière toujours insatisfaisante et inquiète, ce qu'il est dans ce qu'il est devenu. Installé à son bureau peu encombré dans une immobilité apparente et rêveuse, Amédée, qui avait la puissance grisonnante et assagie d'un homme de plus de cinquante ans, songeait à ces choses génératrices d'amertume, pendant qu'Ariane, à la dérobée, l'observait silencieuse d'un regard trop appuyé, et qu'elle ne voulait pas savoir non innocent. Ses fortes mains, qu'il avait belles, posées devant lui sur sa table, il lui parlait de temps à autre, d'une voix grave et fatiguée, de tout autre chose que de travail d'entreprise. Elle laissait s'écouler en elle, par les yeux et par les oreilles, au goutte-à-goutte, la liqueur de ces sentiments troubles qui investissent lentement leurs victimes et mettent beaucoup de temps à déclarer leur présence.

Amédée, blessé dans son honneur professionnel, repensait à d'autres blessures plus anciennes afin d'évaluer l'importance de la plus récente, mais aussi, porté par un sentiment d'injustice qui fouettait sa pugnacité, il s'interrogeait, avec recul, sur le degré de leur iniquité. C'est par une blessure qu'avait commencé sa vie sociale. C'est par une blessure qu'elle s'achevait. Il se remémorait donc cette blessure qu'il avait subie jadis chez Madame Lagorette, et méditait sur le contenu du différend que lui avait valu cette humiliation.

Nul ne parvient jamais, en une seule vie, par le biais de sa manière particulière de se réaliser en lui, à actualiser toutes les richesses de sa nature, toutes ces manières dont elle eût pu, en d'autres temps et selon d'autres circonstances, manifester ses dons. Amédée se disait que si cela est impossible à un seul homme, ce l'est peut-être à une communauté, et c'est là certainement, comprenait-il, la véritable raison d'être de la vocation communautaire de l'homme, qui culmine dans le souci politique d'un bien commun. Et de même que le souci du salut individuel ne dispense pas le croyant de celui, immanent et terrestre, de l'accomplissement naturel ou essentiel de soi, de même la vocation religieuse et sotériologique du pouvoir politique, accusée dans l'esprit — que lui dictait son héritage monarchiste — d'une défense inconditionnelle du trône et de l'autel contractée dans la fidélité inconditionnelle à une dynastie providentielle, ne dispense pas la Cité de faire se déployer une manière paradigmatique d'être homme, incarnée historiquement dans une communauté de destin. Amédée se laissait à penser que cette fidélité avait quelque chose de paresseux, qui l'obligeait à s'enfermer dans des contradictions exclusives de toute réflexion.

Tout d'abord, quand l'âme est en permanence tendue vers le Ciel avec ce sentiment que c'est en désertant le souci d'accomplissement immanent de soi qu'elle y parvient, elle est de manière obligée en conflit permanent avec elle-même, mais à ce titre même, souffrante et focalisée par sa souffrance, elle se révèle incapable de s'oublier, elle en devient obsédée par elle-même, par cette dissension intestine qu'elle identifie à son état vertueux ; plus elle souffre, plus elle se croit vertueuse et aimable, plus elle est fascinée par elle-même, de sorte que, indifférente au monde dont pourtant elle vit et qu'elle ne peut indéfiniment fuir, elle en vient, se tournant vers lui à contre-cœur, à se faire mobiliser par n'importe quoi. De plus, cette obsession vertueuse de soi l'invite à prendre sa tension vers le But, qui l'arrache au monde, pour le but lui-même, et à confondre son aspiration à la sainteté avec l'Objet auquel cette sainteté est en droit ordonnée : l'abnégation vertueuse devient subjectivisme accompagné de bonne conscience. En troisième lieu, faisant unilatéralement se reposer son destin sur le bon vouloir de Celui auquel elle se donne, mais par là, refoulant la pulsation d'extériorisation de sa vie intérieure, l'âme en vient, selon le piège d'un quiétisme cotonneux maquillé en raideur janséniste, à renoncer à tout effort de se confronter au monde, ce qui la fragilise et l'atrophie ; cela dit, en vertu du principe de réalité, le refoulé fait retour, mais sur le mode dévoyé de la vengeance honteuse, en dénigrant, en autrui, toute réussite naturelle, selon la logique du pharisaïsme renaissant en climat chrétien, immanquablement générateur d'envie et de ressentiment. La paresse bien-pensante prend pour rigueur dogmatique un préjugé quiétiste et théocratique : la légitimité serait le sacre du roi qui s'en trouverait investi d'un pouvoir démiurgique et infaillible générateur d'un ordre statique sans organicité qui dispense le peuple de se préoccuper du bien commun. Or cette paresse bien-pensante n'est autre que la projection, dans l'élément du politique, de la mentalité surnaturaliste.

Par voie de conséquence, la fidélité inconditionnelle à la politique des Valois, de Richelieu, de Louis XIV, génératrice d'entreprises ayant systématiquement favorisé l'hérésie protestante et la puissance mahométane, mais aussi l'erreur gallicane, exalta la gloire de la France fille aînée de l'Église et Nouvel Israël, au détriment du Saint-Empire qui suscitait même la réticence des papes théocrates à cause des couronnes qu'il subsumait en entourant les États pontificaux. Mais enfin, entre les Bourbons et les Guise, qui donc soutenait effectivement les intérêts de la Religion ? Et de quoi la Révolution française, fossoyeur de l'ordre chrétien, était-elle issue, sinon d'une laïcisation au reste inévitable de l'esprit d'insurrection porté par la Réforme ? Entre Pie XII allié objectif de Staline et de la juiverie rooseveltienne, et Hitler qui fut le vrai propugnateur de l'ordre naturel des choses, condition de la transfiguration surnaturelle de la condition humaine, qui se révéla être, en dépit des apparences, l'authentique soutien de l'Église ?

Ainsi Amédée laissait-il aller ses pensées, lâchant de temps à autre quelques brèves remarques en forme de presque monologue, qu'Ariane buvait et par lesquelles elle reconstituait le cours des réflexions silencieuses de son interlocuteur. Pourquoi l'esprit d'Amédée se laissait-il caresser par de telles remises en cause ? Car il s'agissait bien de remises en cause : il se mettait incidemment à nourrir un inavouable intérêt pour les visions du monde de Troisième Voie inspirées par les fascismes des années trente, lesquelles, selon leur slogan bien connu, abhorraient la Réaction autant que les Rouges. La fougue de la jeunesse, le goût juvénile pour l'esprit de contestation, pour la transgression des interdits, les montées adolescentes de testostérone qui attendaient leur exutoire violent, l'avaient un temps laissé se faire interpeller par cet esprit révolutionnaire — quoique se voulant anti-révolution — hostile aux compromissions constitutives de l'esprit bourgeois. Certains de ses condisciples du temps de l'école en parlaient à mots couverts. Il avait aussi côtoyé certains fils de famille, familiers des amphis d'Assas, fort bourgeois quant à leurs mœurs relâchées, qui trahissaient, très bourgeoisement, un souci de se différencier de la plèbe en affichant une aversion — fort bourgeoise encore — pour l'esprit bourgeois. Quand ils n'étaient pas gauchistes, ils se voulaient fascistes, et ce sont eux qui avaient un temps retenu l'attention d'Amédée. Mais leur suffisance, leur insolence, leur esprit de provocation tempéré par la conscience aussi inavouée qu'aiguë — carrière oblige — du terme au-delà duquel il ne convient pas d'aller trop loin, l'avaient dissuadé de prolonger ce flirt ; il ne concevait pas que l'on pût prendre au sérieux des idées qu'on pourrait faire semblant d'avoir. Ces gens caricaturaient le fascisme en ne retenant de lui que ce qu'il avait de plus contestable, en l'hypertrophiant, et il comprit plus tard qu'ils avaient embrassé, en décadents consommés revendiquant la paternité de Rauschning et de Martin Bormann, les attributs d'un fascisme pour clubs sadomasochistes reconstruit par ses ennemis. Il était donc vite rentré dans les rangs balisés de l'esprit cathomonarchiste en lequel il était encore quand il rencontra Ariane.

Non, ce qui le rendait sensible à cet esprit de Troisième Voie, c'était un état d'âme induit par la nécessité en laquelle il se trouvait, mis professionnellement de côté, de prendre quelque distance par rapport à lui-même afin de relativiser la portée de ses échecs. Un tel recul avait eu pour effet de mettre en évidence, à ses yeux, le caractère rétrospectivement inévitable de tels échecs. Se manifestait en lui quelque chose qu'il voulut prendre au début pour une insurrection de sa nature blessée contre les suaves injonctions de la grâce, alors qu'il s'agissait d'un réveil de la nature vivante contre les crispations mortifères d'une conception surnaturaliste — ainsi antinaturelle et non surnaturelle — de cette même grâce. Que ce réveil de la nature vivante soit dangereux, voire équivoque, cela n'était pas douteux. Il était en effet remonté, sans résignation et sans désir de se résigner, contre son sort professionnel et contre les auteurs d'une telle iniquité, ce qui, par un vieux réflexe, prenait en lui la saveur d'une révolte contre les décrets de la Providence. Il sentait d'autre part la sève du désir vital et vivifiant s'emparer, sans même se dissimuler — et sans qu'il y opposât la moindre velléité d'apaisement —, de son corps, de son imagination, de sa mémoire et de ses autres passions mobilisées et comme spontanément prévoyantes et impatientes de servir les intérêts d'un tel désir : Ariane était bien jolie, et intelligente, et fraîche comme la rosée, et franche dans sa vacillante retenue non innocente d'un désir d'abandon qu'elle manifestait gracieusement en cette retenue même ; et cela ne l'inquiétait ni ne lui donnait de remords. Il revivait cette tension entre les influences familiales et la découverte de l'esprit de son temps manifesté, à l'époque de sa jeunesse, par les Frères en peine de modernité apostolique, et par ses camarades délurés des milieux sportif et musical rencontrés chaque semaine. Il avait choisi la tradition familiale contre les séductions de la décadence avançant déjà à grands pas. Son aversion pour la décadence et l'abjection de l'esprit démocratique (surtout quand il est démocrate-chrétien) n'avait jamais faibli. Ce qu'il retenait de cette époque, c'est la reviviscence des grandes questions que tout homme se pose ou devrait se poser au moins une fois dans sa vie, et que seule l'adolescence ose affronter avec la gravité qu'elles appellent. Non, il ne regrettait pas d'avoir vécu en porte-à-faux avec son monde. Mais qu'il lui ait fallu se réfugier dans le surnaturalisme pour ne pas en venir à s'accommoder d'un monde devenu inhumain par humanisme lui causait du regret, et même de la colère. Qu'était-il résulté de ce repli ? Des enfants dont il avait été incapable d'éveiller la pugnacité réfléchie contre ce même monde, une épouse infidèle qu'il n'avait pas su faire rêver, beaucoup d'humiliations, des déceptions sans nombre ; et, pour avoir substitué la résistance au mal moral à l'appétit du bien, un nombre incalculable de fatigues nerveuses stériles, sans la compensation d'aucun réconfort spirituel. Alors il faisait bon de se laisser vivre, de relâcher ses résistances contre la vie, pourvu que la lucidité fût toujours assez présente pour lui permettre de prévoir où une telle vie voulait le mener. Amédée se détendait, tout simplement. À l'aune de la considération de sa mort dont il était plus proche que de sa naissance, il entrevoyait calmement tous les hommes qu'il aurait pu être et qu'il ne serait pas, toutes ses identités oblitérées, pour en faire résonner la quintessence, afin de n'en rien perdre, dans le seul homme qu'il serait ; ce qui était une manière pour lui de se réconcilier avec ce qu'il était devenu.

Ils prirent bientôt l'habitude de déjeuner ensemble, de prendre leur temps pour se quitter le soir avant de rentrer chez eux. Amédée avait de moins en moins envie de retrouver un foyer qui lui était devenu étranger. Et Ariane ne semblait pas appelée par quelque devoir domestique que ce fût, puisqu'elle était toujours disponible pour ces longues marches détendues, souvent dans des jardins publics, où chacun aimait à se livrer en des termes pudiques mais non pour autant dépourvus d'intimité. Leur confiance réciproque atteignit un degré suffisant pour qu'il lui proposât un soir de l'accompagner au concert, dans cette petite salle Cortot, sise rue Cardinet dans le 17e, qu'il affectionnait à cause de son style Art déco pour lequel il avait un faible. Il avait averti sa femme qu'il sortait avec une collègue, sur le ton indifférent, sans agressivité, de quelqu'un qui se moque des conséquences et des procès d'intention, et qui ne fait pas semblant de s'en moquer.

Quand elle parut devant lui à l'entrée de la salle des concerts de ce qui avait été l'École normale de musique de Paris, au milieu du bavardage frémissant du beau monde en sortie, ou de ce qui en tenait lieu, il fut saisi d'un étonnement ravi. Elle n'était plus la « bimbo », mais une jeune femme en tenue de soirée élégante et naturelle, si finement maquillée qu'il fallait le deviner. « Mon *look* d'idiote est ma tenue de travail », lui dit-elle en constatant sa surprise qu'elle avait prévue. Il se fit d'elle une autre idée, ou plutôt l'ambiguïté de l'idée qu'il se faisait d'elle trouva là sa confirmation. Élevés hors d'eux-mêmes grâce aux harmonies du concerto en la mineur de Schumann, ils sortirent comme on retrouve le temps après un instant qui dure, à la fois rassurés et nostalgiques, selon les attentes d'une sorte de tristesse bienvenue. Quand ils rentrèrent chez eux en taxi (elle habitait rue des Dames, non loin de la place de Clichy, dans un vieil immeuble biscornu rénové mais ayant su conserver les caractères de ses origines populaires), elle ne lui proposa pas de prendre un verre chez elle, et il ne fit rien pour lui suggérer qu'il eût aimé qu'elle le fît. Ce n'est pas la crainte d'une rebuffade qui l'anima (il savait, d'une certitude calme, qu'elle n'aurait pas eu lieu), non plus que la peur du ridicule ou la crainte inspirée par la timidité. Ce fut un mélange paradoxal de plaisir d'ajourner son plaisir, et de joie de s'éprouver plus fort que la tentation, comme si la chute et la victoire, confondues en leur être en puissance, se renforçaient l'une par l'autre. Elle fut à peine déçue, confiante dans le fait que le dénouement viendrait à son heure, que cette heure serait la sienne en tant qu'elle serait choisie par Amédée, et qu'il en serait d'autant plus délectable que plus mûri.

XXIII

Amédée n'avait plus peur. Lui qui avait toujours éprouvé, depuis le début de sa vie respectable, une crainte presque panique du scandale, des risques mal mesurés, de l'imprévu, des contretemps, du désordre matériel aussi bien que spirituel, du qu'en-dira-t-on, de l'hostilité d'autrui vécue tel l'effet d'un courroux divin destiné à sonner un rappel à l'ordre dans la vigilance morale, se mettait doucement à se moquer de lui-même en se regardant craindre tout et n'importe quoi dans une attitude de vigilance épuisante et stérile. Il se libérait de sa peur sans craindre de déchoir en brisant le rythme monotone d'une vie ennuyeuse et réglée, pris de commisération amusée pour lui-même et de pulsions de fantaisie inspirées par un printemps intérieur dont la figure d'Ariane était comme le symbole, peut-être le catalyseur, mais dont il pressentait qu'elle n'était pas la cause première. Il n'était pas figé dans la terreur des errances peccamineuses à ce point qu'il en fût devenu, prostré, incapable de prendre acte de ce qui se produisait en lui. Il savait bien qu'Ariane lui accordait une attention qui excédait son rôle de collaboratrice, et que cette espèce de densité chaude qui se formait dans son propre cœur était gravide de bouleversements faisant s'identifier, aussi longtemps qu'elles subsistaient à l'état potentiel, les chutes tragiques et les révélations libératrices. Il s'aperçut qu'il devenait un rien coquet, que l'image non désagréable d'homme massif bonifié par les ans, et que lui renvoyaient de lui-même, à la dérobée, les vitrines des magasins, était presque flatteuse. Il se surprit à faire aux femmes un compliment non appuyé dont la discrétion les charmait parce qu'elle n'était pas lourde des pesanteurs du désir impatient de séduire ; il s'étonna de cette habitude nouvelle de se complaire dans le rôle du spectateur pur assis sans se soucier du temps qui passait aux terrasses des cafés. Il renouait avec le moment de sa jeunesse où elle s'était mise à déraper. Il faisait du sport plus souvent, se plaisait à affronter des plus jeunes que son expérience et sa vitalité renouvelée terrassaient encore. Plutôt que de se confiner, par peur panique de perdre son temps, dans la lecture d'ouvrages d'histoire, de droit, ou de spiritualité édifiante, il se mit à lire des romans en grand nombre, assuré que ces gaspillages de durée pris sur le temps qui lui était imparti se révéleraient autant de gains, par la vertu qu'ont les romans de faire vivre mille vies que la vie réelle la plus longue ne saurait épuiser. Il se confessait avec gravité mais sans angoisse. Il n'avait plus peur de déplaire, et cela plaisait ; il osa se dire que cela plairait même à Dieu et à Ses saints qu'il savait s'intéresser à son sort. Il revoyait Ariane, bien sûr, au moins quatre fois par semaine. Elle savait presque tout de lui, il croyait en savoir assez d'elle.

Un midi, alors qu'ils déjeunaient dans un restaurant asiatique du quartier de la Défense, elle lui parla de ses origines.

« Vous savez, Amédée, je suis loin d'être celle que vous pensez ; vous me prenez pour une fille de son temps, tellement déracinée que, n'ayant pas même nourri de haine à l'égard des racines, la femme point trop idiote que je suis parvient sans préjugés à en examiner les vertus. Je vous ai parlé de mes études et de ce que je suis aujourd'hui, de mes goûts, de mes aversions, de mes doutes. Je ne vous ai pas parlé du milieu dont je suis issue.

— Je ne vous ai pas questionnée par discrétion. Cela ne signifie pas que la chose me serait indifférente. D'ailleurs vous le savez bien. Tout de vous m'intéresse, même si ma curiosité n'est pas immune de toute appréhension. Et puis vous m'avez beaucoup plus écouté que vous n'avez parlé, peut-être parce qu'en vous parlant de moi je celais ma curiosité nourrie pour et par vous.

— Vous allez être surpris. Ce que vous m'avez dévoilé de vous, qui fait comprendre ce que vous pourriez devenir, rencontre un aspect de mon passé qui se prolonge en moi. Mais cela risque de prendre du temps.

— Nous continuerons au bureau. »

Une heure plus tard, dans le bureau d'Amédée, à l'heure du café.

« J'ai perdu la foi — vous l'aviez compris — parce que mon père s'en est dégoûté lui-même. Vous avez — je me réfère à vos descriptions suggestives — un nombre incompressible de piqués au mètre carré dans votre milieu d'allumés mystico-dingos, par exemple les apôtres de "saint Louis XVI" persuadés d'avoir reconnu le profil du "roi martyr" dans une tache du divin sang conservé sur le Saint Suaire… Vous m'avez bien faire rire en me racontant cette affaire. Mais je riais jaune intérieurement, parce que mon milieu n'est pas en reste pour cultiver les allumés.

Je suis d'origine belge. Tous les hommes se posent en s'opposant à leur propre père. Vous-même vous ne faites pas exception : vous avez un goût maniaque pour l'effacement et la sobriété. Si, si, et en cela, aussi effacé que votre père pouvait être hâbleur, vous vous êtes trouvé en vous opposant à lui. Au passage, il me semble qu'une mesure est nécessaire en toute chose, même dans l'exercice du sens de la mesure ; mais laissons cela, je vous parle en ce moment comme si je m'arrogeais des droits sur vous. Vous pourriez penser des choses ; et je pourrais m'y mettre aussi. Mais que dis-je, enfin ? Vous pourriez être mon père ! Mon père, mon confesseur, mon ami, mon malade parfois aussi fragile qu'un enfant… Je disais que même le sens de la mesure appelle la démesure parce qu'il doit lui-même être exercé avec mesure. Je voulais surtout dire que mon père — enfin mon idée vient à mon secours — s'est opposé au sien en essayant de le dépasser sur le terrain de sa propre démesure idéologique, et, en plus, il l'a fait de la manière la moins fidèle qui soit.

Mon grand-père fut un compagnon de Léon Degrelle dans la SS Wallonie. Il est très vieux, il a passé les nonante ans, et je me demande s'il ne conviendrait pas que fût organisée, à l'occasion, une rencontre entre lui et vous, avec moi bien sûr. Quand il parle de Léon, il ne peut s'empêcher d'ajouter, rituellement : "Sa Majesté Modeste Ier". Cela ne l'empêche pas de l'avoir beaucoup admiré. Mon grand-père est catholique, de même tendance que vous ou à peu près (je me perds dans les ramifications de votre maison religieuse). Son fils a cru bon de se faire néo-païen virulent. J'ai été élevée au rythme des solstices, quoique baptisée, un court temps envoyée au catéchisme. Inutile de vous dire que je me suis soustraite assez vite à cette espèce d'ultra gauche écolo de l'extrême droite, pour me réfugier dans un agnosticisme assez inconfortable. Mon pauvre papa croit aux runes, à l'ésotérisme nordique, à tout ce foutoir de bandes dessinées spécialisées. Je suis parvenue, grâce à mon grand-père, à éviter les écoles Steiner et les mirages de l'anthroposophie, et j'ai fait des études "normales", intégrée dans la normalité la plus convenue. Je pars du principe que le refus de s'intégrer dans son monde, aussi décadent soit-il, engendre plus de désordres que le fait d'avoir à faire l'effort, plongé en lui, de n'en retenir que ce qui est supportable. Il me semble que je ne m'en suis pas trop mal tirée.

— En effet, si l'on fait abstraction du souci de votre salut.

— Oui, mais ce n'est pas mon salut qui me préoccupe le plus en ce moment. À tout le moins, si c'est ce souci qui m'occupe, il s'annonce, depuis que je vous connais, dans des formes pour le moins déconcertantes, à la fois délicieuses et pleines d'angoisses. À propos, pouvez-vous seulement une fois penser à quelque chose sans le référer immédiatement au salut ?

— Mais pourquoi m'en faire grief ? C'est quand même normal de tout lui référer, puisque nous sommes sur Terre seulement pour un temps, pour souffrir afin de mériter la vie éternelle.

— Oui, mais j'ai dit : "sans le référer *immédiatement* au salut". Ce n'est pas la subordination de tous les instants de cette vie à l'autre vie, si elle existe, qui me paraît aliénante. C'est l'impossibilité en laquelle vous vous trouvez, vous et vos coreligionnaires, de séjourner, de vous risquer dans ces moments qui tissent la vie terrestre, de les prendre au sérieux, de vous investir en eux sans crainte de vous y perdre, de vous passionner pour eux, d'y puiser des raisons de vivre et même de mourir. Vous vivez tous les moments de votre existence comme les pages d'un livre, qu'on tourne d'un air pressé pour parvenir à sa conclusion, et auxquelles on ne s'intéresse que pour constater qu'elles ne contiennent pas la conclusion, comme quand on compulse un annuaire téléphonique sans trouver le numéro cherché. On vit alors les moments de la vie comme un pensum, et, puisqu'il faut bien patienter, on ne se préoccupe de leur contenu que par devoir ; alors on travaille par devoir, on se cultive par devoir ; on se soigne, on se marie, on mange, on jouit par devoir ! On se met entre parenthèses dans une position d'attente, et on passe à côté de tout. Je dirai même qu'on se dispose bien peu, dans ces conditions, à atteindre le but.

— Vraiment ? C'est pourtant la seule façon de ne pas s'embourber dans les escales du voyage en ratant les départs du bateau.

— Je crois plutôt que c'est la "meilleure" façon de se tromper sur la nature du but, et de se fourvoyer dans une destination qui n'existe pas. Comment vous dire ces choses que je ne suis pas tellement outillée pour formuler ? Si votre éternité a l'immobilité de la mort, comment voulez-vous qu'elle m'intéresse ? Pourquoi le but devrait-il se faire précéder par quelque chose qu'il abolit sans reste ? Si ce quelque chose est destiné à retourner au néant, il n'a aucune valeur, pas même celle de mener au but. On se bouche les yeux, on se ferme les oreilles, on meurt avant de mourir, mais c'est là la plus radicale manière de freiner des quatre fers devant la mort, et de ne jamais passer la porte étroite de la béatitude. Ce que j'essaie de dire, c'est que le but succède aux moments qu'il renvoie dans le néant : d'accord, la chaleur succède à l'échauffement ; mais l'échauffement procède lui-même de la chaleur, vous en conviendrez ; donc le but ne succède à ses moments qu'en étant aussi immanent à chacun d'eux, en se préfigurant en eux, en se faisant procéder d'eux parce qu'il se préfigure en eux, et cela donne à chacun des moments du mouvement la pesanteur du terme du mouvement lui-même. On risque tout à chaque instant mais, précisément, il est comme définitionnel du tout de se risquer en chaque instant ; le tout ne serait pas le but s'il ne s'y risquait pas, il est déjà là tout entier dans ce qui l'annonce, et c'est ce qui fait l'épaisseur de la vie.

— Le but, voulez-vous dire, ne nie les moments qu'il parcourt qu'en les conservant ; je suis assez de votre avis, et c'est peut-être ce qui fait que nous avons des souvenirs : présence de ce qui est passé. C'est vrai, ça ; on s'interroge rarement sur les conditions de possibilité de l'existence de la mémoire, peut-être parce qu'on s'efforce toujours à oublier ce qu'on a honte d'avoir été, ou bien, plus innocemment, parce qu'on croit perdre son temps en dormant. La mémoire n'est pas ce qui fait advenir au présent un passé avec lequel le présent aurait coupé les ponts ; la mémoire, c'est ce qui a la vertu de faire résonner un passé que le présent conserve et qu'il n'abolit que parce qu'il le repose ; se reposer, c'est bien se "re-poser" ; c'est l'acte, pour une réalité, de s'incorporer le processus dont elle résulte, à tout le moins d'intérioriser son vécu ; et c'est pourquoi le sommeil est d'abord mémorisation. Il y a temporalité seulement quand le processus et le résultat sont extérieurs l'un à l'autre. Mais enfin, il est vrai que, selon ma vision des choses, le départ de tous les départs est cet Alpha qui est aussi l'Omega, le but de tous les résultats, de sorte que l'origine première coïncide avec le terme ultime ; et c'est ce dernier qui inaugure le processus qui mène à lui. Quand on l'atteint, il y a suppression du processus, mais aussi confirmation de celui-ci ainsi paradoxalement conservé parce que révoqué ; l'éternité qui succède au temps des vivants, si elle est elle-même vivante, c'est la réalisation en acte d'une identité du résultat et de son processus. Pardonnez ma cuistrerie, mais j'aime être exact : l'éternel c'est, je pense, dans la forme d'une objectivation de soi, le ré-engendrement du processus — qu'il se met à avoir — par lequel il s'engendre et qu'il est ; c'est parce qu'il l'a qu'il parvient à l'être sur un mode non processuel, tel un acte d'être qui est son agir. On aurait là, d'une certaine façon, une explication osée de la Vie trinitaire : on y parviendrait par un passage à la limite — que nous pouvons seulement désigner sans le vivre — issu de la radicalisation — qui tend à les faire s'identifier — des déterminations constitutives, extérieures les unes aux autres, du monde fini qui nous est proportionné. J'entends bien cela, je pense, et j'en entrevois la dérangeante fécondité, s'il est vrai que toute créature ressemble à son Créateur. Mais quel rapport avec les errements politiques de votre père ?

— J'y viendrai. La seule chose que je voudrais faire observer en ce moment, c'est que votre truc de l'idéal monarchiste, pour les gens d'aujourd'hui, c'est une manière de rêver d'un monde dans lequel il était permis de se désintéresser de la chose politique afin de cultiver son jardin dans son coin pour faire son salut : une société statique, une hiérarchie figée, tout est dit, tout est fait, rien ne vit dans le tout, sauf les atomes du tout dont chacun vit pour lui-même. Le tout est le résultat mort d'un processus jadis vivant mais qu'il ne conserve pas. Il y a ceux qui pensent et qui prient, ceux qui combattent, ceux qui travaillent, et c'est très bien, c'est l'ordre, mais cet ordre — là est son défaut — n'est pas l'expression de l'ordre intérieur à chacun de ceux qu'il intègre ; il les arraisonne de l'extérieur, ils ne sont pas vitalement concernés par lui, il les laisse être des atomes qui s'agglomèrent et s'agitent dans la vie familiale, paroissiale ou au mieux provinciale. Mon grand-père était — est toujours — catholique et national-socialiste ; mon père est fasciste, au sens générique du terme, ou plutôt néo-fasciste, mais il est anticatholique parce qu'il ne retrouve pas, dans ce que les catholiques lui renvoient d'eux-mêmes, cette vitalité organique faisant de chaque moment de la vie terrestre une forme d'épiphanie de son terme. Dans ce cas, à quoi bon s'intéresser à la politique, à la vie de la Cité, à ce processus par lequel elle se renouvelle en permanence à l'intérieur de son identité ? La Cité est une espèce de résumé de l'univers qui prend conscience de lui-même en elle. Si, comme barque qui mène à Dieu, elle n'est pas déjà une image de Dieu, alors elle n'est qu'un dispositif instrumental somme toute peu important, et même méprisable ; on y fait son boulot et on attend la quille. Chacun est renvoyé à sa "*privacy*", hédoniste et hollywoodienne, ou bien-pensante et sulpicienne, selon les dilections privées de chacun...

— Oui, d'une certaine façon ; mais l'essentiel n'est-il pas d'appartenir à l'Église, qui est "Jésus répandu et communiqué" ? "La Cité est pour l'homme et non l'homme pour la Cité" ; par sa liberté, l'homme choisit, dans un acte privé, le chemin du Ciel ou celui de l'enfer : il est dans l'Église ou hors d'elle.

— Et voilà... C'est facile... Et l'Église devient l'unique raison d'être du Politique dont elle va s'emparer pour en faire un garde-chiourme vétilleux au service de la vertu. Elle va se transformer en eunuque chargé de surveiller les vierges, et l'on est en pleine théocratie... Va-t-on mourir pour un eunuque inquisiteur ? Ce que vous appelez la sur-nature va prétendre à se substituer à la nature, et il faudra être un sous-homme pour accéder à la sainteté… Est-ce vraiment le programme ? J'ai refusé les conséquences déri-soires du néo-paganisme qui se réduit à un Club Med New Age pour Blancs. Mais je n'ai pas compris comment mon grand-père s'y prenait pour être catholique sans piétiner les grandeurs de l'ordre naturel ; au vrai, je crois qu'il fait coexister les deux en lui, le chrétien et le païen, et qu'il change de registre au gré de ses besoins. Vous, c'est autre chose ; vous avez choisi, à grand-peine, de sacrifier le païen et d'être un chrétien triste, et je sais que vous sentez ce qu'il peut y avoir de désordonné là-dedans. Et moi, pendant ce temps, je tourne en rond dans l'expectative, et vous êtes dans le même cas que moi sans le savoir, vivant un malaise que je me contente de conjurer en restant à l'extérieur. Et ce malaise, pourtant, me fascine parce qu'il est mon destin, et c'est pourquoi je…

— …

— C'est pourquoi je suis en train de tomber amoureuse de vous ; j'en suis désolée, autant que vous pourrez l'être…

— Je sais, Ariane, se laissa-t-il dire comme se parlant à lui-même, et sur le ton d'un homme vaincu. Votre aban-don, qui m'émeut à un point que vous ne pouvez conce-voir, remue en moi des forces inoccupées depuis toujours, et me contraint de regarder en face cette maladie confor-table du catholicisme, qu'on appelle le surnaturalisme, et dont je me suis revêtu avec des réflexes d'hypocondriaque. J'irai visiter votre grand-père. »

Il avait compris qu'il lui faudrait consentir à éprouver une passion risquant de l'emporter s'il voulait renouer avec ces forces de la Terre en dehors desquelles la grâce offerte, victo-rieuse des passions, dépérit. Il faut vivre dangereusement.

XXIV

Dans un bel hôtel particulier sombre et cossu de la rue Filips de Goedelaan, au nord-ouest de Bruges, l'ancien Untersturmführer Peeters reçoit sa petite fille et Amédée. Il est physiquement très diminué, installé dans un fauteuil roulant dans lequel une infirmière à domicile le redresse de temps à autre quand il s'agite trop ; il la laisse faire de bonne grâce ; elle ramasse ses documents, qu'il manipule fébrilement sans guère les consulter, quand ils tombent au sol. Une certaine coquetterie d'étranger francophone, jointe aux licences de langage dont il pense pouvoir se prévaloir à cause de son âge, lui fait développer un discours soutenu sur un ton chevrotant, entrecoupé de quelques vulgarités, peu cohérent mais riche d'informations disparates. Un prêtre catholique en clergyman et de nationalité allemande, fils d'un des compagnons de combat — mort au front — du grand-père, était assis à la droite de l'amphitryon, impassible et silencieux ; son statut canonique était obscur ; il connaissait et approuvait les œuvres de Mgr Hudal ; en plus de la croix visible indiquant son état, il portait, dissimulée derrière le revers de sa veste, une croix gammée.

« En 1945, commença Maître Peeters, j'ai dû me cacher, parce que l'épuration belge était aussi féroce que l'épuration française. Nous avons tous les vices des Français, leur prétention en moins, avec une bonne dose de complexes, de lourdeurs, de servilité mimétique et d'appétits sordides qui tempèrent les vertus de notre sérieux scientifique et linguistique, c'est-à-dire de nos compétences éprouvées ; tout ce que raconte votre ordurier Baudelaire à notre sujet n'est pas complètement faux... Revenu d'Argentine après un exil de cinq ans, j'ai su, en faisant le gros dos, en usant aussi de divers moyens de pression qu'il me fut donné de rassembler un peu partout contre mes persécuteurs démocrates-chrétiens aux mœurs singulières, faire mon trou lentement ; je n'étais coupable d'aucun "crime de guerre" ; je fus seulement condamné à l'indignité nationale pendant dix ans. Puis les sympathies et solidarités d'ascenseurs renvoyés nouées dans le monde de la basoche, les compromissions des uns et des autres, m'ont permis de me faire oublier et de gagner un peu d'argent, assez pour faire peau presque neuve et m'offrir le luxe d'emmerder tout le monde.

En 51, de retour en Europe, j'ai séjourné à Paris pendant quelques paires de mois, sous un faux nom ; j'avais là des dispositions à prendre, avant de rejoindre ma pauvre patrie, pour ne pas me faire lyncher.

Paris a bien changé ; j'y suis retourné pour enterrer quelqu'un il y a moins de dix ans. Paris, quarante ans avant, m'a ouvert ses bras de pierre, de misères, de fantaisie, d'illusions et de désespoirs. À l'époque, la conquête états-unienne de l'Europe commençait, ou plutôt reprenait après l'intermède de l'Europe hitlérienne, mais les poisons des banksters anglo-saxons n'avaient pas encore été complètement intériorisés par un peuple dont il faut bien avouer, vous me l'accorderez, qu'il s'était déjà passablement avili tout seul depuis deux siècles de jacobinisme. Gavroche avait déjà remplacé le Grand Ferré... Une atmosphère de relative liberté régnait encore, qui a complètement disparu. On trouvait du travail au pied levé, à presque tous les niveaux de la hiérarchie sociale. Il y avait des clochards heureux, diogéniques et sans aigreur. Il existait encore des ouvriers fiers de leur métier, un vrai métier qu'ils possédaient vraiment ; nombre d'entre eux étaient communistes, mais ils avaient quand même conservé du bon sens. C'était leur manière de contester l'individualisme capitaliste, le despotisme des banques et les passe-droits des planqués. Certains avaient été doriotistes. On pouvait les entendre chanter dans le métropolitain. Aux beaux jours, sur les trottoirs du boulevard de la Chapelle aujourd'hui envahi par les bicots, sur ceux du boulevard de Strasbourg devenu Ougadoudou, des familles de braves gens d'humble condition descendaient avec des chaises, au crépuscule, afin de boire le café en conversant nonchalamment ; ils écossaient des haricots, elles tricotaient, ils fumaient sans penser. Il y avait de temps en temps une bagarre de rue entre pères de famille éméchés, deux argousins se pointaient, on n'en faisait pas une affaire. On se retrouvait à quatre familles autour d'un poste à galène pour écouter l'arrivée du Tour de France. Pas de téléphone, pas d'internet, pas de digicode à l'entrée de chaque immeuble. Une visite était une surprise. On donnait de la lumière, on cultivait l'art de la conversation. Il y avait, dans le 11ᵉ arrondissement de Paris, une multitude de petits caboulots souvent tenus par des "pays", aujourd'hui remplacés par des boîtes d'intérim et des fast-foods, ou des épiceries tenues par des Arabes, qui servaient de lieux de rencontre à une foule de manuels : menuisiers, ébénistes, garagistes, chaudronniers, qui prorogeaient dans un curieux mélange d'esprit quarante-huitard, poujadiste, provincial, le moins gâté, le moins irrécupérable de l'humanité française d'avant 39. Demeurait en eux, malgré tout, une hystérèse de goût pour le travail bien fait, de respect pour la parole donnée et pour les principes du christianisme médiéval, quelque égard pour la famille, pour la femme, pour la pudeur, pour la guerre, pour la mort, pour la contemplation désintéressée ; on y entretenait même, certes très théoriquement, un certain mépris pour l'argent. On dira ce qu'on voudra : la vie était plus humaine.

— …

— Et vous ne répondez rien, là, à écouter les souvenirs gangrenés d'un vieux con ! Faut-il que vous soyez tous les trois bien dociles pour le laisser s'épancher sans l'interrompre ! Vous êtes vraiment complètement anesthésiés ! Je continue donc, puisque vous êtes si patients…

Vous l'avez compris : il semblait rester quelque chose de ce que l'homme était encore avant 45, quand tout était encore possible.

L'esprit, la couleur des années cinquante se sont prolongés jusqu'au début des années soixante : boxeurs bourreaux des cœurs, épaules larges de Coplan fumeur de Gitanes, séries noires, bigoudis, tango, rumba, cyclisme, cinémas des Grands Boulevards, cravates étroites, maquereaux balèzes et pépés pulpeuses, lèvres rouge carmin, Simenon, jarretelles et bas résille, Cadillacs, chapeaux mous, fume-cigarettes, pissotières, bleus de travail, blouses grises, Dubonnet, Cinzano, Saint-Raphaël, les HLM et la Zone des fortifications. J'en conserve une certaine nostalgie, c'était encore ma jeunesse prolongée, une deuxième jeunesse à cause du sentiment de nouveauté : c'était la reconstruction, le boom économique et démographique, l'impression de repartir de zéro après les convulsions de la guerre ; on pensait dans mon ghetto qu'il serait possible, malgré l'invasion culturelle anglo-saxonne, de reprendre le combat plus tard ; qu'ils s'apercevraient, comme l'avait prévu l'autre ivrogne, qu'ils avaient tué le mauvais cochon. On avait alors le sentiment que la France était à redécouvrir, que l'Europe était à faire, qu'il y avait encore des endroits du monde où l'homme n'avait jamais mis les pieds, où il serait loisible aux proscrits de se mettre en retraite en cas d'infection généralisée. Il y avait place pour l'aventure, le monde n'était pas encore mis en coupe réglée.

Et pourtant, avec le recul des années, c'est l'apocalypse du bunker de Berlin qui exprime la vérité de cette époque. Ce monde était déjà complètement pourri, il était déjà le monde d'internet et du Web, le Village global des Ilotes, l'ère du métis absolu. *Tout était programmé depuis le tribunal de Nuremberg.* Fallait pas laisser passer la chance ; elle est passée, elle ne reviendra pas, et je partirai — bientôt assurément — sans regret.

C'est cela, voyez-vous, cher Monsieur, que les royalistes n'ont pas compris. Quand je repense aux fleurs flétries qui sévissaient dans leurs rangs, aux tiges anémiées qui peuplaient leurs cercles de réflexion, à leurs espoirs naïfs, à leurs prétentions providentialistes dérisoires... Tous ces ectoplasmes traînaient leurs plaies, leur passé malade, leurs protubérances idéologiques, leurs compromissions aussi ; parfois, au milieu de vaticinations délirantes, il y avait de la lucidité impuissante et excédée. Les royalistes se foutent de la gueule de Victor Hugo qui partait d'aise dans sa culotte chaque fois qu'il évoquait les soldats de l'An II. Ces derniers étaient beaucoup plus pillards que guerriers ; la Grande Révolution se serait réduite à un crachat dans un bocal de foutre si les troupes solides de l'Ancien Régime n'avaient pas soutenu les hordes vinassières des Jacobins surexcités stipendiés par la Banque ; ces troupes chargeaient le Prussien au cri atavique de "Vive le Roy". Et qui ne voit, quand on est contre-révolutionnaire, que ce sont les bataillons royaux qu'il faut incriminer ? Pour n'avoir pas su désobéir à l'autorité légale des usurpateurs qu'ils s'obstinaient à tenir pour les dépositaires des intérêts de la patrie, pour n'avoir pas été capables de faire la révolution à l'intérieur de la monarchie, ils portaient dans leur vain courage toute l'ordure de la République laïque, du communisme, de l'Amérique négroïde et juive, du capitalisme et de la dictature financière et bancaire. Eh bien ! J'en puis dire autant des nostalgiques du "cinquantisme", dont j'ai été ; ne commettez pas la même erreur que moi. La France, l'Europe, la race blanche, l'intégrité et la liberté de l'Église en son corps matériel sont mortes à Stalingrad. Il n'y a plus rien à faire, sinon attendre que tout s'écroule sous le poids de sa propre iniquité. La France fille aînée de l'Église dressée contre la barbarie des Boches… Ils ne se souviennent pas que Sixte Quint tenait Jacques Clément pour un martyr et envisagea de le faire béatifier… J'en suis revenu de la Grande Bourgogne, mais pas du Reich. Votre Sylvestre II, père spirituel d'Othon III, a tenté avec lui de ressusciter l'Empire carolingien qu'ils voulaient, tous deux, faire coïncider avec les limites de la chrétienté occidentale. Godefroi de Bouillon était partisan d'Henri IV le Salien… Plus tard, si Luther a pu empoisonner toute la chrétienté, c'est parce que le pape, effrayé par les dix-sept couronnes impériales qui entouraient ses États, appuyait les princes allemands hostiles à Charles Quint ; alors vous savez, quand on nous rebat les oreilles de l'alliance privilégiée, surnaturelle, entre la France missionnée et l'Église contre le césarisme des Schleuhs, je souris amèrement… La France fille aînée de l'Église a soutenu financièrement la ligue de Smalkalde. C'est Charles Quint qui souhaitait le concile de Trente, c'est votre François Ier qui n'en voulait pas, tout affairé à soutenir les princes allemands réformés hostiles à l'empereur ; à Trente et à Bâle, ce sont les Français qui ont tenté d'imposer le conciliarisme. La France soutint la Suède réformée pendant la guerre de Trente Ans. Innocent X ne reconnut pas les traités de Westphalie, Innocent XI ne reconnaîtra pas celui de Nimègue. De quel côté est la véritable alliance du trône et de l'autel ? Si Hitler avait gagné la guerre, on aurait fait l'économie de Vatican II, l'Europe serait redevenue le centre du monde, la race blanche ne serait pas en voie d'extinction, les Lumières seraient éteintes et les Juifs arrêteraient de précipiter le monde en servitude. Qu'on me serve du thé, j'ai soif. »

Amédée et Ariane souriaient silencieusement, en le laissant reprendre souffle. Elle lui envoyait de temps à autre un regard un peu inquiet, mais il la rassurait d'un presque imperceptible mouvement de tête. Le Père Friedrich Reinhardt ne disait toujours rien.

« Ma petite-fille bien-aimée est bien sage, à côté de son Monsieur trop réservé. Elle reprendra peut-être le flambeau, qui sait ? Vous savez, je pense qu'il est illusoire d'essayer de protéger ses enfants des effets corrupteurs de la société moderne ; vous avez essayé de faire pousser les vôtres dans une forcerie moralisante ; ils se sont échappés ; s'ils ne l'avaient pas fait, ils auraient été anémiés. Oh je me doute bien que le résultat n'a pas été fameux ; Ariane m'a parlé de vous avant votre visite. Mais je maintiens mon propos. Plus on essaie de les protéger des miasmes de la Cité, plus on les rend vulnérables et fascinés par eux. De toute façon, l'attrait de la société sera toujours plus fort que les interdits familiaux. Vos oiseaux bien-pensants voudraient subordonner la Cité à la famille chrétienne ("fascisme totalitaire" : caca !), contre la loi du bien commun qu'ils revendiquent pourtant, qui veut que le bien soit d'autant meilleur que plus commun. Cette loi de subordination naturelle opère toujours, pour le meilleur et pour le pire. Si vous voulez des familles chrétiennes, il faut prendre le pouvoir politique. Et pour le prendre il faut être fasciste.

— Grand-père, *opa* chéri, il me semble que vous commettez là une pétition de principe, lui déclara Ariane ; Amédée voudrait quelques explications, je pense.

— J'y viendrai, ma petiote, mais laisse-moi m'épancher un peu ; il ne me sera plus fréquemment donné de le faire. Et puis Friedrich saura m'interrompre si mes divagations offensent par trop ses chastes et doctes oreilles. »

Il reprit :

« L'attrait de la société sera toujours plus fort que les interdits parentaux, non par ses séductions, mais parce que l'homme est fait pour s'intégrer dans un tout qui le démultiplie. Il est fait pour vivre au rythme de son temps en lequel il se reconnaît. Comprenez-moi, bonnes gens. Je ne veux pas dire qu'il faut épouser la décadence et la loi du plus grand nombre. Je veux dire que... Oh, et puis, aidez-moi, Friedrich, je risque autrement de m'embrouiller.

— Maître Peeters, commença l'ecclésiastique dans le français presque sans accent d'un homme rompu aux exercices dialectiques, veut probablement dire que la jeune génération est la plaque photographique vierge sur laquelle se réfléchissent, de manière concomitante, toutes les productions toujours plus ou moins contradictoires, à tout le moins indépendantes entre elles, des acteurs sociaux de la période qui la précède. Il est bien clair que ces acteurs sont incapables de faire la synthèse, porteuse du sens général dont elles sont les expressions partielles, de ces déterminations. C'est pourquoi cette synthèse se fait inconsciemment dans les esprits neufs qui en reçoivent les composantes, et qui en dégagent presque spontanément l'esprit de leur époque. La vérité d'une époque vient au jour dans ses héritiers, et c'est dans la réaction de ces derniers que cette époque accède à la conscience d'elle-même. En se mettant à l'écoute des réactions communautaires de la jeunesse, les vieux voient se révéler ce dont ils ont accouché et en quoi ils se sont constitués. Et c'est ce qui explique que les jeunes soient tout entiers forgés par nous, et qu'ils nous soient pourtant si étrangers.

— Oui, c'est cela, reprit le grand-père. Nous croyons les conditionner, et en effet nous le faisons, mais, comme le dit le vieux barbu juif antijuif, nous faisons l'histoire sans savoir l'histoire que nous faisons ; nous sommes de mauvaise foi quand nous ne nous reconnaissons pas dans nos rejetons. Nous avons l'air tout étonnés, navrés, déçus, nous nous croyons innocents, nous cherchons des responsables… Nos gosses sentent que c'est leur mission naturelle de nous renvoyer le sens de l'histoire que nous avons faite, de nous renvoyer à la gueule le type d'homme que nous avons façonné. Et rien ne peut les détourner de cette mission.

— J'ai un peu de mal à vous suivre, cher Monsieur, crut bon de l'interrompre Amédée.

— Je vous choque, n'est-ce pas ? Vous croyez que je retombe en enfance, que je verse dans la démagogie par amour sénile pour la jeunesse ? Ma petite-fille connaît mes audaces, elle sait qu'il n'en est rien.

— Vous ne me choquez pas, vous me faites réfléchir. Mais j'avoue pour le moment ne pas comprendre. À ce compte, la décadence serait une fatalité qu'il faudrait épouser pour ne pas devenir schizophrène… Mais c'est la modernité qui est folle, ce n'est pas nous !

— Nous fascistes étions déjà étrangers à nos pères bien-pensants, nous étions écœurés par ce mélange peu ragoûtant de rigorisme républicain remplaçant le Notre Père par l'impératif catégorique, enflé par la conscience de sa mission civilisatrice auprès des Nègres que nous corrompions en toute bonne conscience avec les Droits de l'Homme, et de piété bourgeoise étriquée respectueuse des gendarmes, de la propriété privée, du Code civil et des préceptes du catéchisme à la sauce des "âmes vaillantes", bouffant du Boche à tous les repas dans le respect des Anciens, l'œil gélatineux des buveurs d'apéritifs fixé sur la ligne bleue des Vosges… Oh je sais, nous valions quand même mieux que les avortons d'aujourd'hui, mais ça vient de ce que nous avions reçu plus qu'eux, malgré les tares de nos aînés. Si nous avions gagné la guerre, la jeunesse nous aurait renvoyé le sens — nécessairement impensé par nous — de notre croisade des fascismes ; ils auraient rectifié le tir quand il y aurait eu lieu de le faire. Mais nous n'avons pas su être les plus forts, et ça, voyez-vous, c'est la faute des bien-pensants. Pie XII, Pétain, le comte de Paris, et tous les aristos bourgeois de France et de Belgique ont opté pour Roosevelt et Oncle Joe au nom du Sacré-Cœur.

— Mais alors que préconisez-vous ?

— Pour être franc, rien du tout aujourd'hui, parce que tout est perdu ; peut-être seulement former un noyau discret fondu dans la masse, capable de se lever quand tout s'écroulera. Le Père Reinhardt a son idée sur la question, mais il est douteux qu'il vous en dise quelque chose. »

XXV

Le jour baissait. Maître Peeters s'épuisait. Ariane se retira dans la chambre qui avait été préparée pour elle. Amédée rejoignit son hôtel dans lequel il dîna, pensif. Pendant ce temps leur hôte prit sa soupe du soir avec l'ecclésiastique et dormit deux heures. Il attendait leur retour, dormant fort peu, pour un thé de minuit. L'infirmière avait disparu mais elle se reposait à l'étage, disponible à tout instant. Ils étaient à nouveau réunis tous les quatre. Le grand-père reprit :

« Ma vraie vie — la seule existence qui mérite d'être nommée vivante, celle qu'habite encore l'espérance terrestre — était derrière moi alors que je n'avais pas trente ans. Je ne le savais pas encore, mais je l'ai au fond assez vite compris. J'ai réfléchi à la question non innocente que vous me posiez tout à l'heure, cher Monsieur. Il me semble qu'il est vain de réveiller un temps révolu pour l'opposer au temps présent qu'on a pourtant de bonnes raisons de combattre, parce que le présent est par définition la résolution des contradictions du passé. J'ai déjà exposé maintes fois toutes ces choses à Friedrich, avec le vocabulaire dont je dispose et ma vieille cervelle pleine de trous ; veuillez prendre le relais, Monsieur l'abbé. »

Ce dernier continua, parlant en son propre nom :

« Le présent résout les contradictions du passé qu'à ce titre le présent conserve comme nié, précisa le Père, de sorte que l'autre, en cet état, est déjà désamorcé. Notre hôte pense qu'on doit faire se retourner contre lui-même, en exacerbant ses contradictions, l'esprit du temps présent. On est bien obligé d'accueillir ce dernier parce que l'on naît en lui, et qu'on accède à la conscience de soi-même en lui. L'accueillir, ce n'est pas le cautionner, mais enfin, que voulez-vous, le présent qui nous accueille, nous fait vivre et nous façonne ; sans nous demander notre avis, il nous convoque à en être le fidéjusseur. Pourquoi s'évertuer à l'ignorer ?

— N'allez surtout pas croire, poursuivit le grand-père, que je vous inviterais à épouser la décadence, le relativisme, le modernisme religieux, le mondialisme, la religion de la laïcité, la croyance au progrès, l'IVG, les revendications des minorités sexuelles, le métissage systématique, et toute la série des ignominies qui tissent nos sociétés véritablement invivables. Je suis aussi intraitable que vous sur ces points. Tout ce que je soutiens, c'est qu'on ne peut jamais faire retour en arrière.

— C'est, fit observer Amédée, le révolutionnaire fasciste qui parle, le jeune homme des années trente, quand le fascisme était d'avant-garde. Mais le fascisme est aujourd'hui tenu pour une chose du passé. Si je soumets votre discours au critère infaillible de son contenu immanent, le fascisme est une vieillerie. Comment pouvez-vous alors continuer à l'invoquer pour vous répandre en insultes sur les efforts des conservateurs, qui font ce qu'ils peuvent contre vents et marées ?

— Bon. Je n'avais pas fini de répondre à votre précédente question, mais je vais dissiper votre objection avant d'y revenir.

D'abord, à en juger par la manière dont la modernité entretient la haine et la peur du fascisme, ce dernier n'est pas si moribond que cela. Il n'y a que les conservateurs pour croire qu'il n'est plus d'actualité. Et il est actuel parce que rien n'a changé quant à l'essentiel depuis bientôt plus de cinquante ans.

— Les forces du mondialisme bancaire, précisa le Père, ont feint — peut-être, au reste, avec la complicité des vrais décideurs soviétiques — d'enterrer le communisme pour en faire assumer les potentialités révolutionnaires par le projet d'érection de l'État mondial judéo-maçonnique, et ils l'ont certainement fait pour réhabiliter le communisme quand cet État sera instauré. Les très pâles restes de l'Europe nouvelle, Franco et Salazar, qui n'en sont issus que pour la trahir et la dévitaliser, ont été bien évidemment balayés par l'Histoire. Les maîtres du mensonge ne mentent pas quand ils désignent dans le fascisme leur ennemi essentiel. Ils n'ont pas besoin de mentir : plus personne ne le soutient ; ils ne visent nullement, en lui faisant l'honneur d'incarner le mal absolu, à détourner l'attention des foules en la focalisant sur un faux ennemi ; il n'y a que les catholiques réactionnaires royalistes et unilatéralement complotistes pour croire à la pertinence de ce point de vue ; il est leur ennemi ; les menteurs ne peuvent s'empêcher de dire la vérité de temps en temps et sur certains points. En fait le fascisme n'est pas mort de sa belle mort, il a été écrasé sous les bombes, et on ne tue pas les idées avec des canons. On continue à lui taper dessus parce qu'on sait qu'il est l'unique remède à des désordres dont les opérateurs les plus actifs savent qu'ils sont des désordres, et que tout désordre porte en lui les conditions de son échec. Ils ne réveillent pas, en l'anathématisant vingt fois par jour sur toutes les ondes, une vieille baudruche. Ils savent le fascisme vivant ; ils savent qu'un corps attaqué par des microbes sécrète spontanément des anticorps ; ils savent qu'il est en puissance dans les désordres qu'ils répandent, et ils entendent le tuer avant qu'il ne passe à l'acte, ce qu'il pourrait faire à n'importe quel moment.

— Il renaît d'ailleurs parfois, reprit le grand-père, dans des formes inattendues, et ceux qui le craignent le reconnaissent toujours ; il réapparaît même, de manière déroutante, en son essence anticapitaliste et communautariste, sous les oripeaux d'une certaine gauche pour laquelle le vieillard anticonformiste que je suis a certaines coquetteries. Évidemment, les conservateurs indécrottables en profitent pour dénoncer dans le fascisme un avatar de l'esprit révolutionnaire jacobin… Les monarchistes français, attachés à leur marotte de mission divine de la France, seront toujours les champions de la désunion européenne ; or l'Europe carolingienne en son prolongement germanique est la seule chose qui puisse ébranler le mondialisme ; c'est pourquoi les dilections monarchistes sont au fond très bien supportées par la République, sans compter le recours quasi mécanique des rois aux financiers pour équilibrer un budget trop maigre pour leur politique, du fait du refus monarchique de l'État organique. L'État organique, pour lequel je me suis battu, exclut l'identité entre peuple et attachement à une dynastie. La fleur de lys ne fait pas peur aux mondialistes. Elle est la caution de l'esprit de tolérance dont ils se targuent, et sa présence parmi eux donne l'illusion que le présent mondialiste serait en continuité avec la tradition.

— Soit, répondit Amédée. Mais enfin, en deçà ou au-delà de tout procès d'intention, on ne peut pas dire que cet esprit passionnel, ce plébiscite de l'immanence et de la démesure, toujours revendiqué par les fascismes, ce romantisme souvent un peu facile, soit vraiment compatible avec l'esprit de renoncement, d'abnégation qui fait la substance de notre sainte religion. »

Alors que le Père Reinhardt levait les yeux au ciel en souriant doucement, le vieillard prit un air facétieux, réclama encore du thé, et répondit en battant des mains :

« Nous y voilà… Ah ces Français… Cela me donne l'occasion, si vous le voulez bien, de reprendre ma réponse à votre première question.

Il y a dans le comportement traditionnel des chrétiens une espèce de réticence à l'égard des désirs. J'ai beaucoup désiré dans ma vie, j'en ai transmis la frénésie à ma petite-fille, et je ne regrette rien. Méfiez-vous, elle n'a pas peur de désirer (Amédée s'était raidi). Le péché est une chose horrible, c'est entendu ; mais surtout il est bête. On manque d'humour à l'égard du péché, on le prend au sérieux, comme s'il était honorable. Ce tour d'esprit en vient à faire du désir un péché, parce que le désir, lui, est quelque chose de sérieux et d'heureusement incontournable. Pourquoi s'obstiner à faire croire que les femmes sont moches alors qu'elles sont évidemment désirables ? On ne s'y prendrait pas autrement pour faire de notre pieuse jeunesse une cohorte d'onanistes, ou d'impuissants, ou de pédérastes. On y parvient souvent, d'ailleurs. Il n'est qu'à fréquenter les écoles de la Tradition pleines de boutonneux aux pieds plats qui répandent une odeur aigrelette à force de craindre les mauvaises pensées qui surgissent dans les douches et sous la caresse du savon. Tous ces refoulés craintifs se jettent sur les séductions du monde dès qu'on leur lâche la bride, après avoir contracté des habitudes de mensonge, de délation et de dissimulation. Ce qu'il faut leur dire, c'est que les femmes sont belles et qu'il est normal d'avoir envie de les déshabiller en leur contant fleurette. Mais il faut leur faire comprendre qu'il y a plus beau et plus désirable qu'elles ; il faut leur montrer qu'il est nécessaire de lutter pour aller au-delà de leurs charmes ; il faut leur montrer qu'on doit être plus exigeant ; il faut surtout leur faire désirer la lutte convoquée pour atteindre le meilleur, et que cette lutte est presque aussi belle que ce qu'elle conquiert.

Il ne faut pas leur dire que la juste vengeance est laide, il faut leur dire que le pardon est le couronnement de la vengeance. Si vous refoulez l'instinct de légitime vindicte, il ressort sous la forme de la médisance. Les Pères de l'Église parlent des « joues de l'âme », qui ne sont pas celles du corps, et n'invitent pas à des comportements de masochistes ou de défaitistes, de faiblards et de pleutres. On prend sur soi de payer à la place de l'offenseur la peine qui lui était due, en escomptant sur ce sacrifice pour lui obtenir les grâces dont il aura besoin pour demander pardon. Pour qu'il y ait désir de réparer par le pardon, encore faut-il que l'instinct de vengeance vienne au jour. Voyez-vous, je pense que s'est introduite, dans l'âme chrétienne, même si les éducateurs se défendent de l'enseigner, l'idée que l'idéal du chrétien serait l'homme du paradis terrestre, là où tout était douceur, calme et volupté vertueuse, sans lutte, sans secousse, sans déchirement. Je veux bien croire que ce que les théologiens nomment "dons préternaturels" dispensait l'homme d'avant la Chute de lutter. Ils n'avaient pas à se fatiguer pour apprendre puisqu'ils avaient la science infuse, ils n'avaient pas à surmonter l'angoisse de la mort puisqu'ils étaient immortels ; ils n'avaient pas à craindre les bêtes sauvages puisqu'ils étaient comme réfugiés dans un paradis ; ils n'avaient pas peur des plaies et des bosses puisqu'ils étaient impassibles. Mais enfin, il fallait bien que cette invitation à la lutte fût incontournable, même pour eux, puisqu'il y a eu l'épisode du Serpent. Elle avait eu lieu, avant le temps des hommes, pour les anges du ciel. Saint Michel n'est pas manchot. Il se bat et il aime ça. Qu'ont fait les fascistes ? Ils ont réhabilité à leur manière les grandeurs du combat, ils l'ont exalté. Et je ne sache pas que cette espèce de délectation soit une passion pécheresse. Elle est le moteur de l'état post-lapsaire ; et même si l'homme n'avait jamais péché, sans les dons préternaturels il y aurait eu lutte, parce que la liberté de l'âme se conquiert sur les réticences du corps en lequel, joyeusement, elle se risque. Ai-je votre aval, Friedrich ?

— En termes scolastiques, reprit ce dernier, cela revient à dire que l'irascible ne saurait se réduire à un instrument du concupiscible, même s'il a pour office le plus évident de préserver l'acte du concupiscible en écartant les obstacles ; il est pourtant plus parfait que ce dernier puisqu'il invite à quitter un bien immédiat pour se tourner vers la lutte contre un mal, se donnant ainsi les attributs de l'acte volontaire, qui est maître de son acte ; la maîtrise de cet acte est rendue évidente par le fait que l'on est capable de vouloir ce que l'on ne désire pas. L'irascible est subordonné à ce qu'il dépasse parce qu'il est aussi une médiation obligée entre la sphère sensible et la sphère intelligible : il se subordonne au concupiscible et, ce faisant, conservé dans le concupiscible auquel il ramène, il fait se subordonner le concupiscible tout entier à la volonté ; on pourrait presque dire, dans cette perspective, qu'il est l'acte à raison duquel le concupiscible s'excède, se renie, pour se dépasser en s'y conservant, dans l'appétit volontaire. Il n'est pas interdit de penser que c'est là une manière rationnelle d'introduire de la négativité dans l'ordre statique ; ce serait, si l'on peut ainsi parler, un "négatif non peccamineux". Le concupiscible s'affirme en consentant à ce qui le séduit ; l'irascible s'affirme en niant ce qui l'attire, puisqu'il n'est attiré par le mal que pour jouir de le détruire. Tout se passe comme si ces deux mouvements, contraires, se fondaient en une unité qui les fait se sublimer, et qui convertit la passion en volonté : vouloir, c'est aimer, c'est même la façon la plus pure d'aimer ; mais c'est aussi dire non, renoncer à l'appel d'un bien pour tendre vers un bien meilleur, par là tendre vers les obstacles. Est ici suggéré que le meilleur réalise non contradictoirement l'identité de forces qui, à un niveau inférieur de bonté, sont contraires entre elles.

— N'est-ce pas là faire offense au principe de non-contradiction ?, crut bon de faire observer Amédée.

— Nullement, lui répondit le Père. Il y a la puissance et l'acte, et le parfait est purement acte. Mais à ce titre même, il est puissance active, parce qu'il est non seulement le parfait, mais celui qui maîtrise sa propre perfection ; c'est seulement de la puissance passive que l'acte purement acte, ou Acte pur, est exclusif. Or les contraires, qui deviennent des contradictoires quand ils n'admettent pas d'intermédiaire, s'identifient dans l'être en puissance, fût-elle active. Le parfait n'est pas un "composé" de déterminations imparfaites, il est cette perfection originaire qui se fait participer en se décomposant en elles, un peu à la manière dont la blancheur contient virtuellement, comme la cause contient ses effets, toutes les couleurs. Elle fait s'identifier des déterminations sans abolir leur vocation à se différencier. La volonté n'est pas la composition des passions opposées entre elles, elle est d'une autre nature qu'elles, et elle est cette unité originaire qui les contient, en les identifiant en elle, de manière suréminente. Le Miséricordieux est aussi le Rémunérateur et Vengeur. Et Il est le Simple. Les animaux, qui ont des passions sans être dotés de raison et de volonté, sont habités par des tendances avortées à se sublimer en volonté et en raison. Si le meilleur ne révoque le moins bon qu'en tant qu'il le conserve comme nié, une bonne pédagogie du désir n'essaiera pas d'exténuer les désirs. Elle les exaltera en exaltant plus encore l'énergie belliqueuse qui les fait se sublimer en désir du meilleur.

— Oui, je crois que c'est bien ça, reprit Maître Peeters ; voilà qui a de quoi défriser vos bien-pensants, en invitant à se forger une représentation plus rugueuse de la sainteté… Les chrétiens antifascistes, tels vos monarchistes nostalgiques, et les hallucinés modernistes du paradis sur terre ont au moins un point en commun, et c'est lui qui fait toujours, en dernier ressort, se retrancher les vertueux du côté de la Subversion ; c'est le refus de ce que Friedrich appelle le "négatif non peccamineux".

— Le fascisme, ajouta le Père, a érigé en principe de la vie politique ce qui devrait être aussi le principe naturel de la vie morale. Il a réhabilité l'idée païenne, oblitérée par un certain christianisme moralisant, d'une action réciproque vivante entre morale et politique ; cette action réciproque obligée fait de la morale une intériorisation personnelle de l'ordre déployé par la politique. Et cette réhabilitation était nécessaire au christianisme viril, c'est-à-dire au christianisme. Je suis un homme d'étude, mais je n'en ai pas moins été confronté aux rigueurs de l'apostolat. Vous ne pouvez pas mesurer le caractère néfaste d'une éducation morale qui voudrait négliger l'existence du négatif non peccamineux.

— Voilà, ajouta le grand-père en élevant la voix, ce qu'il faudrait mettre dans la tête de vos curés mielleux qui prêchent la résignation et la douceur pour asseoir leur autoritarisme et dissoudre la politique dans la morale ; avec ça ils transforment l'homme en veau prêt pour l'abattoir, bien docile, bien soumis, et ils nomment ça "humilité", "sens du surnaturel" ; il ne faut pas s'étonner que des esprits impatients par faiblesse, comme le père d'Ariane, se fourvoient dans le néo-paganisme. Et puis, notez bien, quand il s'agit de tendre la joue pour se faire claquer le bol, il faudrait y voir une marque de la charité… Mais la charité, c'est vouloir le meilleur en l'homme, et le meilleur, c'est Dieu. Et pour que Dieu vienne dans l'homme, dans l'état où il est, il faut souvent, mais vraiment souvent lui rabaisser sa grande gueule. C'est alors que la vindicte est la forme que prend la vraie charité. Il faut toujours être prêt à faire la paix, mais il n'y a pas de paix sans ordre, il n'y a pas d'ordre sans justice, il n'y a pas de justice sans réparation. Continuez, Friedrich.

— Faire se retourner contre lui-même l'esprit du temps qu'on est bien obligé d'accueillir en soi puisqu'il nous accueille en lui, ce n'est pas, déclara le Père, comme notre hôte l'affirmait tout à l'heure, composer avec lui ; c'est oser l'habiter. Qu'on le veuille ou non, il vit en nous puisque nous vivons en lui. Il faut l'habiter pour le faire imploser.

Mais ce n'est pas avec les recettes du passé qu'on y parvient. Précisément parce qu'elles sont des recettes du passé, elles ont fait la preuve de leur inanité. C'est parce que le passé n'a pas su se purger de ce qui le rendait vulnérable qu'il est effectivement passé. Alors que lui opposer ? Le résultat d'une révolution intérieure à l'ordre, qui aurait dispensé ce dernier, si elle avait été menée à temps, de sombrer dans un présent décadent. Les fascistes n'ont pas essayé de faire autre chose. Le monde s'est ligué contre eux, avec la complicité des réactionnaires. »

Ces propos reçus par Amédée lui avaient fait forte impression, parce qu'ils touchaient aux causes du malaise qu'il connaissait personnellement depuis toujours. Ayant interrogé Ariane du regard, plus pour méditer ce qu'il venait d'écouter que par lassitude, il déclara :

« Soyez, vénérable Monsieur, ainsi que vous, mon Père, remerciés chaleureusement pour votre accueil. Mais je crois que je vais prendre congé parce qu'il se fait vraiment très tard.

— Laissez-moi quand même finir si vous le voulez bien, reprit le grand-père. Je ne vous reverrai probablement jamais, je serai mort avant que vous n'ayez le goût de me supporter une nouvelle fois. Une dernière rencontre avec les hommes avant le grand saut mérite bien l'écourtement d'une nuit... Reprenez du thé avec moi, vous m'obligerez. »

XXVI

« Il faut bien comprendre, cher Monsieur plein de bonne volonté — et cela est d'autant plus facile avec le recul du temps : voyez l'état du monde aujourd'hui —, que notre épopée de l'Immonde, ce n'était qu'un énervement tragique de l'Histoire, un soubresaut de bête malade, un ultime effort, une poussée de fièvre à vous secouer dangereusement la carcasse au risque de la faire crever dans l'effort de la délester de ses organes pourris, une inquiétude fébrile immense et un peu monstrueuse, et rouge et parfois délirante, un râle de l'Europe qui se sentait moribonde et qui l'était sans en avoir pleine conscience, un remède de cheval, un mouvement révolutionnaire, par là un régime de transition, avec ses excès, ses naïvetés, ses crimes aussi, ses ridicules, une boîte de Pandore qui a révélé le meilleur et un peu du pire : l'héroïsme et le goût du sacrifice, mais l'envie des déclassés ; et la grandeur du dépassement de soi, et la réhabilitation du principe d'autorité, mais les passions ordinaires de la plèbe, et sa grandiloquence et ses déviations. On ne refait pas une aristocratie au pied levé. On n'est pas fait pour vivre en permanence dans une caserne, au pas cadencé, dans l'exaltation collective. Mais il n'y avait pas de millénarisme dans la Bête : "le Reich pour mille ans", c'était l'antithèse stricte du millénarisme mondialiste. Il n'y avait pas de jacobinisme, il y avait de la haine pour l'homme qui n'est qu'homme mondain, c'était anti-humaniste, et c'était sous ce rapport très chrétien : l'humanisme, c'est l'anthropocentrisme, c'est la déification de l'homme, c'est le désir d'être Dieu à la place du désir de Dieu. Nos compagnons antichrétiens — ils ne l'étaient pas tous ! —, par haine des tares cléricales du christianisme, exaltaient sans le savoir l'héroïsme des saints. On fouaillait le bourgeois. Nos dictateurs n'étaient pas des guignols, et c'est pourtant ce qu'on dit aujourd'hui, aussi bien chez les royalistes que chez les démocrates, maintenant qu'ils ne sont plus là : *"nam cupide conculcatur nimis ante metutum"*... Votre Droite paternalo-capitaliste est bien contente aujourd'hui ; on n'a pas touché à ses portefeuilles qui prospèrent dans les fonds communs de placement des cercles mondialistes, elle peut toujours faire son salut dans ses chapelles privées. Périssent la société, la race blanche, trois mille ans de civilisation, pourvu qu'on ne touche ni à mon patrimoine ni à ma piété domestique.

— Après la crise qui vide le pus, poursuivit le Père, si nos aînés avaient gagné la guerre, il y aurait eu la guérison, le retour à l'ordre calme, aux monarchies apaisées mais rénovées, aux cycles lents des sociétés redevenues fécondes parce que capables d'intérioriser les pulsions politiques d'héroïsme et les furies collectives de rédemption. Nous n'avons jamais pensé que la timocratie serait le meilleur régime. Mais il est aussi difficile de réussir une paix que de gagner une guerre. Les dictateurs se seraient calmés, par nécessité, ne serait-ce que pour asseoir leur victoire. Ils auraient, comme on dit chez vous, passé la main. Après les grands émois vengeurs d'Hercule nettoyant les écuries d'Augias, le peuple réveillé se trouve toujours à la croisée de deux chemins. Ou bien l'établissement de sociétés d'ordre organisées en ordres, et tirées vers le haut par la religion. Ou bien la populace indécise, hébétée par une victoire dont elle ne sait que faire, criant "Hitler, des sous !" en retournant à son vomi démocratique. Hitler l'avait compris ; il affirmait en 36 : "Le livre de Monsieur Rosenberg, *Le Mythe du vingtième siècle*, n'est pas une publication officielle du Parti. Au surplus, je vous affirme que l'Église catholique possède une force vitale qui se prolongera bien au-delà de notre vie à nous tous réunis ici." La "Bête immonde" était, dans son principe, quoi qu'elle ait pu proférer dans ses vociférations de circonstance, une tentative maladroite — mais à qui la faute ? — de restauration de l'ordre naturel des choses. »

Le grand-père, dans un second souffle, reprit la parole :

« S'il faut être franchement timbré pour prendre au sérieux le culte néo-fasciste du devenir nihiliste compris comme état normal indépassable — mais enfin, c'est là le fruit de la désinformation fomentée par le faussaire Rauschning —, il faut aussi comprendre qu'il n'y a pas, qu'il n'y a jamais eu et qu'il n'y aura jamais de gouvernement idéal en ce bas monde, tout simplement parce que le monde n'est pas la demeure définitive de l'homme. Même la monarchie la plus stable a besoin de se ressourcer, de temps à autre, à peine de sombrer dans une pulsion révolutionnaire qu'elle ne maîtrise pas pour n'avoir pas su la provoquer en l'anticipant et la guider, dans une crise de croissance où elle se risque en y défaisant ses ankyloses. C'est non dans la pétaudière démocratique, non dans le communisme, non dans le libéralisme mais dans le fascisme que la monarchie se ressource. Et c'est à l'empêcher de se ressourcer dans le fascisme qu'on livre malgré soi, et au nom d'un idéal pseudo-classique, la monarchie en pâture aux griffes de la démocratie. Il y a aujourd'hui des catholiques traditionalistes pour vous expliquer doctement, en France et en Belgique, que sans Hitler la Droite traditionnelle se serait relevée toute seule, et que ce sont les initiatives du Führer qui auraient tout fait rater... Avec les Camelots du roi, avec leurs redoutables cannes plombées, avec les ligueurs sublimes de La Roque et les rescapés de la Chambre bleu horizon, le drapeau tricolore et Claire Ferchaud, je te flanque deux claques dans la figure des chars staliniens, je subjugue les cow-boys de Roosevelt, je renvoie dans leur niche les manipulateurs de la finance anonyme et vagabonde, je vous divise l'Allemagne vaincue en cinquante petits morceaux inoffensifs, je pacifie l'Afrique et l'Asie en distribuant un mouchoir de Cholet et un drapeau tricolore frappé au Sacré-Cœur à tous les ressortissants du tiers-monde, j'instaure sur tout l'univers un magistère louis-quatorzien... À la une, à la deux, à la trois ! Nous sommes les nouveaux Thésée catholiques, avé l'accent de Martigues et les prunelles espiègles de Tartarin, la race élue, le sel de la terre, les fils aînés de l'Église qui sera bien sage et se fera, éperdue de reconnaissance, encore plus gallicane que nous, la pauvresse qui n'a toujours pas compris que Dieu est français pur porc... »

Amédée et Ariane souriaient en observant le vieil homme échauffé. Le Père riait sous cape. Ariane était heureuse d'avoir fait dire par son grand-père ce qu'elle n'aurait pas pu développer elle-même mais dont elle pensait que cela pourrait éclairer Amédée qui, lui, rendrait Ariane intelligible à elle-même. Le moment de la nuit qui invite au sommeil était passé. Le grand-père poursuivit, ayant repris son calme :

« Vous me demandiez tout à l'heure ce qu'il faudrait faire aujourd'hui. Je vous répondais qu'il n'y avait plus rien à faire. Permettez-moi de préciser le sens de ma réponse, ou plutôt de la nuancer — si l'on peut dire — afin de ne pas vous laisser me quitter sur un tel aveu d'impuissance. Il n'y a rien à faire, fors les solutions désespérées. Mais peut-être en sommes-nous à un tel point de déliquescence que seules les solutions désespérées sont réalistes. Friedrich, veuillez parler pour moi.

— Au fond, reprit le Père, le pouvoir qui change une direction de l'Histoire a toujours été exercé par des minorités. On avait *grosso modo* des sociétés d'ordre, parce qu'elles correspondaient à la nature des choses, et que rien encore ne faisait obstacle à la bienveillante pesanteur de cette nature. Puis le christianisme est venu, qui devait couronner cet ordre, l'accomplir en le faisant s'excéder, le réconcilier avec soi et le restituer à lui-même en l'éveillant à plus que lui-même, ce qui est paradoxal et périlleux : "*Corruptio optimi pessima.*" La révélation de l'homme "*imago Dei*", qui dévoilait la vraie dignité de la personne humaine, a rendu possible le surgissement de ce monstre qu'est l'homme moderne : on a retenu la dignité, on a oublié son fondement ; on a retenu l'excès, on a oublié la réconciliation avec soi, et on en est venu à prendre l'excès surnaturel pour la nature elle-même, en dénaturant et la nature et la surnature. La dignité de la personne était voulue comme moyen de la gloire de Dieu, elle s'est prise pour fin. Alors l'esprit d'examen s'est propagé, et bientôt l'esprit démocratique a surgi. Votre Mgr Gousset, archevêque de Reims, écrivait au XIXe siècle que "la démocratie est l'hérésie de notre temps", et qu'elle "sera aussi dangereuse et aussi difficile à extirper que le jansénisme" ; en réalité elle le sera beaucoup plus… Mais il y a toujours des malins intéressés à récupérer à leur seul profit l'insurrection universelle proclamée contre Dieu. Ce qu'il y a de terrible en démocratie, c'est qu'elle fonctionne vraiment démocratiquement ; il ne se peut pas qu'elle ne soit pas trahie, mais c'est démocratiquement qu'elle se trahit. Le pouvoir appartient effectivement au peuple, le nombre est roi ; autant dire qu'elle est la dictature des imbéciles, des ignorants, des déracinés et des pauvres en vertu. Parce que le pouvoir est en possession du peuple, et que ce dernier est incapable d'en user, il s'empresse de le remettre, au moins tacitement, à ceux qui lui font des risettes et qui, comme on dit chez vous, le roulent dans la farine. C'est que, en effet, quelques-uns ont intérêt à faire se pavaner les médiocres afin de renverser les élites dont ils convoitent la place. Ils commencent donc par assurer la victoire de la pétaudière égalitaire en exacerbant l'individualisme qui se consomme immanquablement dans les revendications consuméristes. Les malins, dans le moment où ils laissent le peuple accaparer le pouvoir politique, mettent la main sur les puissances d'argent par lesquelles ils s'emparent de toutes les formes de conditionnement de l'opinion. Ils en viennent ainsi à faire choisir par le peuple ce qui les avantage, et à l'empêcher d'accéder à la conscience de son rôle d'instrument abusé, en rendant solidaires la souveraineté populaire et la servitude des vices qu'ils s'emploient à diffuser au nom de la liberté. Ceux qui inquiètent véritablement les puissances d'argent ne sont pas les "partageux" qui convoitent l'argent des riches pour jouir, ce sont ceux qui entendent déposséder les puissances d'argent du pouvoir politique indirect qu'elles se sont arrogé. Ces puissances ont intérêt à faire croire au peuple qu'en les dépossédant de leur emprise politique afin de le libérer pour faire servir ce pouvoir au bien commun, on entend confisquer le pouvoir politique en en dépossédant le peuple. Ainsi, qui touche aux puissances d'argent est dénoncé comme antidémocrate et tyran. Ce qui permet d'imposer au peuple une série de mesures destinées à exténuer ses défenses naturelles et son identité qui fait sa force : il subit la criminalité, la fiscalité dévorante, l'invasion migratoire, la corruption endémique et les "affaires", le matraquage idéologique, les lois antinaturelles, etc. Dans les romans, articles de journaux, œuvres philosophiques, productions cinématographiques lancés et commercialement promus par les maîtres de l'Opinion, il est aisé de discerner aujourd'hui une intention délibérée, méthodique, patiente, de salir l'âme des autochtones, d'avilir les mœurs et les cœurs, d'embrouiller les idées, de faire accepter comme normal ce qui relève du pathologique et du peccamineux ; les vedettes du petit et du grand écran, de la presse, du barreau ou de la réussite universitaire ne se maintiennent médiatiquement en vie qu'en acceptant de servir de marionnettes aux calculs corrupteurs de ceux qui les paient, et je m'étonne vraiment que la foule puisse continuer à les louer, à les prendre pour exemples, alors qu'elle pressent qu'ils ne font les guignols que pour la tenir en esclavage. Mais il est vrai que le peuple est placé dans une situation telle qu'il ne saurait s'y opposer sans faire son propre procès, puisque le despotisme de la Banque a pour envers la licence des mœurs. Alors le peuple gobe tout, accepte tout, se réfugie enfin, pourvu qu'il continue à jouir, dans un fatalisme qui le rend inoffensif. Mais ce pouvoir politique confisqué par la Banque reste indirect et, comme tel, il ne suffirait pas à maintenir le peuple dans son illusion d'optique : le peuple est capable, surtout quand il est frustré, de savoir qu'on lui ment. Il en est capable au moins jusqu'à un certain point. La liberté livrée à elle-même est dangereuse, en cela qu'elle est capable de tout, même de lucidité sporadique. La Banque a donc besoin de relais pour conforter en permanence, à tous les niveaux de la vie sociale, sa mainmise sur les esprits ; en d'autres termes, la Banque, roi caché inavouable, a besoin, comme dans toute royauté, d'une aristocratie pour relayer l'autorité du souverain et éduquer la populace par l'exemple, en l'occurrence pour lui persuader qu'on ne lui ment pas. Mais en démocratie toute aristocratie est proscrite puisque les hommes sont supposés égaux. Cette aristocratie sera donc occulte. Elle est tout simplement le lobby juif et les loges maçonniques, les sociétés de pensée et les stratèges secrets du matérialisme dialectique, et autres officines qui gravitent autour d'eux, qui les servent en croyant se servir, en particulier les manipulateurs libéraux des grandes fortunes. Notez au passage que le peuple, même râleur et rebelle, a toujours aspiré à ressembler aux élites que la société lui offrait. Le coup de génie de la Banque, profitant de la décadence des vraies élites, a été de faire renverser par le peuple, en le flattant, des élites séculaires afin de lui faire plébisciter le magistère d'anti-élites qui l'avilissent. Mais le bon peuple continue à vouloir les imiter. C'est pourquoi on ne peut jamais compter sur le peuple pour identifier les fausses élites et se dresser spontanément contre elles ; pour en venir à les renverser, il doit être guidé. Cela dit, il ne fait l'effort d'être lucide que quand il a très faim. Dois-je poursuivre, Maître Peeters ?

— Oui, évidemment.

— Ce qui est à faire concerne le monde entier, le salut du genre humain. Mais le centre spirituel et intellectuel du monde est l'Europe, et la France est la "terre natale des révolutions", comme l'enseignait Marx. Elle l'est bien en effet, pour le pire ainsi qu'elle l'a prouvé, mais aussi pour le meilleur comme il lui reste à le montrer, parce qu'elle est la conscience de soi de l'Europe dont elle fait se réfracter en elle tous les aspects ; elle est au Saint-Empire, qui enveloppait en droit l'Europe entière, ce que la Grèce fut à Rome. Parlons donc de la France.

Le capitalisme est parvenu, au XXe siècle, à ce point de maturation de lui-même qui révèle son essence mondialiste. La population en est venue à accepter d'être tout entière investie dans des relations financières de dépendance qui lui sont imposées par la logique de la finance apatride. Aucun membre de la population n'échappe à ces relations. Aucun aspect de la vie de cette population n'y échappe lui non plus : la vie culturelle, l'éducation, les sports, le monde de l'art en sont devenus intrinsèquement dépendants, par là substantiellement modifiés. La propriété privée donna longtemps l'illusion d'une indépendance personnelle à l'égard du système ; elle est devenue illusoire depuis que le privilège régalien de battre monnaie a été confisqué par les puissances financières privées. Sous ces rapports, le totalitarisme de la démocratie mondiale semble indestructible. Cela dit, il ne fonctionne que par le caractère volontaire de la servitude en laquelle il tient les populations.

Votre Jacques Attali n'est pas un grand esprit, et ce serait faire insulte au diable que de reconnaître au sapajou trémulant une intelligence diabolique. Il est assez bien informé parce qu'il côtoie les maîtres du gouvernement mondial en gestation lové dans l'État profond états-unien. Par haine de la France, il s'en veut l'agent d'influence et, par vanité, le porte-parole ; il vaticine à plaisir selon la logique de la *"self-fulfilling prophecy"*, pour se donner de l'importance en jouant — tel un Soros au petit pied — au chef d'État sans État. Sa présomption, qui le rend fat et niais, l'incite à dévoiler les desseins de ses maîtres, mais aussi les failles de leurs stratégies :

Dans l'ouvrage qu'il consacra à Marx, il déclare dans sa conclusion : "Lorsqu'il aura ainsi épuisé la marchandisation des rapports sociaux et utilisé toutes ses ressources, le capitalisme, s'il n'a pas détruit l'humanité, pourrait ainsi ouvrir à un socialisme mondial."

Notre oiseau rêve d'un mondialisme à directoire juif imposant au monde absolument métissé une religion noachide sous l'égide d'Israël, immanence de Dieu dans l'histoire, Messie collectif et conscience de soi du divin. Il se contente là de reprendre la prophétie marxiste selon laquelle l'acmé du capitalisme le fait se convertir dialectiquement en socialisme, au terme d'une concentration des richesses mondiales qui en vient à supprimer les échanges, condition du capitalisme. C'est ce qui explique pourquoi les néoconservateurs sont d'inspiration trotskiste. En attendant ce moment radieux, il faudra affronter un certain nombre de soubresauts. C'est que le processus mondialiste appelle le maintien de la rentabilité du capital qui, au niveau planétaire, ne pourra plus passer par la socialisation mondiale des pertes, et cela contraindra l'homme soucieux de survivre au rythme de la tyrannie consumériste à se vouloir réduit à une marchandise, avec tous les dysfonctionnements ravageurs, toutes les frustrations, toutes les pulsions de déréliction et d'insurrection désespérée que cela suppose. Les relations entre personnes deviendront proprement inhumaines, et c'est là peut-être que le bât blesse dans ce processus.

Le "supra-gouvernement" — je reprends là le vocabulaire d'Alexandre Zinoviev — vit du consentement actif de ses élites dans tous les peuples qu'il dirige ; et il vit de leur consentement tacite dans les classes moyennes de ces mêmes peuples. On ne peut, n'en déplaise aux militants nationalistes, faire s'insurger en même temps tous les peuples de chaque nation contre leurs élites respectives, parce que chaque nation attend de l'exemple d'une autre la force mimétique de se risquer à la guerre civile qu'induirait une telle insurrection ; il faut bien que l'initiative commence quelque part, et c'est à la France que je pense, parce qu'elle a les qualités de ses défauts. Et quand bien même les peuples d'Europe le feraient en même temps, chacun serait trop préoccupé par sa lutte contre sa propre élite pour s'occuper des autres peuples, et les dirigeants de ces insurrections n'auraient pas les moyens de conjurer les déceptions et trahisons que susciterait, pendant trente ans, une chute de niveau de vie de mille pour cent. On ne peut non plus se contenter d'une prise de pouvoir dans un seul pays, et de faire retour à l'État commercial fermé, car un tel pays, isolé, serait bientôt militairement écrasé par les autres, et n'aurait pas les moyens de lutter contre leur propagande. Sous ces rapports, toute insurrection contre ce que Zinoviev appelle "l'occidentisme" est en effet impossible.

Pourtant, ce qui est contre nature est malade, et la maladie s'exténue avec le corps qu'elle fait périr, elle est incapable de se maintenir en vie. L'"occidentisme" est une maladie. Donc il est vincible. Le capitalisme est en son fond contradictoire, qui requiert, comme condition de son exercice, une participation toujours plus grande des masses consuméristes à son fonctionnement, cependant qu'il ne fonctionne qu'au prix d'une prolétarisation toujours plus grande induite par la concentration des capitaux qui le finalise.

Le totalitarisme démocratique ne peut fonctionner sans l'aval de la population, au moins celle que représente le milliard d'Occidentaux ou assimilés qui, par leur travail innovant et leurs capacités de consommation, font tourner la machine économique mondiale. Or il n'est pas dit que l'implacable loi de concentration des capitaux et des pouvoirs, qui frustre et spolie un nombre toujours plus grand d'individus, soit susceptible de durer jusqu'au moment critique de genèse de l'État mondial en acte, et de sa conversion dialectique en socialisme planétaire. Il y aura de plus en plus de mécontents, de prolétarisés, de déclassés, tout comme, au niveau national, il y en eut qui formèrent les rangs du fascisme. Notre début de troisième millénaire reproduit à l'échelon planétaire la situation de l'Allemagne en 1930. On peut donc s'attendre à la genèse d'un fascisme mondial. Un tel fascisme ne saurait se dispenser d'être d'abord national, parce que, comme anti-mondialisme, il prône l'enracinement, lequel suppose la réalité nationale. Mais ce serait un fascisme élaboré en groupes réticulés à portée internationale, et même dans une forme et à des fins explicitement internationalistes.

"Nationalistes de tous les pays, unissez-vous !" On l'a déjà dit, et cela n'a pas produit grand-chose, parce qu'on a voulu en rester au nationalisme de la nation. Mais pour prévenir les dissensions entre nationalismes, qui les rendraient vulnérables face aux assauts mondialistes, il faut que l'idée nationaliste prenne une forme impériale, celle d'un Saint-Empire en forme de bloc continental capable de s'opposer à tout le reste du monde et de le dominer.

Ce qui signifie que tout retour à un monde multipolaire d'équilibre des forces — chimère nationaliste contemporaine — est désormais impossible. On aura ou bien un monde unipolaire de type judéo-maçonnique et satanique, ou bien un monde unipolaire selon l'hégémonie du Saint-Empire. Notez bien que ce ne serait pas un État mondial, mais un corps forgé d'États-nations intégrés, selon des liens de dépendance féodale, dans un empire assez puissant pour empêcher toute autre partie du monde d'aspirer à l'hégémonie mondiale. On dira que cet empire assumant les nationalismes de l'Europe en lutte contre l'"occidentisme" existe déjà en puissance, et qu'il est la Russie de Poutine. Si tel était le cas, il faudrait assurément se ranger sous la bannière de la Russie, par-delà les susceptibilités nationales. Mais il faut, mes chers amis, se rendre à l'évidence. Supposé que Poutine se veuille tel, ce qui déjà n'est pas acquis, il est incapable d'actualiser une telle vocation, pour cette raison qu'il n'est pas antisémite. Son souci, s'il existe, de mener une Internationale des nations antimondialistes au profit de la Russie lui enjoint de respecter la conscience historique de son peuple, laquelle intègre le souvenir ressassé de la lutte contre le national-socialisme, et la célébration de la Shoah. Mais le mythe de la Shoah est vraiment le mythe fondateur du monde contemporain, le mythe incapacitant par excellence, celui qui interdit à jamais de rendre identifiables, aux yeux du monde, les manœuvres tyranniques de l'"occidentisme", ce qui exclut les mesures efficaces de lutte contre ces manœuvres. De sorte que Poutine est condamné à se contenter, au mieux, de retarder l'avènement de l'État mondial, et de le laisser s'installer en s'y intégrant lui-même, selon un partage des responsabilités qui en atténuera le caractère anglo-saxon, mais qui n'en condamnera pas le principe. Sous ce rapport, on ne peut faire l'économie d'un recours au fascisme, à une Internationale des fascismes. On dirait que les nationalistes français d'aujourd'hui, si longtemps hostiles à l'impérialisme allemand, en appellent sans condition à un "Führer" eurasien par eux recevable en tant qu'il n'est pas allemand…

L'"occidentisme" considéré dans sa seule dimension économique est une machine impersonnelle ayant ses lois propres, que favorisent et auxquelles obéissent toutes les variantes du mondialisme. Considéré dans sa dimension idéologique, il est mondialiste. Et ce mondialisme est maçonnique et juif. Les deux aspects de ce mondialisme ne se recoupent pas absolument, car le judaïsme est toujours plus ou moins sioniste, alors que le mondialisme maçonnique — qui est en son fond sataniste — exclut le sionisme dont le particularisme compromet l'intention "catholique" investie dans l'idéal gnostique. Les mondialistes sionistes tentent de se subordonner le mondialisme maçonnique, et *vice versa* ; mais un conflit latent les oppose. De même, le souci états-unien d'hégémonie mondiale tente de se subordonner le mondialisme financier, et *vice versa*. Mais là aussi un conflit est latent entre les deux, parce que les intérêts des États-Unis ne coïncident pas exactement avec ceux du mondialisme. Poutine rêve d'obtenir le découplage des États-Unis et des Juifs. Il aspire à se substituer aux États-Unis en tant que vecteur infrastructurel de la conquête financière du monde. Poutine et les États-Unis sont des complices rivaux dans la poursuite de la même fin. Si Poutine était ce rempart traditionaliste que les "poutino-manes" voudraient qu'il fût, il ferait éclater le mythe d'Auschwitz, et il n'aurait aucun mal à le faire puisqu'il possède les preuves de cette immense entreprise d'intoxication créée par les services staliniens. Il dénoncerait le mensonge et déstabiliserait la forteresse américaine, détruirait à jamais le crédit des faiseurs d'opinion, et revitaliserait les nationalismes du monde entier en levant l'hypothèque idéologique pesant sur eux depuis soixante-dix ans. S'il n'en fait rien, c'est que ce mensonge le sert, comme il sert la "supra-société" oligarchique.

Si le capitalisme allemand des années 30 en est venu à se détourner un temps de sa logique objectivement mondialiste, pour se faire l'allié du national-socialisme, c'est parce qu'il existait un danger bolchevique imminent que le système financier international ne semblait pas en mesure, à court terme, d'éradiquer. Nous n'aurons pas l'heur d'être confrontés à un tel danger capable de sommer les capitalistes européens de se détourner du système financier mondialiste dont ils sont aujourd'hui solidaires, pour l'inviter à se tourner vers la force d'un État nationaliste capable de protéger leurs acquis. Mais nous pourrons tenter de profiter des tensions entre les États-Unis et leur État profond sioniste, puis entre celles qui opposent les mondialistes sionistes aux mondialistes francs-maçons. Une victoire des mondialistes maçons sur les sionistes précipiterait les Juifs d'Amérique dans les bras de Poutine qui, assuré de cet appui, se poserait vite en rival agressif de l'Amérique, et chercherait, en envahissant l'Europe, à rattraper son retard technologique et militaire. Or c'est cette invasion brutale de l'Europe qui constituerait l'ennemi à partir duquel pourrait renaître un authentique nationalisme européen, un fascisme impérialiste continental soutenu par les anciens capitalistes nationaux fourvoyés dans le mondialisme. Vous me direz que des dissensions internes au camp mondialiste sont bien improbables, que ce dernier est trop avisé pour les laisser croître, et que miser sur leur naissance relève de la chimère. Mais quand bien même elles ne se produiraient jamais, on peut être assuré que le passage du capitalisme monopolistique au socialisme mondial sera, lui, riche de pleurs et de grincements de dents. Peut-être faudra-t-il attendre l'imminence de la fin de l'Histoire pour trouver les conditions du dépérissement de sa tumeur mondialiste ; mais encore faut-il dès maintenant fonder des réseaux dormants pour préparer la reviviscence de l'Europe éternelle.

Les révolutionnaires lèvent les peuples contre leurs élites et les tiennent captifs dans leurs vices. Les contre-révolutionnaires prétendent faire se réincarner les anciennes élites et les substituer aux fausses élites en croyant par là séduire le peuple. Il s'agit de dénoncer, dans tous les milieux, les fausses élites, afin de faire se confronter les peuples à la tyrannie ainsi dévoilée en sa nudité de la Banque par là révélée dans sa hideur et son iniquité. Il s'agit ensuite de laisser la Banque faire l'aveu de son projet esclavagiste collectiviste pour la mettre en position de se faire détruire par les peuples en furie, qui, désorientés, sans unité, réduits à un état d'anarchie impuissante, rendront possible la prise de conscience minoritaire des vraies mesures salvatrices opérées par un noyau décidé à prendre le pouvoir par la force.

Il faut évidemment choisir le bon moment : quand le peuple en vient à souffrir au moins autant des inconvénients de la ploutocratie qu'il ne tire d'avantages hédonistes de cette démocratie que la ploutocratie inspire ; c'est seulement dans ces conditions qu'il devient réceptif aux vérités qu'il ne veut pas entendre. Je pense qu'on n'y est pas encore mais qu'on le sera bientôt. S'il advient jamais, nous ne verrons pas, de toute façon, le lever du Grand Matin. Nous ne connaîtrons même pas le Golgotha de la déréliction sociale, le fond de la nuit des peuples blancs, où se concocte le grand renversement sanglant et salvateur. Mais nous devons avoir foi en l'advenue de ce dernier ; peut-être est-il déjà à l'œuvre, comme projet qui n'ose pas naître, dans certaines têtes. Il est raisonnable de penser qu'il puisse survenir, parce qu'une crise économique, qui a la vertu de sevrer les glandes populaires, même commanditée par la Banque, est toujours susceptible d'échapper à ceux qui l'ont suscitée. Une vraie aristocratie n'aspire au pouvoir que pour servir, elle n'est pas animée par la convoitise ; il est ici question de reconstitution d'une aristocratie, au sein du système démocratique et contre lui. Elle doit, en tant qu'Internationale noire construite sur le modèle de la vieille "Sapinière", mais dans un but politique, se reconnaître la vocation de dénoncer les fausses élites, de les détruire en tant qu'élites, par tous les moyens, même les moyens légaux ; tel serait le travail d'un "Opus Dei" chevaleresque regroupant une aristocratie révolutionnaire de la contre-révolution, constituée de spécialistes qui ne seraient pas focalisés par les intérêts de leur nation d'origine et les projets à court terme.

À ce moment crucial de dégrisement, la Banque, et ceux qui agissent par elle, ne disposeront plus du moyen de celer leurs manœuvres ; les mensonges et manipulations médiatiques n'auront plus d'effet faute d'un dessus du panier — professeurs, avocats, scientifiques, juristes, artistes... — capable de les avaliser, qui fait profession de les embrasser, qui cautionne leur crédibilité, et qui suscite le mimétisme populaire ; et alors les capacités d'insurrection d'un peuple spolié et avili pourront se manifester. Certes, ces capacités auront besoin d'être éclairées : la seule chose que le peuple sache faire spontanément et de lui-même, c'est de formuler des revendications catégorielles privées, en rangs dispersés, ainsi sans efficacité. C'est là qu'une minorité de révolutionnaires incorruptibles pourrait entrer en lice, qui saurait mourir, patienter, se taire, résister à toutes les séductions, en dépassant les travers incapacitants, les tics, les méthodes et les naïvetés orgueilleuses de toutes les officines épuisées de la contre-révolution. »

Maître Peeters porta un regard furtif, vite détourné, sur le prêtre qui, imperceptiblement tendu et presque contrarié d'avoir parlé, se tut abruptement.

« Voilà, chers amis généreux, je n'en dirai pas plus, conclut le vieillard. Certains disent que la fin du monde est proche. Les choses vont si mal, il faut bien l'avouer, qu'il est difficile de ne pas y penser. Mais ils nous annoncent que tout est pourri à un point tel qu'il n'y aurait plus qu'à attendre que le monde — ou plutôt ce que nous en avons fait — se détruisît dans une guerre interne annonçant la Fin de partie parousiaque. Je crois quand même, quoi qu'il en soit, que nous ne devons pas baisser les bras, parce que nul ne sait ni le jour ni l'heure. Aussi longtemps que le monde existe, l'homme est en demeure de vivre comme si le monde devait durer. Qu'en pensez-vous, Friedrich ?

— Je pense la même chose que vous, mais sans votre bonhomie optimiste. L'homme est en droit la fin du monde matériel, sa raison d'être, son achèvement. C'est en restituant le monde à son ordre, c'est en réinstaurant l'ordre social que nous coopérons à cet achèvement du monde et remettons de l'ordre en nous-mêmes ; par là seulement nous devenons en fait cette fin du monde qui ne vient à nous de l'extérieur que parce que notre indigence intérieure l'appelle malgré elle, comme un désespéré appelle la mort contre laquelle il se lamente ; nous sommes incapables de dresser le monde, en nous et hors de nous ; nous n'avons plus la force de vaincre son insurrection contre l'homme, qui est insurrection contre lui-même ; se réfugier dans l'attente quiétiste de la fin du monde, même avec toutes les prières que vous voudrez, c'est reporter sur le cours d'un monde désaxé une vocation qui dépend de nous ; et l'homme croit justifier sa lassitude en attendant de la Providence la résolution de ses maux, alors que c'est toujours au travers de l'initiative des hommes que la Providence fait s'accomplir ses infaillibles décrets ; se croiser les bras en convoquant la Providence, c'est d'une certaine manière tenter de s'y soustraire. La prière n'est pas faite pour nous dispenser de la réflexion et de l'action, elle les inspire autant qu'elle les achève. Quand Il reviendra dans Sa Gloire, Il voudra nous trouver en train de combattre. J'essaie de m'y employer selon ma condition de prêtre, qui n'est pas la vôtre.

— Je prierai pour vous, priez pour moi, ajouta le grand-père. Et prenez soin, honorable Monsieur, de ma chère petite-fille ; elle a besoin de vous ("je sais", répondit Amédée silencieusement, alors qu'il mesurait la douloureuse portée d'une telle invitation). »

Après que le Père Reinhardt et Amédée eurent échangé leurs coordonnées, ce dernier prit congé en saluant chaleureusement ses hôtes, conscient d'avoir vécu avec eux un moment privilégié. Ariane le rejoindrait le lendemain à la gare.

XXVII

Dans le chemin du retour vers Paris, Ariane, dans le train, s'était endormie en posant sa tête sur l'épaule d'Amédée. Une douceur tranquille, toute nouvelle et archaïque à la fois, lui fit connaître qu'il était en reconnaissance, au sens où l'on dit, à bon droit, qu'on part en reconnaissance à la découverte d'une région où l'on n'a jamais mis les pieds. Tout amour est un coup de foudre, même s'il met du temps à se déclarer ; « elle est celle que je cherchais sans savoir que je la cherchais, et c'est pour l'avoir trouvée que j'ai découvert que je la cherchais » ; en termes moins fleuris : toute puissance se révèle par son acte. Amédée savait que les portes de cette prison enchantée ne se laisseraient pas déverrouiller facilement, mais il ne regrettait pas ce qui lui arrivait, non seulement parce que c'était infiniment agréable, mais encore parce qu'il avait la certitude que cette expérience, pour périlleuse qu'elle fût, lui serait profitable et — quant aux raisons dernières de vivre — lui ferait gagner du temps. Ariane prenait la place d'Aurore sans l'en chasser, dans l'unité d'un même sentiment qu'il avait cru desséché ; cette même puissance d'aimer s'éveillait aussi fraîche, aussi exigeante, mais avec le poids d'une expérience qui lui faisait dissiper les mirages dont elle est habituellement accompagnée. « Je suis ferré, et solidement. Je savais bien ce qui était en train de m'arriver, et je laissais faire, sans me mentir. M'arracher à ce piège m'obligera à lui abandonner plus qu'une livre de chair, les souffrances seront grandes et les séquelles fort longues à disparaître. C'est en s'arrachant à ce que l'on aime qu'on ordonne l'amour à un bien supérieur, et c'est pour avoir éprouvé cet amour ainsi investi dans ce qu'il doit quitter qu'il est possible d'en conserver la dynamique et de le sublimer. À refuser la souffrance et la lutte, on refuse l'amour même. Aimer, c'est toujours souffrir, et il est indispensable d'aimer pour vivre. Que la volonté de souffrir soit satisfaite : tout est en ordre. »

Les champs défilaient derrière la vitre du train, et les usines, les pavillons de banlieue, les tronçons d'autoroute. Toutes ces choses furtivement saisies, pleines de vies ordinaires, de médiocrités et de grandeurs cachées, lui faisaient signe en lui criant qu'elles l'enviaient et le plaignaient tout à la fois. Le précieux fardeau qui pesait sur son flanc respirait doucement, dans un abandon qui le bouleversait. Un parfum de femme discret, mêlé à une exquise fragrance de sueur fraîche imbibant un tissu propre flattait ses narines émues. Il fut près de se lever brusquement pour rompre le charme, afin d'entreprendre au plus vite le processus — qu'il savait devoir être aussi inévitable que douloureux — de sa libération. La déception paraîtrait immédiatement sur ce visage aimé brusquement tiré du sommeil, parce qu'Ariane comprendrait, dans l'éclair révélateur d'une violente lucidité, la signification de ce réveil provoqué. Sa tristesse désabusée arracherait à Amédée des larmes qu'il voudrait lui cacher, mais il savait que cette épreuve supplémentaire participerait de la rigueur salvatrice de sa libération. Il avait déjà posé une main héroïque sur le bras de son fauteuil, puis il se ravisa. « Il faut laisser la tentation s'introduire et s'installer, comme on laisse l'ennemi s'avancer pour le mieux identifier et se préparer à le combattre. » Elle s'éveilla à l'arrivée, sans hâte, quand cessa le bruit régulier des moteurs, qui la berçait, en s'écartant sans commentaire de son compagnon de voyage, sans manifester de surprise, comprenant qu'il avait compris et que tous deux l'acceptaient comme une évidence aussi naturelle qu'invincible. Ils se quittèrent sur le quai de la gare du Nord. Elle l'avait embrassé sur la joue pour la première fois ; la joue lui brûla toute la matinée.

Incapable de s'acheminer vers son lieu de travail, il se mit à marcher, seul, à travers Paris, choisissant les rues les plus étroites et les moins bruyantes, afin de se fatiguer, de se dégriser, et dans le dessein à peine conçu de se ressaisir ; il crut bon de réciter, ce faisant, un rosaire qu'il eut beaucoup de mal à méditer. Il en venait à se demander si la divine surprise d'un souffle vital renaissant, qui lui avait fait redécouvrir les vertus de l'étonnement, poser sur toutes choses un regard neuf soutenu par un intérêt inattendu, qui l'avait fait se confronter à ses semblables sans peur et surtout sans la peur d'avoir peur, n'était pas un poison paralysant le faisant dévier de sa destinée raisonnable, brouillant tous ses repères affectifs et moraux, projetant sur les choses et les vivants une valeur qu'ils n'avaient pas, mais qui se répandait sur eux à partir de lui-même qui la sécrétait comme une fleur vénéneuse. Il s'aperçut au bout d'un moment qu'il repassait par des endroits qu'il avait fréquentés jadis, alors qu'il était si étranger à lui-même, si peu satisfait de soi, et qu'il venait là en pèlerinage pour consommer son retour à la vie désenchantée. « Comment pourrais-je vivre sans elle ? Si je ne me décide pas très vite, je serai terrassé, emporté par un ouragan que j'aurai laissé naître et se déchaîner en moi ; pour sauver mon âme, l'heure de l'ablation de mon cœur est venue puisque je ne suis plus maître de lui ; mais peut-on être une âme sans cœur ? Il ne me restera plus qu'à mourir, rien ne me retiendra, rien n'aura plus de goût, je serai infini-ment vide, une âme qui meurt dans un corps qui vit, ce qui réduit ce corps à un fardeau insupportable ; à quoi bon sauver son âme si elle est déjà morte ? Ai-je si peu progressé en résis-tance et en sagesse depuis mon adolescence ? J'ai gagné en lucidité, mais à quoi bon être lucide si la volonté ne suit pas ? Elle est tout juste bonne à contempler mon naufrage. »

Amédée savait pourtant bien, en jouant avec le feu, qu'il laisserait se forger et s'élever des murailles qui lui seraient de plus en plus pénibles à escalader pour s'en libérer ; il avait laissé faire par défi. Il s'était préparé à l'assaut, raidissant sa volonté contre sa servitude passionnelle comme on bande ses muscles contre un ennemi extérieur. Il n'avait pas prévu que la volonté et la passion ne sont pas vraiment comme deux choses antagoniques, mais qu'elles entretiennent entre elles des affini-tés secrètes au nom desquelles elles en viennent à se confondre. Si la volonté se fait passion, comment peut-elle lui résister ? En retour, il est bien impossible de convertir la passion en volonté, parce que cette conversion suppose le travail de la volonté.

Il regardait, désemparé, des femmes pressées sortir de leur lieu de travail ou d'une bouche de métro, qui se précipitaient, radieuses, avides de baisers et de tendres mots idiots, vers leurs fiancés ou leurs amants, et il se morigénait de s'en trouver si attendri, si envieux aussi.

« Me suis-je gaussé de ces midinettes qui prennent les élans de leur cœur conditionné par leurs glandes pour un appel de l'absolu, comme seule forme de spiritualité dont elles soient capables ? Elles ne savent pas qu'elles aiment leur amour, et que l'objet de cet amour n'est qu'un miroir aux alouettes. Je ne vaux pas mieux qu'elles, je suis aussi faible qu'elles, j'aime être menti comme elles ; ma raison est impuissante, ma foi est muette. Ma foi, qui devrait dissiper tous les mirages, est en ce moment comme une vieille compagne offensée qui m'excède par ses exigences impossibles et m'observe, en me faisant de silencieux reproches. Pourquoi ne te fais-tu pas oublier, en me livrant à un moment d'ivresse ? Sombre *"stella rectrix"*, maîtresse exclusive et cruelle, tu m'élèves malgré moi au-dessus des soleils réchauffants de la vie naturelle rassurante, et me laisses en chemin, dans la nuit noire de l'attente, si noire qu'il n'est plus rien à quoi m'accrocher pour me rendre supportable l'attente. »

Mais qu'était-il avant de rencontrer Ariane ? Une mécanique à peu près bien huilée remontée par et pour le devoir, qui n'aimait rien pour éviter d'aimer mal, qui n'aimait pas le bien pour éviter d'être séduite par le mal, qui se voulait surnaturelle pour échapper aux périls de la vie naturelle.

« Plantée en terrain rendu stérile à force d'être piétiné, ma foi, probablement réelle, était voulue plus comme garantie de sécurité que comme principe de transfiguration. Elle était le prudent compte en banque dont le calcul des intérêts nous console des privations que suppose l'épargne ; elle n'était pas ce moteur surnaturel qui investit la nature et, lui donnant de se contempler d'au-dessus d'elle-même, la fait se réconcilier avec soi, acquérir confiance en elle-même à proportion de son consentement à se faire dépendre de plus qu'elle. Je voulais être surélevé au-delà de ma nature, à distance de ses dangers et de ses démesures, je redoutais d'être restauré, restitué à ma nature. Parce que la vie surnaturelle surélève et soigne dans un même acte, n'en vouloir qu'un aspect revient à manquer les effets de l'autre. Et c'est pourquoi je m'élevais si peu, retranché derrière un torpide attentisme doublé d'utopie nostalgique.

« Ces filles ordinaires dont je méprisais la pauvreté d'âme, elles existent sans court-circuiter l'élan de vie qui les transit, elles ne se refusent pas à la vie qui, même déréglée, demeure active et gravide de promesses. J'ai à ma manière, comme le sceptique de Königsberg, les mains pures mais je me suis fait manchot. Alors que faire pour sortir du dilemme ? »

Alors que, mû par un instinct vaguement porteur d'un pressentiment lui susurrant de rentrer chez lui, là où il retrouverait les vicissitudes prosaïques de son existence d'avant l'ivresse d'Ariane, il se traînait sans but, il laissa parler en lui, comme un murmure, la voix réconciliatrice de la raison.

« Il n'est pas d'amour qui ne soit en même temps amour d'aimer. Quand l'objet de l'amour se dissout ou se cache, il ne reste qu'un insupportable amour d'aimer, infini et sans visage, écrasant, accusant sa vacuité à proportion de sa puissance envahissante, au point que l'amour se soulage en se portant vers un nouveau bien fini dont il sait plus ou moins confusément qu'il le décevra. Il faut donc aimer les biens du monde comme autant de signes d'un Bien caché qui leur confère leur valeur de signes, mais qui reste inaccessible en cette vie, cependant qu'il a besoin d'eux pour renvoyer à Lui, faisant l'aveu, dans ce besoin librement consenti, qu'il leste de tels signes d'un quelque chose faisant d'eux plus que de simples signes : on ne prend un signe en considération que pour l'oublier, en étant renvoyé vers ce qu'il signifie ; mais si le Signifié se dérobe toujours au désir inspiré par le signe, c'est que ce dernier ne signifie rien, fors l'impuissance à s'introniser signe ; peut-être est-ce là la part de vérité qu'enveloppe la condamnation de l'hallucination des arrière-mondes. Mais alors quelle valeur accorder à ces biens mondains qu'on est sommé d'aimer à la fois pour eux-mêmes cependant qu'ils déçoivent, à la fois pour ce à quoi ils renvoient mais qu'ils ne font jamais posséder ? On est toujours confronté à ce moment de déréliction pendant lequel l'amour d'aimer, l'emportant sur l'objet d'amour qui le déçoit, enjoint à l'âme de reposer sur elle-même, sans appui, ainsi de décider souverainement de soi dans la nudité d'un vouloir pur dont dépend même l'exercice de la raison supposée donner ses objets au vouloir. Confrontée à cet appel du néant avec lequel elle coïncide en son indétermination pure, l'âme peut choisir de l'éprouver telle la preuve de l'absurde qui signifie la mort de Dieu. Mais elle peut aussi y reconnaître la manière dont le Bien est présent à l'âme, se faisant, dans le temps de la vie terrestre, infiniment petit — ainsi néant — pour se faire accepter d'elle sans la faire éclater. C'est alors que ces moments de déréliction, en leur pouvoir de désenchantement de tous les biens finis, se révèlent dignes d'être aimés, cependant que chargés d'un pouvoir de répulsion sans pareil parce qu'ils arrachent à l'âme l'illusion de parvenir à se faire rassasier par la poursuite indéfinie des biens finis ; mais ils l'arrachent à la quiétude du désir qui, pétri de bonne conscience, s'imagine aux portes du ciel et croit entendre chanter les anges en se persuadant d'avoir vaincu les séductions du monde alors qu'il s'est lâchement anesthésié.

« Ne pas se refuser aux biens du monde et avoir le courage de les convoiter.

« Ne pas se perdre dans les biens du monde et avoir la force de s'en arracher.

« Faire se consommer les deux mouvements dans la déréliction en l'épreuve de laquelle, porté par la foi qui s'y risque, on décide de son sens.

« Tel est le rythme de la vie pleine, qui fait du chrétien un païen surmonté.

« J'y suis prêt. »

Amédée s'aperçut qu'il avait changé, non au sens où quelque chose de particulier aurait été modifié en lui, mais en ce que tout son être était autre, parce qu'une recomposition des constitutifs de sa vie intérieure, restés quant à eux identiques, s'était produite. Son dogmatisme théologique, pleinement catholique parce que dogmatique, se révélait comme confirmé, lesté de l'épreuve — dont il sortait victorieux — de ce cauchemar athée en quoi se résout la nécessaire tentation panthéiste. Son pas se fit moins erratique, puis de plus en plus ferme,

comme s'il voulait traduire dans son corps, résolu à rattraper
un long temps gaspillé en expectatives stériles, le redressement
vital qu'il venait de faire subir à son âme.

« Il y a un temps pour perdre son temps, où travaillent
silencieusement des forces intérieures qui se mesurent, s'entre-
choquent et cherchent leur équilibre ; il y a un temps pour
prier, qui sauve le précédent ; et il y a un temps pour penser,
qui récapitule les résultats. J'ai vécu les trois. Il y a enfin un
temps pour agir. »

Il remonta l'avenue du Père-Lachaise où il avait échoué
sans savoir comment, en ce début d'après-midi qui lui fit savoir
qu'il avait faim, ayant oublié de déjeuner. Il rentrait chez lui à
pied, prêt à découvrir ce qu'il allait y trouver.

XXVIII

Depuis qu'Amédée s'était mis à entretenir des relations pri-
vilégiées avec Ariane, il était de moins en moins présent chez
lui. Il s'enterrait dans un mutisme indifférent quand il s'y trouvait. Il ne faisait plus aucun reproche à personne, se mettait à
supporter tous les désordres qu'il entrevoyait sans les enregis-
trer, n'était plus ni triste ni pincé, laissait même se dégager de
lui une discrète bonne humeur dont il n'était pas difficile de
comprendre qu'elle ne trouvait pas son origine dans sa vie
familiale. Gisèle s'en était aperçue, qui avait flairé une liaison.
Qu'elle fût objectivement fort mal placée pour s'autoriser à lui
en faire grief ne l'empêcha pas de nourrir une indignation violente qui s'explique aisément : sa mauvaise conscience de
femme infidèle lui pesait ; aussi trouva-t-elle expédient de s'en
libérer par le recours à l'inversion accusatoire que le mutisme
et les absences d'Amédée rendaient possible. Elle trouvait là
en même temps le moyen de justifier une crise de jalousie qui
n'était nullement inspirée par un amour frustré, mais par une
montée d'amour-propre : « Ce type que je hais depuis toujours
ose me tromper ; lui qui devrait ramper devant moi me traite
comme une serpillière ; il était supportable aussi longtemps

qu'il rasait les murs et geignait aussi timidement que vainement ; que ce sous-homme relève la tête et prétende s'émanciper de sa condition de faire-valoir lugubre et velléitaire est au-dessus de mes forces. J'ai enfin mon rôle de victime, et je ne le laisserai pas passer. »

Gisèle connaissait Édouard depuis qu'Amédée avait renoué avec lui. Ils s'étaient rencontrés à plusieurs reprises, lors d'un vernissage où coulait le champagne, autour d'une table de restaurant ou dans des libraires à la mode, et elle n'avait pas manqué de comprendre qu'Édouard avait exercé pendant longtemps un certain ascendant sur son mari, ce qui la réjouissait puisqu'Amédée s'en trouvait abaissé, en même temps qu'elle pouvait songer à faire de celui-là un allié. Elle avait aussi compris qu'il était sensible non seulement aux jupons, mais à sa réputation de coureur de jupons impénitent, ce qui révélait sa vanité, ainsi sa fragilité, par là une possibilité de le manipuler, mais aussi une vigueur charnelle qui l'émoustillait, et un esprit de compétition : « S'il les aime, je veux savoir si je peux rivaliser avec elles. » Comme chez presque toutes les femmes, l'intérêt vénal et le désir de plaire se mêlaient dans un souci de cultiver ses intérêts qu'elle justifiait par la conscience de son statut de pauvre et faible femme écrasée par l'ingratitude grossière d'hommes peu généreux, non sans se persuader qu'elle était une femme forte que la gent masculine n'impressionnait pas et qu'elle se faisait fort de domestiquer. Après qu'elle eut bien laissé mijoter sa rancœur, elle prit contact avec Édouard qui la reçut dans son cabinet.

« Je comprends votre peine, chère Gisèle. Si vos soupçons se confirment, on pourra dire qu'Amédée est un franc salaud. Il a toujours été décevant, sans grandeur, triste comme un chapeau. Remarquez que cela ne l'empêche pas d'avoir de grandes qualités : il est ponctuel, pieux, travailleur, il n'est pas mesquin à propos de l'argent, il ne manque ni d'une certaine culture ni d'aspirations nobles, il fait — il fit, devrais-je dire — tous les efforts qui sont en son pouvoir pour vous offrir une vie sociale correspondant aux besoins de votre niveau socioculturel ; mais enfin, que voulez-vous, on ne peut demander à un homme d'être plus que ce qu'il est... Mais je le répète, votre déception, votre indignation aussi sont éminemment légitimes. Je l'ai connu enfant et jeune homme ; il a mis beaucoup de temps à trouver son équilibre, et puis, quand il l'a trouvé, il s'est cramponné au personnage austère en lequel il s'était reconnu, sans se soucier des attentes d'une femme telle que vous. Il essaie pourtant de s'élever, c'est à son crédit, il essaie d'écrire, je crois...

— Oh pour ce qu'il écrit ! Il ne faut pas s'y tromper. Des histoires moralisantes affreusement convenues... Vous savez, il se retranche dans son monde fictif pour essayer d'y construire le personnage qu'il n'est pas, l'aventurier intrépide, l'homme d'action, le noble cœur, l'esprit fulgurant des hommes qui ont un destin... Il n'est qu'un rond-de-cuir amélioré. Tous ces gratte-papier essaient de sublimer leur médiocrité en s'inventant une vocation de créateur. S'il était ce qu'il projette dans ses écrits, il n'aurait pas besoin d'écrire... Un homme tel que vous n'a pas besoin d'écrire.

— Probablement, en effet. Mon métier m'oblige à être confronté à maintes situations analogues à la vôtre, et je puis affirmer sans me vanter, que dans le domaine des dissensions conjugales, je suis pour ainsi dire blindé. Cependant, j'ai rarement été confronté à un cas aussi révoltant. Une femme comme vous... Il me fait penser à divers égards — ne me tenez pas rigueur de ma franchise quelque peu rude — à ces officiers de garnison, ces gens sans grand caractère qui ont besoin d'un uniforme pour se sentir exister, qui trompent avec des traînées horriblement vulgaires leur femme souvent élégante, distinguée et du meilleur monde. Ce qui m'étonne en fait, c'est que vous ayez pu l'épouser. Vous fûtes sa grande chance ; il avait le devoir d'évoluer autrement ; quand on pense à la manière dont il vous exprime sa gratitude...

— On ne saurait dire les choses plus clairement. Il est ignoble, il me dégoûte, il m'humilie, il nous a tous traumatisés par sa volonté de puissance de faible qu'il nous a imposée au nom d'exigences morales dont on voit bien aujourd'hui ce qu'elles valent... Pensez-vous qu'il serait possible d'envisager une procédure de divorce sans que je sois excessivement désavantagée ? J'ai consacré ma vie à ma famille au détriment, au passage, d'une activité professionnelle qui m'aurait épanouie ; il me sera impossible de faire valoir des droits à la retraite, et je n'ai pas de fortune personnelle. Vous comprenez, n'est-ce pas ? Quelle situation, mon Dieu, qu'ai-je fait pour mériter cela... Vous savez, je ne l'ai jamais aimé... Il a profité de ma fragilité quand j'étais toute jeune fille, crédule, idéaliste ! Mes enfants sont marqués à jamais par les diktats de ce passéiste qui pue l'eau bénite. Il est réfugié dans ses rêves, il ne se préoccupe que de lui. Nous voulons vivre, vous comprenez, être de notre temps, au rythme de notre époque ! Vous comprenez ces choses, j'en suis certaine. Il nous étouffe et nous fait honte en nous forçant à respirer selon des valeurs dépassées. Pardonnez-moi, je ne peux retenir mes larmes. »

Édouard s'empressa d'un air grave et compassé, lui tendit un paquet de mouchoirs parfumés, lui fit servir un thé et se proposa de l'accompagner en se servant un scotch. Il avait discerné la vicieuse capable de jouer sur tous les registres pour parvenir à ses fins, et il aimait cela, ce mensonge incarné en lequel il se reconnaissait, au travers duquel il pouvait se mépriser lui-même, mais aussi, et de ce fait même, se donner l'absolution et tirer gloire de son cynisme : « Nous sommes tous et toutes des salauds, mais moi je le sais, et cela me place au-dessus des autres puisqu'il faut conserver une part d'honnêteté pour se rendre capable de s'objectiver son ordure ; cela me place aussi au-dessus des autres du fait que je n'ai pas honte de ce que je suis : je suis ma propre règle, créateur de la valeur qui me mesure, incommensurable à tout autre. » Au bout de deux heures, ils buvaient tous deux du scotch, elle s'était débarrassée de son rôle de femme éplorée, et, l'alcool aidant, elle se mit à lui trouver un air de conquérant spirituel enjôleur et brutal qui la fit fondre, parce qu'il l'enveloppait de son regard dominateur dont il jouait juste assez pour ne pas oblitérer la dimension de douceur admirative que requiert une entreprise de séduction réussie.

Elle n'était ni très belle ni surtout très jeune, mais bien mise et soigneusement entretenue, sportive, nerveuse, sans la fraîcheur des jeunes filles mais débarrassée de la mollesse fade et passive qui accompagne leur niaiserie ; débarrassée aussi de la raideur frigide des vertueuses qui, se glorifiant dans leur cul qu'elles sacralisent, donnent l'impression de s'offrir en holocauste. Surtout, sa détermination et son audace, sa manière de ne pas tenter de faire prendre pour argent comptant, par Édouard, les contre-vérités criantes qu'elle proférait, cette complicité dans le mensonge, laissaient présager un fort tempérament charnel qui émoustillait le viveur sans scrupule. Prolongeant les jeux de rôles que chacun des deux savait être tels, il loua la grandeur d'âme de Gisèle, ses talents malheureusement laissés en friche à cause des servitudes de la vie conjugale et de la maternité. Il sut s'extasier et renchérir sur la pertinence des références littéraires non toujours exactes de Gisèle. Il savait qu'elle savait qu'il voulait la séduire. Elle savait qu'il savait qu'elle voulait être séduite, et qu'elle faisait semblant de ne pas vouloir savoir qu'elle le voulait. Il pensait, en se délectant, aux suggestives descriptions sartriennes de la femme coquette et, par fidélité à ce jeu, il en vint à lui prendre la main qu'elle lui abandonna, en revanche, en sachant qu'elle le faisait, et sans surprise, avec juste une petite crispation pour signifier une fausse réticence, une mimique de pudeur ébranlée dont elle savait qu'elle exciterait son partenaire et flatterait sa vanité.

« Trois séances comme celle-là, et c'est dans la poche », se dit-il alors qu'il la raccompagnait à la porte de son cabinet après qu'elle eut déchargé sa vessie en se remettant du rouge à lèvres, séchant des yeux secs. Quand elle le salua, se laissant baiser la main avec effusion, ses yeux brillaient, non seulement du plaisir de plaire et d'être séduite, mais encore de celui d'être parvenue à poser des jalons lui garantissant les avantages juridiques et pécuniaires qu'elle escomptait de cette visite. Soucieux de lui dévoiler l'étendue de sa surface sociale, il lui avait appris qu'il était franc-maçon et qu'il opérait dans une loge de rite traditionnel, où il était fort bien vu de se dire monarchiste. Par pure perversité, et sans se rendre compte qu'elle jouait contre ses intérêts, elle ne put s'empêcher de livrer ce détail à Amédée qui, sur le moment, n'en dit rien, cependant qu'une telle information lui confirmerait le bien-fondé des jugements qu'il serait bientôt capable, grâce à sa renaissance intérieure, de formuler sur son ancien condisciple.

Les choses se déroulèrent à peu près comme il les avait prévues. Leurs obligations respectives, familiales et professionnelles, liées à la nécessité de respecter un impératif de discrétion au moins pour un temps, leur firent prendre l'habitude de se retrouver en matinée, au Royal Hôtel de l'avenue de Friedland où il disposait de certains passe-droits pour exercer ce genre d'occupation, faisant se succéder leurs ébats par un brunch roboratif. Elle ne le déçut pas. Elle le déçut si peu qu'elle en vint à l'épuiser, de sorte que le devoir qu'il se fit d'être à la hauteur de sa réputation, et les soulagements qu'il éprouva en trouvant les ressources requises pour la faire valoir, finirent par lui donner l'illusion d'une affection qui n'était que complicité dans le vice, et projection sur sa complice de l'estime renouvelée qu'il se portait. Les choses sont ainsi faites que les menteurs, qui savent qu'ils mentent, ne peuvent se supporter eux-mêmes que s'ils en viennent, à moyen terme, à croire à leurs mensonges ; il est insupportable de se savoir menteur, parce que l'on sait qu'on ne mérite aucune confiance, pas même la sienne ; aussi, à force de singer l'amour, on en vient à croire qu'on aime. Toujours est-il qu'il se mit, contre toutes les certitudes passées que lui dictait son cynisme, au rebours de ses intentions de conserver une officielle moitié si complaisante, à songer que, après le divorce de Gisèle, il n'exclurait pas de l'épouser après avoir divorcé de son côté ; quant à elle, moins sujette que les hommes à ces crises d'adolescence récurrente dont ils aiment à se faire saisir pour renouveler une énergie qui baisse, elle était moins convaincue, mais préférait ne pas se fermer une telle porte avant que d'avoir obtenu tout ce qu'elle voulait, de sorte qu'elle laissait Édouard s'enferrer. Il venait désormais la visiter aux Lilas quand elle était seule, de moins en moins préoccupé par son honorabilité.

Les choses en étaient là quand Amédée décida, dans les circonstances qu'on a évoquées, de rentrer chez lui en plein après-midi, alors qu'il pensait découvrir l'appartement vide.

Au pied de son immeuble, il aperçut dans le parking à cette heure peu encombré l'automobile d'Édouard, ce qui fouetta son pouvoir d'attention et le fit se raidir, immédiatement réceptif au moindre détail. Il prit l'ascenseur mais descendit un étage au-dessous du sien, et monta à pied, silencieux, celui qui le séparait de son palier. À pas de loup, il s'approcha de la porte de son appartement, fit jouer sans bruit le jeu de la serrure. Il les entendait roucouler derrière la porte, s'excitant mutuellement par des propos orduriers annonciateurs d'ébats imminents. Puis, tenant la poignée d'une main et tournant promptement, de l'autre main, la clé engagée dans la serrure, il ouvrit brusquement la porte et se trouva presque nez à nez avec eux. Il n'avait ni changé de style vestimentaire (costume gris anthracite au classicisme indémodable), ni de coiffure, mais ils comprirent en un instant, l'apercevant dans leur surprise effrayée, qu'il n'était plus le même homme. Il referma la porte d'entrée et les poussa dans le salon dont il ferma aussi la porte, avec un calme qui les glaçait. Elle était blanche et décomposée ; lui se ressaisissait déjà pour se couler, habitué à pratiquer le moyen de la défense par l'attaque, dans le personnage du provocateur impudent qu'il affectionnait et qu'il savait l'aider à dissiper sa gêne et sa peur. Calmement, après avoir fait craquer les articulations de ses doigts, Amédée s'approcha d'Édouard et lui décocha un coup de poing sec et lourd qui lui fit éclater le nez en le projetant contre un large fauteuil dans lequel il s'effondra. Il l'y rejoignit et se mit à lui couvrir le visage de claques formidables qui zébraient ses joues de marques blanches. Comme ce dernier tentait de parer les coups avec ses avant-bras et de se relever, son agresseur serein et méthodique lui saisit un poignet, lui tordit le bras dans le dos et lui tira la tête en arrière en le prenant par les cheveux, puis il lui fit avec sa jambe perdre brusquement l'équilibre, ce qui eut pour résultat de lui déboîter l'épaule et enfin de lui briser les os du coude en déchirant ses ligaments. Édouard hurlait, terrorisé, puis bientôt prostré, silencieusement recroquevillé sur sa souffrance qui lui coupait le souffle. Pendant ce temps, Gisèle s'efforçait d'extraire de la serviette d'Édouard, qui gisait au sol non loin de son propriétaire, un petit calibre chargé que l'avocat emportait volontiers avec lui quand il était embarqué dans des sorties à risques. Quand Amédée en eut terminé avec Édouard, il s'avança vers Gisèle, menaçant parce que calme, la dominant de toute sa taille. Elle recula jusqu'au mur et y fit jouer maladroitement le loquet de sécurité de son engin, l'arma fébrilement et tira de manière convulsive. Mais elle ne savait pas tenir son arme et elle tremblait si fort que les coups partirent de travers sans atteindre leur cible impavide, cependant que le dernier projectile atteignit Édouard à l'orteil du pied. Alors elle lâcha l'arme et sombra dans une crise de nerfs. Amédée, la maintenant debout, la gifla aussi fortement qu'il avait giflé son amant, faisant se propulser ses mains puissantes sur le visage bientôt difforme de sa femme infidèle, attentif au bruit sec de ses phalanges dures et nerveuses sur sa face décomposée où coulaient les larmes, le sang et le rimmel. Les coups pleuvaient, réguliers, semblaient ne jamais devoir cesser, au point qu'elle crut qu'il avait l'intention de la tuer. Avant de s'écrouler, elle lâchait ses sphincters et sa vessie. Défaite et crottée, misérable, puante et honteuse, ne portant plus qu'une chaussure dont le talon était brisé, elle avait, avec ses affûtiaux souillés, perdu toute insolence et toute dignité. Son visage exprimait le désarroi, l'étonnement douloureux, la haine impuissante et l'épouvante. Elle révélait la vieille femme qu'elle serait bientôt, et elle comprit que le temps de payer était venu ; la conscience confuse mais certaine du poids de sa dette la plongeait dans un désespoir insurmontable.

    « Pauvres rampants, vous voilà bien arrangés… Vous vous êtes mis dans de beaux draps… Tout désordre aspire à l'ordre, même chez ceux qui commettent le désordre. Vous êtes désormais en mesure de faire le calme en vous.

Je ne remettrai jamais les pieds dans cet appartement à partir de demain. Je n'en sortirai ce soir qu'avec le minimum d'affaires personnelles — archives privées, courriers et documents administratifs, chéquiers… — dont j'ai besoin pour refaire ma vie. Ne vous avisez pas d'appeler la police, non plus que de porter plainte. Vous risqueriez beaucoup plus que moi ; j'étais en état de légitime défense, ce serait facile à établir. Un compte rendu rédigé par moi de ce qui vient de se passer, accompagné d'instructions diverses destinées à préserver mes arrières, sera déposé dans le coffre-fort d'un notaire. Dis à ton sigisbée porcin (il s'adressait à Gisèle) de prendre les dispositions juridiques requises pour me rendre mon absolue liberté et me garantir les conditions de mon indépendance : divorce à l'amiable, séparation de biens, et acceptation consentie par toi, à l'intention des tribunaux de la Rote ou plutôt d'une juridiction de suppléance qui vous sera indiquée en son temps, de me laisser contracter les engagements religieux de mon choix. Estimez-vous heureux que je ne vous fasse pas plonger dans la déchéance sociale complète. Et faites-vous oublier. Nous ne nous reverrons probablement jamais en ce monde. Il n'appartient qu'à vous que nous nous retrouvions, devenus parfaits, dans l'autre. Je serai de retour ici dans une heure, et vous aurez déguerpi. J'en ressortirai avant ce soir. »

Tandis qu'ils tentaient, en gémissant faiblement, de se relever, il se lava calmement les mains à l'évier de la cuisine, fit disparaître à l'eau chaude une petite tache de sang qui maculait son veston, se coiffa, puis il sortit sans hâte. Il avait fait son travail où se conjuguaient sans conflit le devoir et la passion, et il ne regrettait rien.

XXIX

Sa connaissance et sa maîtrise de certains dossiers de contentieux délicats pour l'immunité judiciaire de l'entreprise qui l'employait permirent à Amédée de se faire licencier par la CFR à l'amiable, muni d'une enveloppe compensatoire officieuse assez coquette. Il n'y laissa que l'adresse de son notaire, comme à tous ceux avec lesquels il était contraint de rester en relation. Ariane, qui fut mutée dans un autre service, portait un cœur gros chargé d'attente et d'angoisse, mais elle apprit par son grand-père qu'Amédée était resté en relation avec lui et qu'il le visitait de loin en loin, de sorte que l'espoir de le revoir demeurait intact. Dans les mois qui suivirent, Amédée fit de nombreux voyages dans plusieurs capitales d'Europe, découvrant les contacts que Maître Peeters et le Père Reinhardt lui avaient indiqués. Pendant ce temps, l'amour d'Ariane, par l'interruption des rencontres qui l'alimentaient, se mettait en sommeil mais n'en demeurait pas moins puissant ; il s'approfondissait, s'élargissait, se reconstruisait au gré des lectures qu'elle s'imposait sans contrainte, et qui lui parlaient indirectement d'Amédée parce qu'elles avaient mobilisé l'attention de ce dernier. Elle vivait toujours rue des Dames, seule évidemment, complètement dégagée de la crainte — lancinante chez les femmes dépassant la trentaine — de le demeurer toujours. Il était passé du christianisme au paganisme afin de le redécouvrir, dégagé de ses scories, à l'intérieur du catholicisme lui-même par là converti, d'hôpital pour indigents, en cathédrale conquérante. Elle essayait de passer du paganisme au christianisme en cherchant, pour l'éprouver, le désir, de soi impuissant, qu'habitait le premier d'atteindre le second.

Un soir, alors qu'elle méditait en suspendant le cours d'une lecture austère, il lui fit savoir par l'interphone de l'immeuble qu'il l'attendait sur le trottoir, à sa porte. Une intense poussée d'adrénaline la souleva, mais elle s'obligea à descendre les escaliers sans hâte, en contrôlant sa respiration, afin de se préparer à tout entendre.

« Je m'en vais, Ariane, je pars pour ne plus revenir. »

Ariane s'attendait à ce moment depuis longtemps, probablement depuis le début, quelque désireuse qu'elle ait été de se leurrer à ce sujet. Elle était droite, tendue dans un effort héroïque de pudeur fière. Elle se retenait de pleurer.

« Vous savez, Amédée, que j'attendais autre chose. Je
ne vous reproche rien, vous ne m'aviez rien promis.

— Je sais Ariane. Croyez que j'ai, en cet instant, besoin
de toute ma force pour ne pas vous prendre dans mes bras,
vous chérir, vous boire, vous pétrir et vous féconder avec
tout ce qui me reste de vitalité. Mais notre histoire ne saurait finir de manière aussi misérable. Vous m'avez ouvert à
un univers qui a sauvé ma foi. Vous avez réveillé mon pouvoir d'aimer, vous m'avez fait vivre quelque chose qui ressemble à un enchantement, mais comprenez là qu'il s'agit
d'une ivresse donnant accès, par son sacrifice consenti, à la
lucidité, en me faisant renouveler la représentation que je
me forgeais de l'absolu. Mais je suis catholique, je suis
marié, et ce que vous avez éveillé en moi est un souffle qui
vient de plus loin que de vous et de moi, Il me porte au-delà
de vous et de moi-même. En aurais-je moralement le droit,
je suis trop vieux pour vous épouser. Je serai un vieillard
dans dix ou quinze ans. Nous ne pourrions nous offrir
qu'une passion stérile, une passion qui se prendrait pour
fin, et qui finirait vite, dans l'aigreur, la déception et le ridicule ; ce serait un peu comme une mélodie produite par ces
canaris chanteurs qui finissent par s'enivrer de leurs propres
harmonies, et qui tombent grotesquement de leur branche
ou de leur perchoir. Vous m'avez fait comprendre qu'il faut
aimer les biens finis pour ne pas dessécher l'appel en nous
de l'Infini. *Mais je ne dois pas tricher*, convoquer l'infini pour
me vautrer dans le fini. Et vous êtes du fini, comme je le
suis pour vous, même si nous sommes des visages en lesquels l'Infini, furtivement, se reflète. J'ai été toute ma vie
un homme menti. Vous m'avez aidé à déjouer les pièges du
sortilège par quoi j'étais une victime consentante. Ce n'est
pas pour finir ma vie sur un mensonge. Ne pouvant donner
que ce qu'il est, le fini nous déçoit toujours tôt ou tard ; je
ne veux pas que vous me déceviez jamais.

Adieu, Ariane, à Dieu. »

Et il partit dans la nuit d'un pas ferme, le front en avant,
sans se retourner.

XXX

Quelques jours plus tard, Édouard et Gisèle, mais aussi Philibert et ses deux sœurs, et les enfants d'Amédée, reçurent la lettre suivante.

« Mes chers ennemis,

Je dis "ennemis" pour ne pas dire "amis", mais à vrai dire vous n'êtes même pas mes ennemis, vous ne le méritez pas. On a de la considération pour un ennemi.

Je m'en suis allé sans vous revoir, parce que je ne vous aime pas, sans regret et sans scrupule. Je ne vous aime pas parce que vous n'êtes pas aimables. Si "aimer" signifie vouloir du bien à l'autre, et le meilleur bien qui soit, alors je vous aime : je souhaite votre salut à tous ; mais je vous aime malgré vous, dans et par ce que vous pourriez être et dont vous n'avez pas été capables d'accoucher. Je vous aime d'un grand amour de volonté, je n'ai pas d'affection pour vous, et je n'en ai aucun remords.

J'ai une confession à vous faire : je m'accuse de n'avoir pas été fasciste assez tôt, révolutionnaire dans la Tradition, ce qui m'eût évité d'être faible, et eût retenu ma famille à distance du gouffre en lequel elle est tombée. Je m'accuse d'avoir confondu la douceur et la faiblesse, la bienveillance et l'indulgence coupable, l'humilité et la lâcheté, la prudence et la pusillanimité. Si j'avais compris ces choses à vingt ans, ma vie eût été différente, j'aurais commis moins d'erreurs et subi moins d'échecs. Peut-être aussi aurais-je fait un mauvais usage de la connaissance de ces choses, qui ne s'acquiert sans dérives qu'au terme d'une vie passée à en éprouver la dangereuse vérité. Mais ce n'aurait pu être pire. Quoi qu'il en soit, sain de corps et d'esprit, je déclare que je suis fasciste et catholique ; fasciste sans déraison romantique parce que catholique, catholique sans déraison fidéiste parce que fasciste. Il y a un ordre des choses immuable auquel nul homme, nulle époque n'est capable de se conformer parfaitement, et dont la simple reconduction, contre l'entropie du péché, suppose déjà de l'héroïsme. De surcroît, le Terme du voyage individuel et collectif n'est pas de ce monde. Il en résulte que l'homme n'est lui-même qu'en acceptant son état naturel de déséquilibre permanent, tendu au-delà de soi dans un effort qu'il est toujours tenté de refuser pour s'affaisser sur lui-même comme une gélatine nauséabonde. Dans les temps heureux où la vie terrestre était précaire, quand la mort faisait partie de la vie, on était aidé pour regarder spontanément au-dessus et au-delà de soi. Les facilités de la vie moderne, conjuguées à l'individualisme inhérent à l'esprit démocratique, font que l'homme a besoin, dans l'ordre politique lui-même, de dispositions lui enjoignant de ne pas se reposer en lui-même, là où il chute dans un trou noir sans fond dont il ne ressort jamais ; sans de telles dispositions, même la piété privée dégénère en fidéisme, ou en hypocrisie. Et c'est l'esprit du fascisme, quelque non chrétiens qu'aient pu être les auspices sous lesquels il a vu le jour, qui maintient l'homme en éveil : tension devenue habituelle dans le plébiscite d'un ordre indépassable, devenir dans l'identité qui rend son immuabilité vivante.

Je me suis, jadis et naguère, réfugié dans un passé politique révolu, afin de me donner des raisons de ne pas affronter le monde. J'ai voulu croire, en providentialiste, que la contre-révolution serait le contraire de la révolution ; que toute insurrection contre l'ordre établi, fût-il celui du désordre institutionnalisé, participait du mal qu'elle prétendait combattre ; qu'il convenait de prier et de s'en remettre à l'Église pour restaurer l'ordre politique sain. Le corollaire domestique de cette attitude de non-violence attentiste, disposant aux concessions sans fin, c'est que j'ai souhaité dérisoirement obtenir, sans ce recours à la juste violence qu'appelle la justice, votre affection et votre estime, et cela m'a fait commettre des bassesses qui non seulement m'ont souillé, mais encore qui vous ont rivés à votre misère. La vérité est l'identité à soi de ce qui est. Mais ce qui est n'est véritablement être que s'il vit, et l'identité de ce qui vit, en son actualité immobile, c'est l'activité même de son identification à soi. L'être est le devenir de soi-même à l'intérieur de son identité, il est la négation souveraine de la négation de lui-même en laquelle il s'éprouve. L'amour, qui dit l'unité et la paix, est victoire sur la haine qu'il conserve en la surmontant, et qu'il conserve sur le mode, toujours à préserver, de l'irréductible différence des amants, ainsi dans la forme du maintien d'une possibilité de la guerre et de la haine. C'est en cette possibilité qu'il se ressource ; c'est en elle que, en ce qui vous concerne, je séjourne sans m'y installer ; je vous aime en cela que je désire vous savoir aimables, mais je refuse de vous aimer si vous n'êtes pas aimables.

C'est au reste impossible, à peine de se mentir pour s'éprouver généreux.

À vous mes enfants décadents et ingrats, je déclare que vous m'avez déçu. J'affirme, ce qui est beaucoup plus grave, que vous vous décevez vous-mêmes. On est toujours responsable de soi, quand bien même on aurait peu reçu. Vous avez beaucoup reçu, même si le don fut maladroitement offert. Si vous ne changez pas, on pourra dire de vous que vous eussiez mieux fait de ne pas naître. Et vous le dire est ma façon — la seule qui ne soit pas entachée de mensonge — de vous vouloir du bien.

Vous m'avez rejeté comme père. Puissiez-vous méconnaître le degré de la peine et de l'offense que vous m'avez infligées. Pourtant, vous saviez ce que vous faisiez. Je ne vous rejette pas, mais je ne vous attends plus. Je guérirai — telle est votre punition — de cette amputation de ma vocation de père, je l'exercerai sur un autre mode, et vous souffrirez sans retour dans votre choix d'être orphelins.

À toi mon pauvre Édouard, j'annonce que, par un juste retour des choses, tu te traîneras ma moitié jusqu'à la fin de tes jours. Tu en voulais ? Je te la laisse, c'est un cadeau faisandé. Dans cinq ans, secouée comme elle l'a été, elle sera une vieille peau, avec sa gueule de raie fardée et ses douleurs articulaires, ses mauvaises humeurs, ses colifichets et ses incontinences d'urine. Elle te pardonnera d'être impuissant, et elle te donnera une excuse pour le devenir. Vous aurez le temps de vous dégoûter l'un de l'autre, et ce sera votre manière de vous accoutumer au Purgatoire. Tu es un con mon pauvre Édouard, parce que tu affectes de mépriser ce qui te dépasse et dont tu n'es même pas capable d'entrevoir la valeur ; tu n'es qu'une cymbale qui résonne misérablement, un réactionnaire cabotin, un grimacier sénile, un arriviste sans honneur. Tu es un con parce que tu n'as pas été capable de rapporter à plus que toi tes dispositions remarquables à dévorer la vie. Ta lucidité dans maints domaines est restée vaine, et c'est proprement lamentable ; elle s'est retournée contre toi : plutôt que d'en user pour élever autrui, tu t'es glorifié en le méprisant ; plutôt que de t'élever, elle t'a enfermé en toi-même et tu t'es racorni. Tu vas mourir comme un chien, et c'est la meilleure chose qui puisse t'arriver. Dans le spectacle que tu te donneras de ta propre décomposition, il te sera peut-être donné de te regarder en face et d'avoir peur de l'enfer, à défaut de désirer le Ciel.

Je n'ai rien à dire de particulier à ma femme, sinon, ma pauvre Gisèle, que tu me fais pitié. Je n'entends pas signifier par là que je te méprise. Oh certes !, je te méprise, mais j'ai de surcroît réellement pitié de toi, je compatis. Il ne me paraît pas juste de te remercier de m'avoir fait l'honneur de m'épouser, puisque tu l'as fait par pur intérêt, et surtout sans être habitée par le souci de remplir tes devoirs de mère, alors que la fin première du mariage est la procréation ; on n'engendre pas les enfants seulement avec son ventre ; on les engendre, par l'exemple et par l'éducation, à la vie spirituelle, ce à quoi tu t'es toujours dérobée. Tu m'as menti depuis le début.

Triste Philibert, mon frère de sang, je rougis à penser que ton sang coule dans mes veines, ce qui m'invite à l'humilité en me rappelant que j'aurais pu être toi. Tu n'es qu'un envieux plagiaire, un médiocre enflé qui pète plus haut que n'est placé son petit cul serré de cafard fébrile. Tu as passé ta vie à essayer de me damer le pion, et tu n'as fait la preuve que de ta stérilité haineuse et médisante ; je te plains.

Tu es de ces individus qui n'ont pas le moyen de s'imposer par leurs talents, mais qui possèdent assez de ressources pour empêcher l'éclosion du talent chez les autres. L'envie est probablement le plus évidemment laid — ainsi le plus humiliant — des sentiments, de sorte qu'il porte en lui-même son propre châtiment. Tu subis déjà, sans que je l'aie souhaité, l'effet des chardons que tu as accumulés sur ta pauvre tête.

Je sais tout le mal que vous pensez de moi, et je m'en fous. L'homme auquel vous mentiez n'essaie même plus de savoir ce que vous lui cachiez. Il est au-dessus de vos combines et de vos calculs. Il en sait assez pour vous regarder de très haut, ce qui lui permet de vous regarder de très loin, à ce point que vous en êtes réduits à une pauvre tache presque homogène où des bras s'agitent dérisoirement, et qui disparaît sans laisser de trace ni de regret.

Vous croyez que je manque de charité, et je n'essaierai même pas de vous montrer en quoi vous vous trompez. Vous devrez souffrir pour le comprendre. C'est là une condition nécessaire et non suffisante. Puissiez-vous le comprendre un jour.

Je suis le Goliath chrétien, vous êtes les David juifs.

Je suis le Caïn catholique, vous êtes les Abel modernistes.

Je suis un chêne pensant qui conquiert l'immortalité parce qu'il se sait mortel et que cela ne l'effraie pas : parce que j'ai conscience de sa limite, je sais enfin faire de ma vie une œuvre qu'on achève, et me réjouis de cette condition de mortel ; parce que votre vie est un indéfini qui se laisse modifier selon les caprices du temps, vous avez peur qu'elle finisse, et vous êtes des roseaux sans pensée qui courbent le dos à la moindre brise, mais sur lesquels vont pisser les promeneurs du dimanche et les chiens.

Je prierai pour vous, longuement. Je vous estimerai là-haut. »

Amédée Simplice est devenu, à près de soixante ans, Frère de la Trinité au monastère franciscain d'Aurenque. Là-bas, personne ne lui ment jamais. Il n'oublie pas le testament politique de l'Untersturmführer. Il est en lien avec le Père Reinhardt, avec l'extérieur où des anonymes agissent lentement et dans l'ombre.

Épilogue

Voilà, j'ai achevé mon histoire, en me présentant souvent, non sans contrariété, sous un jour flatteur, mais j'avais mes raisons ; je l'ai exposée en essayant de l'écrire comme si elle avait été réfractée par le regard d'Amédée, comme compensation à ma frustration : m'unir à lui dans ce qu'il voit de moi, de lui-même et de moi ; j'ai relu mon histoire, l'histoire de mon amour, l'histoire de l'homme que j'aime. Elle est là devant moi, enfin devenue chose. Que l'histoire de mon amour puisse se faire chose, cela me donne à espérer d'en venir à faire de mon amour une chose que mon cœur pourrait ainsi rejeter comme on éconduit un intrus. Mais est-ce vraiment ce que je convoite ? Que notre chair soit tout entière aspiration éperdue vers l'esprit, c'est ce qui nous rend si disponibles pour la vie religieuse. Que notre désir d'esprit soit tout entier incarné, c'est ce qui nous la rend si difficile à vivre. Les hommes sont peu disponibles pour la vie religieuse à cause de la pesanteur de leurs corps désertés par l'esprit qu'ils libèrent, et dont la liberté fait d'eux nos maîtres. Mais la vie religieuse leur est moins onéreuse, pourvu qu'ils parviennent à maîtriser la bête, ce qui est infiniment plus facile que de maîtriser son cœur. Vous l'avez maîtrisée, Amédée, et je ne vous en aime que plus par là que je vous admire plus, cependant que votre victoire fait mon malheur puisque vous me délaissez.

Si la foi me transperce un jour, je vous rejoindrai peut-être, sublimé, dans le service d'un But que nous poursuivrons à distance l'un de l'autre, et pourtant plus unis que jamais. Vous qui, à la fin de notre relation, n'aimiez plus guère saint Bernard, conserviez une tendresse pour la consolation suivante : « Tu ne Me chercherais pas si tu ne M'avais déjà trouvé. »

Moi aussi je lui serai fidèle.

Je cherche.